活着的理由

苗向东 著

路过心上的经典散文
邂逅一生的悦读，愿你翻过每一页

线装书局

图书在版编目(CIP)数据

活着的理由 / 苗向东著. — 北京 : 线装书局,
2021.3

ISBN 978-7-5120-4099-1

Ⅰ. ①活… Ⅱ. ①苗… Ⅲ. ①杂文集—中国—当代
Ⅳ. ①I267.1

中国版本图书馆 CIP 数据核字(2020)第 162397 号

活着的理由

作　　者：苗向东
责任编辑：曹胜利　王　石
出版发行：线装書局
地　址：北京市丰台区方庄日月天地大厦 B 座 17 层(100078)
电　话：010-58077126(发行部)　010-58076938(总编室)
网　址：www.zgxzsj.com
经　　销：新华书店
印　　刷：唐山富达印务有限公司
开　　本：650mm×910mm　1/16
印　　张：22
字　　数：210 千字
版　　次：2021 年 3 月第 1 版第 1 次印刷
印　　数：00001—10000 册
定　　价：49.80 元

线装书局官方微信

在阅读中优雅老去

20岁时，第一次去凤凰，不为古镇美景，只为能与偶居夺翠楼的黄永玉先生见上一面。

时逢雨季，沱江奔啸，烟波微茫信难求。苦待数日，仍没能等到想见之人。

在清冷的雨丝中独自徘徊，满心失落。无意走进一家书店，里面尽是沈从文先生的文本作品。无处可去，只好在僻幽的角落里翻阅旧籍。而后，一发不可收拾。

回程当日，总觉有重要东西遗落城中，寻思许久，才跑去那条巷子的书店里买了本周身泛黄的《边城》。这本有着深蓝小印戳的《边城》，至今仍安躺于我的书柜里——它不仅使我在未果的行程中找到些许补偿，更让我在之后的时光无比怀念20岁的自己。

再后来，兴许命里所定，真与书结下了不解之缘。不但自己看书写书，更领着诸多热爱文学的人走上了自己想走的路。

我经常跟学生们说，阅读是写作的命脉，只有不断阅读，才能保持创作角度的新颖和思维的敏捷。然而，阅读所赐予的，又何止是这些？

不管在何时何地，只要手中捧着一本书，心里便会觉得安然。书不但能排遣无聊的寂寞，将岁月的伤痛逐一缝补，还能把心灵淬炼成一块玲珑美玉。

一个爱书之人，必是睿智且沉稳的。遇事不惊，处之泰然。古人所说的“腹有诗书气自华”，便是这意思。

生命本就是一次有限的跋涉。一个经常看书和一个经常沉迷在网游世界的人，心灵绝对是不一样的。前者，往往更能体悟一叶一菩提的真谛。

书本所给予心灵的力量，是不可言喻的。十年寒窗，说的并不是读书人的艰辛，而是意在表述读书人的坚忍和不懈。试问，有多少人可以在寒窗下十年如一日地重复做同一件事情呢？

正如北大教授曹文轩所说，世间最优雅的姿态，就是阅读。不论静坐还是倾卧，甚至在厕所里，它都是最美的姿态。因为这样的人，通常都会从骨子里散发出一种极具亲和力的书卷气。

阅读人物，通晓历史，可以他人鉴知自己得失；阅读杂文，百味世事，可在辛言辣语中澡雪精神；阅读情感，温热肺腑，可居书香浓情里滋养心灵；阅读故事，体会人生，可于静谧岁月中倾情流泪……

每一种书，都是风景；每一本书，都是亟待窥破的秘密。

宋朝诗人黄山谷有一句名言："三日不读书，便觉语言无味，面目可憎。"这其中说的，就是每日读书的重要性。

本系列图书，所遵循的就是这个简单的理论。通过遴选当下不同类型的精华文章，给读者送去不同的心灵养分——成长卷让你懂得如何珍惜青春，成功卷让你明白如何把握自己的人生，真情卷让你寻回本真的感动，感悟卷让你看到世界别样的美好……

为了能找到年度最精华的文章，为了给读者省去寻找的烦琐，我们几乎把本年度的期刊翻了个遍，邀请了24位最受中学生喜爱的作家，目的就是为了去其糟粕，取其精华。

这些作家的名字，不仅经常出现在全国各大刊物，还经常出现在各省市的中高考语文阅读理解试题中——我们的宗旨只有一个，就是为这个时代的读者，奉献好书。

但愿我们可以放慢匆乱的步伐，一起在欢愉的阅读中，优雅老去。

一路开花

2018年12月书于云南曲靖

目录

第一辑 与人为善

第二辑　言为心声

第三辑 内方外圆

第四辑　近朱者赤

第一辑

与人为善

难怪一位科学家获得了诺贝尔奖，记者采访他，问：“你在哪里受的教育最重要？”他回答说：“幼儿园。”也难怪在“文革”时，流行“打、砸、抢”，没有人性呢。梁晓声说：“教育的成功不只是传授知识，学习的目的也不是知识越多越成功。更重要的是让人有人性，心地善良，热心助人，这样社会才会更温暖，活着才更幸福。”

易中天:“老鼠也不能虐待!”

刘瑜的《老鼠,作为证据》中写道:“有一只老鼠,在厨房里被粘板粘住了,垂死挣扎。这让我想起了另一只也是被粘住的老鼠,叫了两天才死去。我还想起自己小时候,有一只老鼠被邻居老爷爷用开水烫死了。”为此,易中天说:“不虐待动物,哪怕它是‘丑恶’的老鼠。”大家觉得不能接受,一个人说:“国家提倡除四害,老鼠就是四害之一。”

易中天说:“在许多人,也包括我看来,老鼠是肮脏的、丑陋的、作恶多端和死有余辜的。不是说‘老鼠过街,人人喊打’么?有人说既然必须消灭,又何必管它怎么死呢?可是生而为鼠,并不是它的过错;也没有想过,它‘罪该万死’,也不意味着就该折磨至死。即便万不得已,比如出现了鼠疫、鼠灾,也不可虐杀。”

人们就不理解了。刘瑜书中说:“便是‘龌龊’如一只老鼠,也会痛,也会绝望,也会挣扎。更糟的是,它的痛,也会传染给你。”易中天也肯定地说:“刘瑜让我很感动。我没有想到,一个人的恻隐之心竟会及于一只老鼠。只有彻底到连老鼠都能同情,才真正是有‘恻隐之心’。”

易中天进一步解释说:“刘瑜不忍心其折磨至死,正是现代社会法治与人权的心理基础和人性基础。因为虐杀即虐待,虐待即残忍。一个人,今天能虐待老鼠,明天就能虐待狗,后天就可能虐待人,就会完全丧失了人性。不仅是对别人或动物的残忍,也是对自己的残忍。就会

‘禽兽不如’，下一个被按倒在床，挖肝取肾抽胆汁的，没准就是我们自己。只有尊重一切生命，才能最后真正尊重人自己。一个人，只要有这份心，他就有可能成为一个好人。”

易中天总结道：“为了保证人不受虐待，必须反对虐待老鼠、虐待动物。这不是什么‘动物福利’或者‘动物权’，反倒是‘人权’。只有当所有人都不再忍心虐待老鼠、虐待动物时，人与人之间的和谐关系才能真正建立起来。”

“向不怕死的人鞠躬！”

“你是不是抗日分子？”日本军官审问道。“我是。”洪业教授干脆地回答道。“你为什么抗日？”

洪业笑了，他仿佛回到了课堂，便回答道：“我是研究历史的，我得到一个结论，就是用武力来占领别的国家，把别国人民当奴隶，镇压别国人民的意志，只能暂时收效，因为一定会有反抗的，而且最后一定会得到报应。报应来时，压迫者有时比受害者更惨。”日军官没想到洪业给他上起课来了，便大声喝止。这是1941年12月日军到燕大抓人，很多教授都被整得相当惨。翻译看到洪业有些不知好歹，很为他担心，因为有的教授被打得血肉模糊。

“请给我20分钟，让我把话说完。”洪业身干挺直，正气凛然地要求道。日军官只好默认，接着洪业列举了从西方亚历山大到第一次世界大战的德国威廉二世，蒙古人、满州人占领中国，结果都被推翻了。洪业知道你越是软骨头，越是受欺负，他于是豁出去了。洪业接着说：“看看韩国历史便知道。日本从1885年起便对韩国有不良企图。因为韩国人不能保护自己，你们日本过去吞并了韩国，让韩国人做你们的奴隶，现在又想把中国变成第二个韩国，所以中国人要抗日。”气得日军官脸都白了，咬牙切齿。而那个翻译就是韩国人，刚才他还是一副奴才相，突然眼睛就湿润了。

日本军官厉声道:“那是因为中国政府腐败。”洪业毫无惧色地说:“你们宣传说日本的目的是要亚洲各国共同繁荣,这完全是骗人的话。我可怜日本人民,因为他们受军人哄骗了,当他们有一天觉醒时,便会发现所有的宣传都是假的。战争什么时候终了,我不知道,但我知道总有一天要终了。战事结束时,日本人民是要受苦的。”日本军官脸色发白,急忙中断了审讯。翻译领洪业出去时,暗地里对他说:“你讲得好。”

下午继续审讯,日军官面对大义凛然的洪业说:“我向一个不怕死、敢说实话的人鞠躬。”然后,脱帽给洪业鞠了躬,此后洪业并没有受到严刑拷打。

·麦家认错

2016年初,麦家在央视《开讲啦》向观众道歉:“我错了!”

这事还得从前说起。麦家自从《暗算》获得第七届茅盾文学奖后,他的小说开始火了。一天一家出版社的一位领导打来电话:“我们根据大数据分析,你的书最近能赚大钱,怎么样,再出一本吧。”但他手头没有现成的,于是谢绝了。可是那位领导又打来电话:“我们搞出版的通过大量数据分析,每一位作家书籍畅销都是有周期的,过了这一村就没这一店了。”这让麦家有些动心了,他也想火一把,名利双收。于是在高稿费的诱惑下,他终于答应赶写一本小说。

接下来麦家花了3个月写出了一部30万字的《刀尖》,交稿后,马上出版,他获得了一笔高额报酬,那一刻他觉得真是“爽”。

可是,没过多久,有一位读者给他写来一封信,问麦家:“《刀尖》是你写的吗?”原来,这位读者是麦家的“粉丝”,早年看麦家的《暗算》时大呼过瘾,他就下了决心,麦家的所有作品他都要买。可是这次他买了《刀尖》读后,有一种上当的感觉。就连他的同学也讽刺他:“你还把麦家夸到天上去了,你看这部,漏洞百出,狗屁不通,逻辑混乱……”粉丝只好说:“我猜想这是别人冒充麦家写的。于是他就专门写了一封信来询问。

看到这封信,麦家脸红了,因为他第一部小说仅20万字,就写了11

年，三次推翻重来，才有了精品。而这次他完全是想凭着自己的名气，利用惯性赚点钱，应付了事，没想到这次自己把自己“害惨了”。他觉得不能对不起爱自己的读者，为了弥补过失，他又花了半年多时间将《刀尖》进行了修改。但此后他仍然觉得有愧。

他面对广大观众诚恳地认错：“我知道错了，我认错！我想回到从前，重新出发。”他才终于觉得心里好受了些。

“最重要的品质是什么？”

“股神”巴菲特不管走到哪，都有很多人向他讨教一些问题，一次在一个与学生交流会上，一位同学提问道：“您认为人最重要的品质是什么？”他笑了，说：“这个问题提得好。”不过他知道这个问题不好回答，直接说，难以达到共识，于是他说：“在回答这个问题前，我们先做一个小游戏，现在让你买进你某个同学10%的股份，你愿意买进哪个同学的，为什么？”

同学们没有想到，巴菲特又把问题抛了回来，不过大家却更有兴趣了。巴菲特说：“大家写在本子上，五分钟后，我提问啊。”于是，大家都开始准备。时间到了，巴菲特提问一个同学：“你为什么买他的？”“因为他诚实，说了绝对做到。”巴菲特点点头，然后又叫一位同学，她说：“因为他慷慨，像个男子汉。”巴菲特笑了，有的同学也笑了。然后又叫了一位，他说：“他总是先想到别人。”“很好！”……“你们说的，就是我要说的。”这下同学们明白了人最重要的品质是什么了。

同学们还意犹未尽，又有人提问：“那么，您认为人最坏的品质是什么？”巴菲特又如法炮制地说：“同样，我暂不回答，大家先做游戏，就是大家想一想，如果让你卖出某个同学的10%的股份，你会选择谁？为什么？”

同学们笑了，大家又开始在本子上写着。五分钟后，巴菲特又提问：

“你说，你为什么要卖掉他的股份？”“他说话不算数，老骗人。”听到这，大家都笑了。巴菲特又叫了一位同学，她说：“那人很喜欢计较，一点亏都吃不得。”巴菲特点点头。巴菲特又叫了最后一排的一位同学，他说：“他喜欢吃独食，而且专干乘人之危、过河拆桥的事。”同学们鼓起了掌。巴菲特最后总结道：“大家说得很好，归纳一下，就是我的回答。”这成了同学们最深刻的记忆。

一张邮票四万元

一天，五年级过道的墙上的招领处有一张身份证，是位老奶奶的，地址在乡下，离学校有15公里。

张勇是五四班的学生，他记得一次邻居丢了身份证，可麻烦了，而且补办也非常麻烦，他就想，应该给人家寄去或送去。可是，张勇家里经济困难，他饭都吃不饱，他家里没有零花钱给他。一天他看到女同学吴兰正要买冰棒，于是说："你能不能借我八分钱。""干吗？""买一张邮票。""我借给你，你还得起吗？"张勇低下头，离开了。于是，吴兰就买冰棒吃了。

张勇决定亲自跑一趟，当然坐车他是买不起票的，他想到骑自行车。全班只有肖军家有自行车。张勇便找到肖军说："我们周末去做一件好事怎么样？""啥好事？""给一位大娘送身份证。""哦，那么远，我才不去呢。""那你家的自行车借给我。""那可不行，骑坏了，我爸爸会骂。""到时我向老师报告说，这好事是你做的。""真的吗？""真的。"

就这样，张勇周六借到自行车出发了，他从来没有骑这么远，那天太阳还真大，几次他走田埂时，都差一点摔下来，但最终还是完成了任务。

一晃几年过去了，张勇初中毕业时考上了重点中学，可家里困难，父亲让他去打工。就在此时，那位丢身份证的大娘去世了，写了份遗嘱，把遗产四万元留给了张勇。

这在全校引起了轰动，大家都说张勇运气好。肖军有些不服气，说："是我借给你自行车的，你应该分点给我。"吴兰也问："你那次向我借八分钱，就是这事？"张勇点点头。其实，那身份证是大娘的"实验品"。全校一千多人，所有人都比张勇更有条件做这件好事，可偏偏没有，只有他想尽办法创造条件去做，所以别怪他运气好。

什么最重要？

北大经济学教授厉以宁每次给大学新生上第一堂课时都会问：“你到北大来是要学什么？”很多人说：“学知识。”他说不对，也有人说是来学方法的，他也说不对，最后他说：“是来开阔视野的。”

有两个大人带着孩子去爬山，爬了一座又一座，一个孩子问父亲，“山的那边是什么？”父亲说：“是山。”“山的那边的那边呢？”“还是山。”后来这个孩子成了农民。另一个孩子问父亲：“山的那边的那边呢？”“是海。”后来这个孩子有了好奇的心，去闯海，开了眼界，成了企业家。

一位年轻的教师来到一个闭塞的边远山区小学任教，村民们极少走出大山，他便带学生到南方一个城市转了一圈，让孩子开了眼界，亲身感受外面的世界。十几年后，这些学生学有所成，改变了山村的面貌，他们都感谢老师那次带他们出山。

马云在16岁时与澳大利亚人Ken成了笔友。马云在杭州师范学院念书时，受到Ken的邀请与资助，1985年来到了澳大利亚，参观了很多地方，事后马云说：“我的澳大利亚之旅在我的生命中至关重要，在那接下来的10年，我都在想中国需要改变。我们需要更开放的思想，我们要用一个不同的视角来看待事物，没有那29天，就不会有我的今天。”

很多时候，天才和普通人的区别就在于看世界的眼界，看问题的眼光。视野为我们带来了想象力、创造力，以及因此而来的竞争力。视野的高低，往往能决定一个人的命运走向。

《红顶商人胡雪岩》中有这样一段话："如果你拥有一县的眼光，那你可以做一县的生意；如果你拥有一省的眼光，那么你可以做一省的生意；如果你拥有天下的眼光，那么你可以做天下的生意。"

著名学者傅国涌说："教育首先给学生提供的是一个文明的视野，让他看到世界有多大，天有多高，地有多厚，让他看到古往今来人类走过了一条怎么样的道路，让他打开视野，认识这个世界、这个时代，这才是首要的目标，然后才是知识和方法。"

所以，在信息时代，什么样的学问似乎都变得不太重要了。我们学习的目标就要打开视野，认识这个世界、这个时代，你有多大的视野，将来就会有多大的事业！

普通公民也能代表一个国家

作家蔡成携妻子去澳大利亚旅游，一天在悉尼火车站乘火车，一位女人向他们走来，可是看了他们一眼后又停住了。妻子拉了一下蔡成，他瞄了一眼那女人，觉得她有些慌乱。

可是那个女人只是犹豫了一下，还是向他们走来，然后向他们讨钱。蔡成想掏口袋，被妻子拉住了。蔡成这人心软，平时走在街上，只要看到有乞讨的都会给几个硬币。这让蔡成有些为难。那女人说："我买火车票差六元钱。"蔡成仔细看了她一眼，觉得她眼神里带着恳求，但是又有不信任。妻子示意丈夫不要给。最后蔡成还是掏出十元给了她，她居然没接，说只要六元。就这样，蔡成又掏出六元给她，她接过钱马上就去售票厅。

女人走后，妻子说："我听说这里有职业乞丐，我们可能被骗了。"蔡成说："她只要六元，我觉得很有可能是真的就差六元。如果是乞丐应该会'多多益善'。"过了几分钟，女人又走回来找蔡成，这回她脸上露出了笑容，扬了扬手中的票，说："谢谢你们啊！"同时问："你们是哪国人？""还用问，中国啊！"蔡成妻子马上说。她说："在我的印象中，中国人很小气，来这边打工的很会赚钱，可是吃、住、用的都很差，尤其是参加慈善活动非常不积极，我们都看不起他们。"蔡成妻子说："你对我们有偏见。"女人说："不是，是他们自己给人的印象就不太好。"这让蔡成有些不爽，想说什么，可是女人马上说："不过，今天我对中国人的印象有些改变了。""就因为我给了你钱？"蔡成问。"对，我开始也觉得你是中国人，于是不想向你要钱，可是后来实在没办法才向你要，你还真的就给了。"蔡成不置可否地笑了。

在离开时，蔡成妻子突然很有感慨地说："你今天为咱长脸了啊。"蔡成又笑了，说："是啊，有时普通公民也能代表一个国家，也能为她增光。"

伍角钱的利息

左等右等，公交车终于来了，大家蜂拥而上。突然，司机叫住一个孩子："投币！""我投了。""我怎么没看见。""我真的投了。"这孩子十一二岁模样，穿着破衣服，脸也没洗干净，鼻子上还有鼻涕。

"谁能证明你投了？"司机看了一圈大家，没有人证明。司机笑了，说："我一看你，就觉得你没投。"孩子急了，很委屈地说："叔叔，我身上就两元钱，你看，我只剩下一元了。"本来要马上开车，为这事司机没开，于是，大家对孩子都表现出了鄙视的眼神。

孩子没办法，只好说："好，大家现在看好，我再投一次。我们乡下人再穷，也要说实话，也不骗人。"作家葛玉萍也在车上，她说："孩子，你是学生，可买半票，只要投五角钱。"孩子说："我没读书了，所以不算学生。"于是就把一元钱投进去了。突然，葛玉萍说："这孩子诚实，他不会骗人。"这让司机有些不好意思，说："投进去的钱又不是进我腰包。"

孩子刚才还哭丧着的脸舒展了，说："没事，大不了我中饭就不吃了。"这时，整个车厢都觉得冤枉了这孩子，突然从后面走来一个人，是来补投的。突然，司机接住那一元钱，葛玉萍明白了，马上从自己口袋里掏出五角钱交给司机，司机将一元五角钱还给孩子。孩子没弄明白，葛玉萍说："孩子，这是退给你的钱。"孩子不收，说："这哪成。"葛玉萍说："孩子拿着，刚才冤枉你了。"孩子接过钱，哇地哭了。

一位乘客问:“你怎么不上学呢?”“交不起学费。”“到我们学校来,我不收你的学费,还免费提供食宿。”就这样孩子上学了。

再后来,孩子成了企业家,给这座城市捐了几百万元,他说是回报这座城市当初给他的信任与温暖。

炒青菜最难

画家黄永玉28岁即被安排在中央美术学院教书，院长是徐悲鸿，徐院长提议：所有的教授、讲师都画一画素描。有些老师不高兴，说：“什么话，学生画素描还差不多。”不少教授认为自己应该画宏伟巨作了，对徐院长的提议很不以为然。

一天，上人体素描课，徐院长来观摩，他一眼就发现黄永玉画得有些问题，便说：“靠里的脚踝骨比外边的高。”黄永玉一惊，没想到徐院长对素描如此精通，对就结构的分析如此到位。

休息时，徐院长与男模特聊了起来，“老人家，您高寿了呀？”“74了。”“噢，以前是做什么的？”“厨子。”“了不起，那您能办什么酒席啊？”老人眼睛一亮，说：“办酒席不难，难的是炒青菜。”“为什么呢？”老人说：“办酒席是花花事，而炒青菜是基本功、真功夫。什么糖醋排骨、红烧鱼、炒鸡丁等，只要别炒过了、别炒生了，炒出来味道都不会太离谱。可是青菜，厨师对食材选择、用油和时间的讲究、火候掌握，颜色、生熟、味道都显露了出来。小白菜、菠菜炒完弄不好就有一股泥土味道，而空心菜、蒿子秆弄不好口感就会像麻绳。能炒出一盘好青菜，才是好厨师。”

徐院长一听，肃然起敬地说：“老人家呀，您说得好呀，炒青菜才是真功夫，这和绘画的素描、速写一样嘛。简直是‘近乎道矣’！”“为什么呢？”徐院长说：“任何画种都要靠素描作为基础。像达·芬奇、米开朗基罗等艺术家，都是从少年时期开始练素描。通过素描基本功的掌握，锻炼观察力和表达物象的能力。素描负载着全部有价值的艺术信息，也包含创造力。”老人笑了，黄永玉听完后很受启发。

正是因为徐院长从教师、学生的素描基本功抓起，使得该院出了一大批艺术大师。不论学习一门艺术还是一项技术，在开始时都需要练好基本功，深谙此“道”，才有大道可行。

“生命是个价值过程！”

早年吴冠中到英国留学，一天他乘坐伦敦的公交车时，将一枚硬币交给售票员，售票员顺手将此钱找给一位英国人，没想到那人大怒，拒绝接受这枚中国人拿过的硬币……这侮辱性的一幕让吴冠中明白了：个人没本事，要受轻慢；国家不强大，要受人欺侮。

此后，吴冠中惜时如金，刻苦习画，要有所作为。他多年养成一个习惯，往往早餐后开始画，一直画到深夜，不吃、不喝、不休息，画完才回到“人间烟火”。作画他是一天也没停。

“文革”时，吴冠中患了严重的肝炎，医生摇头说没治了，夫人也觉得他活不久了，吴冠中索性以作画“自杀”，多留下几幅画，死了也值，拼命画了几年，不但没有死，肝炎却好了。

20世纪70年代，吴冠中的岳母病危，他请假携妻前往贵阳探视。途经阳朔时，他太想画桂林了，遂中途下车，谁知雨下个不停，他叫夫人给画架打伞，两人则淋在雨中，任雨打湿衣服。可天公不作美，刮起了大风，画架实在支不住了，怎么努力也画不成，失望之下，他竟然哭了起来。

2005年他患病，医生强迫他住院治疗，不能画画，他说比坐牢还难受，医生看到他这种情况对治病不好，没办法，只好同意他回家，但有一个条件，就是回去是休息，不能作画，他满口答应。可是一回到家，他又作起画来，孩子说他他不听，索性把大画案撤了，吴冠中痛苦不堪。在实在没办法的情况下，他就躺在床上"思想作画"，居然又发现了一种新的"字画"技法。病好后，他的画纸上只有"土地"两个字，但它们不仅是写出来的，也是画出来的，是字和画的合一。

他说："我认为生命是个价值过程，在过程中完成价值就可以了，而不能片面地追求长寿，比如鲁迅先生只活了56岁，做出的成绩远远超过百岁之人。叫我养花、打牌，不行；叫我休息、不做事，不行。回想我这辈子最幸福的时期，就是忘我地劳动，把内心里的东西贡献出来的时候！"

从前台妹到阿里巴巴合伙人

童文红生完孩子一年多后，看到阿里巴巴要招人，她便去应聘行政助理。第一次面试没被录用。第二次她又去应聘，她打动了应聘官，就这样，2000年4月童文红加入了阿里巴巴。不过她上岗后不是当助理，而是被安排干最低级的前台。一般前台是年轻小姐干的，她已经30岁了，刚来业务不熟，前台节奏也很快，来人很多，电话很多，她心急便和同事发生了摩擦，入职才一星期童文红就不想干了，便提出辞职。

人事部的头对童文红说："你是到目前为止第一个主动提出离开阿里巴巴的人，是不是遇到什么困难了，可不可以再坚持一下？"童文红回到家里，看着牙牙学语的孩子，觉得为了孩子，便咬咬牙，再坚持一下。

童文红觉得自己不适应，关键是心态不对，因为自己过去在一家公司干了七年，好歹也是个办事员，而这次是来应聘助理的，结果被安排到前台当小妹使用，心理落差大。再加上自己年纪大了，干这种烦琐的小事，觉得被人瞧不起，很没面子。但她转念一想，如果前台都做不好，又怎么能干得好助理呢。就这样，她将自己的心态"归零"，即先把前台做好，几个月后顺利转正了。

接下来，她接电话更快了，电话没响三下她就会接起来，而且都会主动地说："您好！"另外，她眼里有了工作。由于过去前台没有椅子，有的客人来了等待时要站着，她看到后向办公室建议在总台旁摆放一个沙发，让客人坐着等，同时还摆了饮水机，放了一个小书架，上面摆了企业的内刊，供客人翻阅，这样便于他们了解公司，也使他们等待时不会那么着急。另外，她看到进门的台阶是大理石的，有时拖地，有水会滑，而下雨天，路更滑，几次客人差一点摔倒，于是她又让后勤做了牌子，上面写着："小心，路滑！"另外，她还建议在总台的旁边墙上，挂上企业的简介，便于客人了解。过去，各部门都会到前台来领取信件和报纸，这样既打乱了她们的工作，又显得杂乱无章，于是她又建议制作一个壁箱，挂在里面的房间，将各部门的报纸和信件都归位，他们自己去取……通过她这一系列的改进，前台一亩三分地"变样"了。

童文红由小妹变成了"大姐"，她的认真细致给很多同事留下了好印象：她会把沪杭之间铁路车次时间表发给常去上海出差的同事；夏天到了，主动安排咖啡吧进一些冷饮；帮一直打电话找客服的客户解答一些基本疑问……

一年后，彭蕾找到章文红，希望她去做行政部的主管。接下来她一步一步做到资深高级副总裁。时至今日，她已经成为身价过亿的阿里巴巴合伙人。

赵无极救恩师

“文革”开始后，随着老舍跳湖、傅雷上吊，在法国的赵无极非常为恩师林风眠的安全担心。

要知道，如果没有林风眠，赵无极不可能去法国留学，并且留在法国。20个世纪30年代，赵无极14岁就读于杭州艺专，是艺专年龄最小的学生。而从法国留学归来的林风眠担任校长。赵无极年幼，有一次潘天寿上课，赵无极不喜欢国画临摹之法，便从教室窗户跳了出去。学期结束时，国画课考试时赵无极在纸上涂了一个大大的墨团，题上“赵无极画石”，不到十分钟就交卷了。潘天寿给了赵无极零分，并提出开除赵无极。

可是，校长林风眠曾经在一次作业展览上，看过赵无极的几幅彩色写生，在构图、色彩的把握和表现方面都有过人之处，觉得此生可教可造，于是关照任课老师吴大羽重点培养。看到开除报告后，林校长便劝说潘天寿，这样，赵无极才得以留了下来。此后，赵无极认真学习国画，毕业后留校任教，之后又被林风眠介绍去了法国进修，就留在了法国，并且名重西方艺坛。

“文革”后，赵无极几次打听林校长的情况，都杳无音讯，于是1972年应邀回国参观时，一踏上故土第一件事就是寻找林风眠。此事惊动了周恩来总理。林风眠在监狱里受尽非人的折磨，他的罪名是“特务”，由于拒不承认“罪行”，他的双手被反铐起来，手腕肿得厉害，手铐都嵌进了肉里，吃饭时也不给解开，真是生不如死。在周总理的直接过问下，林风眠获得了自由。

赵无极没有亲自看到恩师，1974年他又回国了。此时的林风眠，处境仍然几近绝地。这些总算有机会面见恩师，那一刻，赵无极疾步来到恩师面前，跪了下来，说：“没有您，就没有我的今天。”然后长跪不起。林风眠俯下身来，与赵无极抱头痛哭。

从此，林风眠的困境慢慢有所改善，粉碎“四人帮”后，得以彻底走出逆境。就这样，林风眠直到1991年7月活到92岁才仙逝。

· 文在寅为中国船员辩护

“判处中国船员——死刑！”当釜山法院法官宣布判处6名中国籍船员死刑时，4000万名韩国人拍手叫好，说：“就该杀。”

可律师文在寅却高兴不起来，因为这起事件他是了解的，即1996年在韩国远洋渔船“佩斯卡马号”工作的6名中国籍船员将船上11名韩国船员杀害。文在寅觉得量刑过重，初看中国船员杀了人，而且还杀了这么多理应杀人偿命。可引起中国船员杀人的前提是韩国船长及船员百般虐待中国船员，而他们又无处诉说、申冤。所以，文在寅决定为中国船员“讨个说法”。

结果，马上有人骂他“骂国贼”，有人当着他的面责问道：“你还是韩国人吗？”而且很多韩国人走上街头喊着“杀人偿命”“打倒‘卖国贼’文在寅”的口号。那些天，他不论走到哪里都会遭到韩国人吐口水、丢鸡蛋。韩国媒体也一直批判他。这让文在寅很痛苦，他爱着他的祖国和人民，他当律师为韩国很多百姓都是免费打官司。同时，他有着很大的政治抱负，要想当总统，但这必须由全体国民投票，而一旦大家把他看扁了，他就得不到人民的支持，他的政治前途就会完结。他在闭门想了三天后，决定还是要为中国船员辩护。

在法庭上，他说：“我们是法治国家，这些中国船员在船上一人干三个人的活，还时时处处受到虐待与折磨，法官大人如果是你，你10天就会发疯。另外，没有任何一个韩国组织关心他们，中国船员杀人是在极度的暴行和屈辱中的自卫行为，最多只能算防卫过当，而你们把他们当成杀人犯判死刑，这是混淆是非、颠倒黑白。”最终，经过文在寅的据理力争，1997 年韩国最高法院将 5 名被告中国船员改判为无期徒刑，另一名判了死刑的也在卢武铉当选总统后，获得减刑。

事后，韩国人在仔细地听了文在寅的辩词后，了解到了事情的真相，慢慢地理解了文在寅，认为他是讲理的，是公正的，为此在后来的总统选举中还是给他投了赞成票，使得文在寅成了韩国新任总统。

与学者同其尊，与长者同其荣

台湾作家张晓风曾就读于台湾东吴大学，由于她聪明好学，琴棋书画样样爱好，知书达理，性格又好，深得大学汪老师的喜爱，正好汪老师没有子女，于是开玩笑地说："怎么样，你就给我做女儿吧。"晓风非常爽快地说："那太好了！"

就这样，晓风常常周末就去看望老师，与老师一起读"花间词"，跟着他的笛子唱昆曲，他有什么好书全部免费向她开放，当然她也常留下来涮羊肉……

有了老师的关照，晓风进步得更快，大学毕业后留校做了助教。她依然常去老师家，仍然把自己当成"孩子"。随着晓风阅读量的扩大，老师的藏书已经不能满足她了，有一次她在一家书店看中了一套精装本的书，一看价格把她吓坏了。汪老师知道了，便说："我认识老板，我帮你打点折。"晓风高兴得跳了起来。

老师便开始写名片。当晓风看到老师写："兹介绍同事张晓风"。便叫了起来："老师写错了，应该写'学生张晓风'的呀！"老师看看晓风，缓缓地说："没写错。"晓风脑袋一歪，眨了一下眼睛，还是不解，老师又说："我是特意这样写的，你想啊，你以前是我的学生，以后私底下也是，但现在我们在一所学校里，你是助教，我是教授，等级虽不同，却都是教员，我们不是同事是什么！"晓风过去在教授面前从来不敢"平起平坐"。

“你现在长大了，我把你写成同事是给你做脸，要记得，你长大了！”晓风似懂非懂地点点头。

那天，晓风拿着老师的名片去买书，并得到了满意的折扣。那一刻，晓风真的觉得自己长大了，在老师的言传身教里知道，自己是“与学者同其尊、与长者同其荣”了。

“小树底下好乘凉！”

麦家 1981 年参加高考，以全班第三的成绩上了划档线。军队院校先开始招生，解放军工程技术学院决定在他们县招收 20 名学生。要知道部队可是吃饭不要钱，穿衣不要钱，毕业出来就是干部，所以很有吸引力。麦家也很想去，可是他分数差了些，落选了。

第二天，上了分数线的所有同学都到医院参加体检。哪知由于军队对录取的那 20 名学员在身体上要求更严，有一半被军校更严格的身体要求挡在了门外。

那天天很热，中午休息时，麦家在医院楼下的一棵小树下乘凉。不一会儿，一个 50 多岁的军队干部从楼里出来，他想出来透透气，吹吹风。可是，这门外只有这么一棵小树。原来麦家站在那儿，可树下的树荫容不下两个人，麦家就主动让出大片阴凉给那位干部。

干部友好地对麦家笑笑。麦家便与领导聊了起来，方知他就是“工院”负责招生的首长。麦家当即向首长表示：“我从小就羡慕军人，我很想去工院。”首长便问麦家考了多少分，然后说：“低了点。”麦家想了一下，说：“不过我数学是满分。”“哦！”“我物理也有 98 分。”首长惊疑地盯了麦家一会儿，便说：“那好，你下午来找我。”原来，他们这所学校比较看重数学和物理。

后来，在首长又选择一批学生体检时，就勾选了麦家。而麦家的身体素质不错，体检过了关。就这样，那位首长给麦家签发了录取通知书。当通知书发到他们学校时，老师们都以为弄错了，把麦家叫去“当面对证”。那首长见了麦家，说：“没错，就是他。”这才有了后来成为作家，家喻户晓的麦家。

有时，机会是自己创造的，比如让一块树荫。

霍金的朴实

印度作家菲尔杜斯·根戈一次到英国剑桥大学见到了史蒂芬·霍金,带着好奇、崇敬问了好多问题。

当菲尔杜斯问霍金关于勇敢的问题时,霍金通过电脑合成的声音"说":"我不勇敢,我是没办法选择。"

菲尔杜斯又问:"当像我这样的人来打扰你工作时,你会不会感到不耐烦?"霍金很快就"答"道:"会的。"他笑了。

菲尔杜斯问道:"你认为身体残疾给人带来的最大的好处是什么?"霍金"说":"我认为身体残疾对人没有一点好处。"菲尔杜斯则说:"我想是有的,你可以发现世界上有多少善意。"霍金"说":"也是。"

菲尔杜斯又问:"对残疾人,你有没有什么建议,使他们生活得更好?""他们应该全心全意去做他们擅长的事情,我认为像残奥会这样的事情只是浪费时间。"霍金回答"说"。

半个小时很快就到了。菲尔杜斯笑着说:"我想就打扰你这么多吧,谢谢你……""留下来。喝点茶,我可以带你看我的花园。"霍金"说"。

菲尔杜斯留了下来,在游完花园后,菲尔杜斯要告别了。菲尔杜斯觉得霍金是一个很普通的人,很朴实、很简单,不做作、不伪装,同时又觉得霍金是一个最美丽的男人,自己要向霍金看齐。

最重要的教育

有这么一个场景：越战时，美军飞机对越南一个村庄进行了轰炸，投下了很多燃烧弹，有几个小孩有幸跑了出来，可是他们不是光着身子，就是身上衣服着火了，其中一个女孩身上着了火，她受惊哭喊着往前跑，一名美国记者看到这难得的场景，拿起照相机便拍了下来。

作家梁晓声为此说道："当时这个美国记者有三种选择：第一，他赶紧过去把小女孩身上的火扑灭；第二种，他拍下照片后再赶紧灭火；第三种，他拍完照后，赶紧再往前面村庄，因为可能还有更精彩的照片可拍。"然后，他分别问小学生、中学生和大学生如何选择。

大学生大多选择了第三种，他们强调说："他是记者，他的任务决定了他是拍照的，他的职责决定了他必须拍出更多更好的作品来。"中学生则不少选择第三种，也有选择第二种的。因为他们即将毕业，知道做好本职工作的重要性，因为拍下这张难得的照片，可以让更多的人看到这场战争的残酷，从而起到教育作用。这张照片后来果然获得了国际大奖。而小学生却大部分都选择了第一种。问为什么时，他们说："那火烧着多痛啊，还有什么比救孩子更重要的事呢？"

难怪一位科学家获得了诺贝尔奖，记者采访他，问："你在哪里受的教育最重要。"他回答说："幼儿园。"也难怪在"文革"时，流行"打、砸、抢"，没有人性呢。梁晓声说："教育的成功不只是传授知识，学习的目的也不是知识越多越成功。更重要的是让人有人性，心地善良，热心助人，这样社会才会更温暖，活着才更幸福。"

三毛辞稿约

三毛稍有点名气后，开始有很多报纸、编辑向她约稿，她很高兴，觉得这样对于提高知名度和增加收入都有好处。

她此后对于约稿来者不拒，而且都准时完成。可是，渐渐地她发现完成命题作文，有时没有灵感也要逼着自己写，疲于奔命，常常写得很痛苦。

正好那时她与荷西爱得如胶似漆，她常常想多陪陪荷西，想为他做些可口的饭菜。又一次她到了要替《实业世界》交稿的最后期限了，可是她却一点灵感都没有。三毛很烦，有荷西在，她静不下心来，于是她只好对荷西说："明天不跟你见面了。""什么事这么严重？""因为有一篇稿我必须完成。"荷西也没生气，只是说："这样好了，明天清早我带你去公园走，放松一下，可能就会有灵感。"三毛只好答应了。

早晨六点半，三毛跟着荷西在马德里的一个大公园走着，可是三毛的脑子一直在想文章的事，虽然荷西有些不悦，可是也只好由着她。突然，三毛看到公园的园丁，在冬天那么冷的清早，爬到好高的树上锯树。三毛指着锯树的人，对荷西说："他们好可怜，这么冷，还要待在树上。"荷西想了想说："我觉得那些被关在方盒子里办公、对着数字的人，才是天下最可怜的。如果让我选择，我一定要做那树上的人，不做那银行上班的人。"

听了荷西的话，三毛突然略有所悟，因为与荷西在海里玩儿，去淘宝，布置房间，虽然很累，可是他们很快乐，然后三毛把这些快乐的情感记录下来，写成文章，别人读了都说好。可是，写些应景的、交作业的文章，她一点都不快乐，她决定要做那“树上的人”。

回到家，三毛就给杂志编辑写了封信，说：“对不起，下个月的专栏要开天窗了，我不写了。”

此后，三毛把过去视写作为生命转变成视生活为生命，不为写而写，不为名、不为利写，写作只是她快乐生活的副产品，只写有感而发的东西，写好玩的东西，快乐地写。

尼克松妥协

水门事件后，尼克松面临最高法院的调查，他有两种选择：抵抗和服从。如果抵抗，尼克松可以行使总统特权，面对法警对白宫的搜查严词拒绝，不予配合，让法院拿不到证据，就无法判定尼克松有罪。如果服从，让总统与百姓一样接受一切询问与搜查，法院将很快查出事实真相，尼克松就很可能遭到弹劾。

尼克松在任内的能力是有目共睹的，业绩也是毋庸置疑的，他再做一任，可以更加名垂青史，他不想因为这点小事让他总统权力止步，于是他准备为了保住总统职位做最后的较量。与此同时，很多支持尼克松的下属也坚决地站在他这边，决心不惜一切代价与采取一切手段。出身于军界的白宫幕僚长黑格就提出，调 82 空降师驻守白宫，保卫总统，决不让法警“为所欲为”。

在这个关键的时刻，国务卿基辛格向尼克松建议说：“国家比总统更重要，名誉比权力更重要。”尼克松愣住了，没想到自己的左臂右膀，关键人物如此说，便问：“此话怎讲？”基辛格说：“如果你用权力阻碍司法，掩盖真相，即使你不被罢免，能够继续当总统，可是你下台后，仍然会被人重启调查，那时秋后算账，事实终有真相大白的一天，那时你就会名声扫地，甚至还会被落井下石。”

尼克松吓出一身冷汗，思考再三，最终选择了服从，他马上发表了声明，说：“我接受一切调查，在事实与真相面前，总统没有任何特权，我只是一个公民。”最终法官通过全面调查，事实真相水落石出，尼克松不得不下台。但他因为没有阻碍司法调查，没有顽抗到底，结果并没有被判刑，也没有遗臭万年，相反历史、人民还是给了他应有的地位和声誉。

· 正常是最好的标准

于丹结婚13年才要孩子，自然在怀上孩子那一天，孩子就成了全家的“中心”。父母让她多吃一点，好生一个大胖小子。她也想要一个最漂亮、最聪明、最可爱，人人都夸的与众不同的胖娃。

九月怀胎，生下女儿那天，医生通报喜讯：“50公分整，6斤2两，孩子的体重身长颅围胸围，一切都在正常值。”看着孩子不是很白，也不是胖乎乎的，也不是美若天仙，不是人见人爱、人见人夸的那种，她躺在床上有些失落，然后就惆怅起来，跟医生说：“个子那么小啊？我挺那么大肚子，以为能生一个七八斤的大胖孩子呢。”

医生知道于丹的名气很大，是女性朋友们心中的楷模。同时，又觉得于丹的专业知识还是有“死角”，于是告诉她：“孩子如果那么胖，产妇就有可能妊娠高血压了，你如果生出一个8斤的孩子，你自己现在可能就是糖尿病，然后这个孩子就有肥胖基因。”这是什么意思呢？医生看到于丹还是有些不高兴，又解释道：“孩子不胖不瘦，各项指标正常，正常就是人生最好的标准。相反，超常不是好事。”

听到“正常是世上最好的标准”那一刻，医生令她醍醐灌顶。此后，在养育和教育孩子方面，于丹没有因为自己是名人和成功人士，就要求孩子“青出于蓝而胜于蓝”，而是按照医生说的：正常发育，身高、体重、智育等各方面正常。没有给孩子提过高的要求和标准，给她过大的压力，顺其自然，使其成为“正常”人。

其实，我们学习、工作、做人都是这个理。别老想着特别出众，独树一帜，与众不同，那容易被称为不正常的人，称为“怪胎”“怪人”，为此是要付出更大的代价，走得更加艰辛。

《西游记》为何热播30年

86版《西游记》热播了30年，陪伴了一代又一代观众，它为何有如此大的魅力呢？

1981年11月，中央电视台副台长洪民生问杨洁："要是让你把《西游记》拍成电视剧，你敢不敢接？"当时电视剧在中国还是新生事物，尤其要拍《西游记》这样腾云驾雾的神话剧，难度很大。杨洁就问："有什么要求呢？"那时，日本已经拍出了《西游记》，洪民生说："只要比日本拍得好就行了。"杨洁笑了，说："《西游记》是咱中国的，不能比他们低，好，我接。"就这样，杨洁为争一口气，成了第一代电视导演。

为了拍出最美的画面，杨洁带领团队走遍了全国各地，那时很多景点都没有开发，他们成了"探险"者，可是还有不少人咬舌头，说："国家不该拿这么多的钱让她去游山玩水，还跑到泰国、印度去拍，国内没玩儿够？"那时，旅游可是最时髦的事，于是中央马上派调查组调查，调查组跟着他们，发现他们既不是住宾馆，也不是吃山珍海味，就是风餐露宿，常常不得不吃发霉的面包，临时入住的寺庙还闹鼠灾……调查组感叹："这哪是游山玩水，分明是吃苦受罪。"于是同意继续拍。

可是，拍了三集没有钱了，剧组觉得这是件很有价值和意义的事，决心一定要拍出来，便自己想办法。后来，剧组人员找到铁道部第十一工程局，工程局同意借给他们300万元，才使拍摄得以继续。

每一个镜头大家都精益求精，为了拍出更好的效果，剧组经常有人和导演杨洁争论，最多的是担任摄影的，也是她的丈夫王崇秋，有时候两人甚至吵了起来，杨洁说："对老王提的好的意见，我都会接受。但如果他的意见和我的整体思路有矛盾，我会坚决拒绝。"

他们拍了25集，用了六年时间，后来两次获得"金鹰奖"。尽管之后不断有《西游记》新作翻拍，却都未能逾越这部经典。为何呢？杨洁说："因为我们是在搞艺术，不是为钱、为名、为利。"

陆谷孙改错

《英汉大词典》是由中国学者陆谷孙教授独立编纂的第一部大型双语工具书，始作于1975年。

在陆先生手中的校样稿左上角，有一句“对不起”，是他写的。直到第三、四次版，他修改得还是密密麻麻。老是改来改去，原编者觉得陆谷孙讨厌，更给排版公司添麻烦了。“文革”期间，他编《新英汉词典》的时候还是铅字排印，他因为修改校样太多而遭到了工宣队的训斥。可是，不改的话，纵容错漏等于把词典扔到了历史的垃圾堆。后来，他们让他去端铅字字盘，体会一下劳动的艰辛。

1988年，词典即将完成编纂前的评议会议上，有的专家认为，这部词典有可能成为我国目前最大、最新、最好的一部英汉词典。然而，陆谷孙却说：“我们的愿望是能对读者负责。因此我们在质量问题上只能自始至终采取‘如履薄冰’的态度。”

1989年出版上卷，1991年出版下卷。在下卷本的征订会上，陆谷孙发言道：“我可以诚实地告诉各位，《英汉大词典》上卷，共1967页，迄今发现的错误和缺点，约为每一百页出现一次。”急得一旁的出版社负责人差点跳起来。

在新版《英汉大词典》的“修订说明”中，陆谷孙又罗列了一堆原版中的问题。他说：“我不隐瞒一点缺点。其实，看到一个差错，我自己如同吞了一只苍蝇,恶心得很。我准备做拳击手训练时的那只沙袋,接受各种批评和指责。对那些诚恳批评者,我向他们脱帽致敬!”

之后,新出版的《英汉大词典》出来了,陆谷孙不是兴奋,而是不安。他带上老花镜,急忙翻起来,看着看着,发现在自己用英文撰写的《前言》中,有两处地方不那么贴切。他心中有些不安,然后认真地接下去继续找错, 在第 53 页看到一行空白, 表明印刷也有问题。次日给研究生上课,他愧疚地“通报”了“错误”,号召大家都来找错,谁找到一个错误,奖励一本外文书籍。

就这样,才使得这本书成了经典,成了质量最好的一本工具书。

什么是绅士

一次，华盛顿问秘书："我不太明白，英国很多阶层的男士都可以叫绅士。那么，什么是绅士呢？"秘书说："绅士就是手拿文明棍，头戴大礼帽，身着笔挺的西装，足登亮皮鞋的人。""可英国官员可以叫绅士，律师可以叫绅士，医生也可以叫绅士。""哦，绅士就是彬彬有礼，待人谦和，谈吐高雅，知识渊博，见多识广，有自身修养的人。"华盛顿又说："可英国甚至无业的人也可以叫绅士，为什么各行各业，这么多的人都可以叫绅士？"秘书又解释说："有爱心，尊老爱幼，无不良嗜好，人际关系良好的人都可以是绅士。"

"你说得对，你再帮我查一下，绅士到底是什么意思？"华盛顿对于绅士越品味越觉得有味。不一会儿，秘书说："查到了，在字典中，解释为优雅、上品，可爱、宽大、稳健、亲切、有礼，有德行、能干的人，具有高贵的文明礼貌与仪态，有教养，文明，有'很懂事'的表现，绅士不会在公开场所表现任何的不满，生气，等等，有着上述品格的男士即可称为绅士。"

华盛顿很高兴，说："你讲得很全面啊，但这么多，我有些记不住。能否用一句话归纳。"

秘书想了一下，说："其实所谓绅士，就是非自我中心的心态和行为。"华盛顿仍然不满足，又说："能否再通俗一点？"秘书最后说道："就是不给别人添麻烦的人。”“很好！这下我明白了。”后来，华盛顿努力做一名绅士，同时把它具体化，从生活中总结出了111条如何做绅士的细节，最后他也成了绅士的楷模。

坏了的时钟也有对的时间

作家黄小平学生时代曾担任班长。但那时他虽然工作积极性很高，可却常常过于偏激，对那些表现好的、听自己话的同学，总是笑脸相迎，好处都想着他们。而对于缺点多、学习不好的同学，就没有好脸，没有好话，把他们看扁，看得一无是处，以致他成了孤家寡人，这也让他自己很委屈。

这让父亲替儿子担心，总想找机会劝一下儿子。一段时间，他家的挂钟坏了，一直搁在墙上，没有拿去修理，指针一动不动地停在2点15分的位置。一次，父亲见小平回家，自顾自地说："别说，这坏了的挂钟，也有对的时间。""这挂钟一直坏着，连时针都不走了，怎么会有对的时间呢？"小平说。"至少，它一天有两次对的时间，就是白天和晚上2点15分这个时间。"父亲说，"一只看似彻底坏掉的时钟，一天也有两次正确的时间，何况一个犯错的人呢？"父亲的话，让小平开始对自己的所为反思起来，后来他悟到了："《礼记》中有句话值得借鉴：'爱而知其恶，憎而知其善。'"便改正了自己走极端的毛病。

早在我国的儒家经典《大学》中说："人们对自己亲爱的人往往过分偏爱，对自己轻贱厌恶的人往往过分轻贱厌恶。"为此，胡适也说："爱而知其恶，恶而知其美，方是持平。"做人、处世"公正"很重要，公平才能不偏不倚，一碗水端平，才能让大家心服口服，处世才能服众。

在生与死的面前

科扎克是一名德国老师，他是孩子们心目中最好的老师。

可是，由于他们学校不少学生是犹太人，一天一帮盖世太保来到学校要把这些孩子送进集中营。一些孩子藏在柜子里，被盖世太保抓到，立马将孩子拖出就地正法，吓得孩子们一个个抖索起来。有的孩子开始跳窗逃跑，可是出去一个，立即就遭遇到射杀，孩子们吓得面如土色，惊叫道："完了。"

盖世太保在清点完人数后，将192名孩子、10个老师准备带上车，孩子们开始大哭起来，可是盖世太保立马端起枪就砸，科扎克说："孩子们，别哭，别怕，有我呢。"此时，进来一名德国军官，他走到科扎克身边。科扎克着急地说："总算把你盼来了。"军官将一张纸条偷偷地塞给科扎克，军官说："你不知道有多难弄。"这是特别通行证，有了这，科扎克将不必进集中营。

突然，一个小女孩抬起头问科扎克："你不要我们了吗？"孩子们一个个成了惊弓之鸟。科扎克说："不，老师永远和你们在一起。"科扎克于是对德军官说："不用了。"那人瞪了科扎克一眼，小声说："你疯了，进去你就死定了。"另一名老师也拉了一下科扎克的衣袖，说："你走，逃一个是一个。"可科扎克却说："孩子们需要我！"

然后，科扎克看了一下其他老师，本来刚才老师们眼光还是暗淡无光的，因为他们看到了死期。可是，当他们看到科扎克却与他们一同赴死时，突然觉得死并不可怕。于是，科扎克牵着同学们，每个老师都扶着几位学生，大家昂起头，眼睛直视前方，走向了通向死亡的货车。

在生与死的面前，科扎克拒绝了逃生的机会，他大义凛然，让死变得那么崇高，也让害怕变得英勇。

·贵人在哪里？

何飞鹏对新闻很感兴趣，一生最大的理想是当记者，28岁时他有幸进入了台湾《工商时报》工作，却被安排到了广告部。他不想干，可是广告部的总经理很欣赏他，总经理说：“我们这里实在是缺人，要么你先干一年，我保证放你。”

他想到在本报社里调岗会容易些，便留了下来。有同学向他建议：“你这一年，对于广告工作可以混日子，抽空学采访，同时认识编辑部的人员。”可是，何飞鹏这人很实诚，全身心地投入广告学习，很快就上手了，由于他勤奋好学，还经常加班加点，工作做得很好。总经理越发喜欢他。一眨眼就到一年了。可是，一时又没有招到人，于是总经理只好如实地对何飞鹏说了实情，想请他再坚持一段时间。

何飞鹏有一种被骗的感觉。同时，好友也说：“你这人傻，你工作干得这么好，傻子才会放你走呢？”好友建议说：“从现在开始，你就混日子，要由他舍不得你走，变成他赶你走。”可何飞鹏做不出来，他在岗一天，就要干好一天。

又过了半年，终于招到了人，总经理决定让何飞鹏走了。那天，总经理问他：“你和编辑部那边说好了吗？”何说：“没有啊，您同意我走，我才敢做安排。”总经理十分感动，说：“你既然没有安排，我建议你去大报，锻炼机会更多，进步会更快。”

就这样，总经理通过熟人把何飞鹏介绍进了台湾第一大报社当记者。后来，何飞鹏成了台湾最大出版集团城邦 CEO，台湾著名杂志出版人。

当你处处替别人着想，别人也会同理相报。如果你只计算自己的利害得失，那么就很难遇到贵人，损失的可能不只是财产，还有一辈子无法改变的机会。

·做人不可耍奸

吴念真的儿子吴定谦学习成绩很好，老师专门安排了一个成绩很差的同学和他同桌，让他多帮助这个同学。

一次考试，同学没几道题会做，便想着法子抄吴定谦的答案。平时有问题问吴定谦，他都会帮助的，可是考试想坐享其成，门儿都没有。于是，定谦不给抄，用手盖着答案。可是，那同学实在做不出，于是就变换着法子来偷看，这影响了吴定谦的情绪和做题速度，他便举手向老师报告。老师便批评了那同学，并且警告他再偷看，就要当成零分。可是，那同学不怕得零分，继续毫无顾忌地偷抄。

吴定谦实在没有办法，灵机一动，拿开手让同学抄，很快同学就抄完，交卷了。此刻，吴定谦却笑了起来，然后把刚才做的答案全擦了，重新写。原来，他先前是故意写错的答案，让同学掉进“陷阱”，然后再把正确的答案重新写了一遍。

回家后，吴定谦很得意地向父亲吴念真说起此事，并且说那同学就是一个“傻帽儿”。吴念真有些生气，因为他认为这种做法是奸诈，于是批评儿子。没想到儿子说：“他做不出来还想得高分，这不公平。”吴念真说：“你这种心态是自私，你是觉得自己的分数比他高很多，才觉得爽，你太看重成绩了。”儿子还是不服气地说：“他凭什么不劳而获。”吴念真于是讲起了自己当兵时的事：“我在当兵时，执行任务有错误发生，会有一个人主动出来承认犯错，这个人会被大家尊敬。”最后，吴念真讲道：“做人要有底线，同学抄固然不对，可是你使奸、弄诈，也是骗人，就是不厚道啊！”

做人应该有底线，不管别人怎么对你，你可以检举揭发，向老师报告，却不能变本加厉地“挖坑”。因为使奸、使诈的结果，会失去信任，丢掉友谊，使自己成为一个不厚道的人，反过来也会害自己。

· 闻一多向鲁迅认错

鲁迅是一面旗帜，他骂过很多文人，其中就包括闻一多。

闻一多早年因安于淡泊，长期以来接受的都是美式的教育，过着书斋生活，对于如何拯救中国，他认为应当走“艺术救国”的路子。他信仰国家主义，参加新月诗派，追求艺术“唯美”，碰壁之后，躲进象牙之塔。他年轻时就对鲁迅缺乏好感，对鲁迅的那一套很反感，曾批评、讽刺过鲁迅。鲁迅也没有少骂过他们这一批文人。在国家主义派与马克思主义展开大论战时，闻一多选择了国家主义；在新月派对无产阶级革命文学发动论战时，他跟着反对鲁迅。

但后来，在残酷的现实面前，闻一多渐渐地觉醒了，1943 年后他因目睹国民政府的腐败，积极参加反对独裁、争取民主的斗争。在这个斗争中，他方才发现鲁迅过去的很多思想、做法都是正确的，是值得学习和发扬的。1944 年，昆明文艺界举行纪念鲁迅先生逝世八周年晚会，闻一多不仅不避嫌前去参加，还发表了坦诚的演说。

他动情地说道：“鲁迅对！他先前骂我们清高，是对的……如果我们都有鲁迅那种骨头，哪怕只有一点，中国也不至于这样！……我们自命清高，实际上是做了帮闲帮凶……时间越久，越觉得鲁迅伟大。今天我代表自英美回国的教授，至少我个人，向鲁迅先生深深地忏悔！”

闻一多不仅在口头这样说，在行动上也向鲁迅靠拢。1946 年 7 月

15 日，在悼念被国民党特务暗杀的李公朴的大会上，闻一多发表了著名的《最后一次演讲》，当天下午在西仓坡宿舍门口被国民党特务枪杀。闻一多用生命兑现了他的诤言。

·两个土豆暖一生

20 世纪 80 年代，曾经拍摄了武侠片经典之作《少林寺》的张鑫炎导演带着摄制组来到陕北拍摄《黄河大侠》，他发现陕北还是那么地贫穷，心里很不是滋味。

一次，张导在拍摄时，看到围观中有个四五岁的孩子挺可爱，他想给孩子点什么，在身上摸了半天也没有摸到合适的东西，于是又问一位女演员："有糖果吗？""没呢！"张导就从身上掏出两角钱，给了那孩子，让他去买东西吃。

第二天一早，当他们再次来到拍摄地时，一地的冰霜中，那个男孩早早地来了。他在人群中挤呀挤，竭尽全力地挤到张导的身边，从口袋里掏出个东西，悄悄塞给张导，走开了。张导觉得还热着，一摸是两个烧好的土豆。过了一会儿，张导剥掉土豆的皮，土豆散发出浓浓的香味，他吃一口，那个味儿啊，直透到心里。

助理突然叫了起来："啊，张导，你真有福气啊，这是毛主席吃的土豆。"张导傻笑着。那人便讲道：毛主席当年在陕北断了很长时间的粮了，当地的老百姓就选了几个土豆，外面裹着泥，放在炉子里烧，后来送给主席吃。主席吃了说这是他吃过最好吃的东西。后来，陕北人民便用这种方式招待他们的"贵客"。

张导的眼睛湿润了。此事过了好几年，张导更加怀念那个小孩，感觉到那个土豆的温暖是无与伦比的。张导后来曾多方打听这个孩子，可由于当时没有问小孩的名字，也就无从知道他的下落。张导真想找到他，对他说句感谢的话，再给他点经济援助，或者让他到香港去看看。可一直未能如愿，他心里很惭愧。他后来就给那所山村小学捐献了一些图书。

20多年后，张导说："这是我一生中最让我感动的一件事，真感谢那个孩子给我留下了这么美好的记忆。"

· 活着的理由

儿童文学作家秦文君曾说外婆对她的影响最大，因为小的时候她是外婆带的，她常问这问那，外婆总是笑而不答，而是让文君自己去寻找答案。

一次，文君问外婆："人为什么要活着？"外婆又笑了，说："你说呢？"

"不知道？"外婆只是说："人活着有一万零一条理由，所以她才留恋生命。"

"你说说看。"外婆便说："你去找啊！"

于是，秦文君便准备了个本子，便开始寻找答案，她到处找人询问。有人说活着是为了亲人的笑容，他爱他们，要与他们厮守，共度长长的一生；有个邻居是大学生，他说活着是为了荣誉和生命的尊严；一位陌生的过路人，他说活着是为了不白白来人世一趟，他要跋山涉水，到处走走、看看，去领略生命中许多潜藏的景观……

最难忘的是一个身患绝症的少女，她走路都已经东倒西歪了，还坚持走出来，常常出来坐在树下，倾听鸟儿的歌唱，晒晒太阳。知道时日不多后，她抱住一棵树，呼唤着三个字："我要活。"渐渐地，文君那本子上记载的理由已有数百条了，过了一年，又变成了数千条。就这样，文君更加热爱生活，热爱生命，善待他人，怀有追求，成了一名作家。

终于有一天，外婆病危，文君赶到医院去看外婆。当时，外婆定定地睁着眼，侧着双耳，专注而又陶醉地聆听着什么。文君悄声问外婆在听什么美妙的声音？外婆喃喃地说："我在听心跳的声音。"文君流泪了，她终于找到了一万零一条活着的理由。再后来，秦文君又明白了，其实活着不需要理由，因为你既然生下来了，就要好好活，坚强地、幸福地活着就是最好的理由！

海瑞死可瞑目

明朝万历十五年(1587),74岁的海瑞一病不起,他妻子早逝,女儿远嫁他方,身边只有一个老仆人照顾。突然兵部派人送来了他的薪俸,他挣扎着起来感谢龙恩。可是,官员刚走,他刚躺下不久,觉得不踏实,觉得还是要亲自清点一下。仆人说:“我清点不就行了吗,你还信不过我吗?”“不是,我清点才放心……”他气喘吁吁,说不下去了。

海瑞是个遵循着自己的理想与信仰的人。他进入官场当小县令的时候,一身衣服穿了十几年,穿得很旧了也不舍得买新衣,平常穿便服出门,不知道的还以为是乞丐。唯一一件好衣服就是官服。平常吃的,也全是自己家开垦荒地种的蔬菜。从来没有收一份礼物和一分钱财。官员母亲过寿谁收到的礼物不是堆积如山,可海瑞母亲过寿一份礼也没有收,他狠狠心上街买了二斤肉,就像“过年”一样吃上了肉。

海瑞做了几十年官,要罢他官时,抄家的居然都没有抄到像样的、值钱的东西。乃至他回海南老家,一点儿积蓄也没带回去。再后来,72岁的海瑞被重新起用。

海瑞在仆人的帮助下,起了身,清点了薪俸,他觉得不对。于是,又点了一遍,还是不对,多算了一分银子,于是海瑞叫道:“多了。”“怎么会多呢?”“我想一想,”过了一会儿他说,“噢,应该是冬天的取暖费,其中有七钱银子他们算错了,多发给了我。”“多了就多了呗。”“不行,我海瑞一生清清白白，从来没多拿过公家一分钱。”“那怎么办？”“我要请你给退回去。”“不就是一分银子吗？”海瑞生气了，说：“对你来讲，叫作一分银子；对我来讲，叫作终生的人格。”

仆人不说话了，最后，海瑞挣扎着断断续续地说：“你一定要帮我把这七钱银子给还回去，要不我死不瞑目！”“好，你就放心吧！”两天后，海瑞闭上了双眼！

仆人最后还回了七钱银子，为海瑞纯粹、完整意义上的清官画上了一个圆满的句号。

一站路500元

作家戴文妍采访乘飞机回上海，她在虹桥机场下飞机，她家在一站路远的龙柏新村。她叫了一辆的士，司机一听去龙柏新村，没让她上。

戴文妍走到另一辆旁边，有些不好意思地说去龙柏新村，那司机却愉快地说："好的。"路上司机有说有笑，戴文妍觉得这司机不错。到了地儿，戴文妍有了新主意，便问："能否等我一下？"司机本来还准备开回机场去，这一听，还有活儿，马上说："行啊。"等了15分钟，戴文妍回来了，说："去金山。"司机一听，乐了，因为金山在大老远的南面，这下有得赚了。

到了金山，戴文妍准备结账，可是因为等一下还要回去，怕一时半会儿打不到车，于是又试着问："你能否再等我一下？""行啊。""不过可能比较久。""多久？""一小时。""行！"戴文妍刚走几步，又返回交代："将计程器开着，车费算我的。"可是，司机等她一走，就关了计程器，他觉得车没跑，不能算客人的。

一个多小时后，戴文妍回来了，看到司机还等着，觉得很过意不去，说了几句谢谢之类的客气话。然后，又请司机开回龙柏新村，到了目的地，来回车费是400元，戴文妍却执意要付500元，她说："你等了我近两小时，必须算我的。"司机拗不过去，只好收了。

其实，这生意是司机"捡"来的。因为去龙柏新村一般司机不接一站路的生意，而这司机愉快地接了，于是戴文妍临时决定去办事，把一个大生意还给他。后来，司机等待时，毫无怨言，戴文妍为了“奖励”他的无私，于是又给他加了 100 元。

人与人之间往往就是这样，你越是计较、苛刻，别人也会跟你计较，你越是善良、宽厚，别人也绝不会亏待你。

加法应该怎么算？

一天，犹太商人佛拉尔问儿子杰尔：“一磅铜的价格是多少？”杰尔回答说：“35 美分。”佛拉尔说：“对，也不对，但作为犹太人的儿子，当别人说 1+1=2 的时候，你应该想到 1+1 永远大于 2。”

这让杰尔有些听不懂，瞪大眼睛看着父亲。父亲便说：“譬如同样一斤米，在农民看来，拿去卖只能得 1 美元；可是当做成粽子，可以卖 3 美元；把它加工成饼干，可卖 5 美元；而制成味精，就能卖到 8 美元；如果把它酿成酒，就能卖到 40 美元。”

杰尔笑了起来，点了点头，父亲接着说：“再拿一个 3 美分的铁块来说，当你把它制成马掌，能卖到 10 美元。当你把铁熔化，碳化成钢，然后锻造，做成刀片，就能卖到 2000 美元。当你做成绣花针，做成钟表发条，就能变成价值 100 万美元的产品。”

佛拉尔生前就是这样反复给儿子灌输“1+1 ＞ 2”的观念。后来，杰尔没有辜负父亲的期望，成为麦考尔公司的董事长。那一年，纽约州政府翻新自由女神像，他承包了扔下的废料。他将废料进行分类、加工，让人把废铜熔化，铸成小自由女神像；把木头等加工成底座；将废铅、废铝做成纽约广场的钥匙；最后，他甚至把从自由女神像身上扫下的灰尘都包装起来，出售给花店。

就这样，他化腐朽为神奇，变废为宝地卖了 350 万美元，创造了把一磅 35 美分的铜卖到 3500 美元的奇迹。

真正的挚友

海子、骆一禾、西川被称为北大的诗歌“三剑客”。骆一禾大海子3岁，他大学毕业后分配在了编辑部，他最了解真正的海子及其诗歌精神，为此海子也把他当成知己。

海子1989年3月26日去世后，骆一禾放下手头的所有工作，第一时间赶到海子卧轨的现场，亲自料理了海子的后事。他知道海子家里比较困难，于是与西川联合组织了在京诗人为海子募捐，把捐来的善款全数交给了海子的父母。

一禾知道海子在世时，很多人瞧不起他及他的诗，所以他认为对海子最好的纪念就是要让大家真正了解海子的诗歌。4月7日，一禾和西川便在北京大学组织了一场“海子诗歌朗诵纪念会”。14日，又在海子所在的中国政法大学做了关于海子诗歌的推介演讲。他还利用自己与媒体的关系，联合了《诗歌报》《诗刊》《人民文学》陆续刊登了“纪念海子”诗歌专版。在夜以继日地为海子身后事奔忙时，一禾的身体也报警了，吃不下，睡不着。父亲很害怕，因为他们家族有脑血管疾病的遗传，于是劝儿子“歇会儿”，一禾说：“忙完这阵子吧。”他忙着给诗人万夏写信：“有一些对海子不负责任的说法，我们还要加以持久的批判。”之后他投入海子诗歌的整理和汇编工作，很快就编好了海子的两本诗集，又马不停蹄地为诗集出版奔走呼号，最后将春风文艺出版社为他自己出版诗集的书号让给了海子。5月13日,一禾一直忙到深夜,写完了纪念海子的文章,14日凌晨,一禾因突发脑溢血而晕倒,就再也没有醒过来。

没有骆一禾就没有海子, 或者说就没有一个完整而光芒四射的海子,而他自己却并不为人们所知,这就是真正的朋友、挚友。

“刘炽死了！”

“啊，刘炽死了？”“谁？”“就是那个作曲家。”大家指着宾馆门口上的一张条子议论开了。

原来，1956年沙蒙要拍电影《上甘岭》，于是让刘炽谱曲。刘炽看了电影脚本后，心潮激昂，大为振奋，欣然领命。之后，他便躲进了长春电影制片厂的小白楼，为了避免外界的干扰，他请求宾馆方面不要打扰，不要打扫卫生，有电话不要转接，有人找请挡驾，饭送到房间里，他还写了一张条“刘炽死了”，贴在门上，然后就进入到创作状态之中。

刘炽先从歌词入手，反复朗读乔羽作词的《我的祖国》，“一条大河……”读着读着，那绝美的风景，优美的词语，深刻的意象，如一幅幅美丽的画卷徐徐展开。他从读到诵，到哼到唱，声调、音韵流了出来，有了节奏、语势，有了情趣和旋律。他觉得这不是一般的民族歌曲，一定要唱出志愿军战士对祖国、对家乡的无限热爱之情和英雄主义的气概。

对歌词吃透后，怎么定调？刘炽决定一定要谱出能够传唱，人民喜爱的歌来，于是他把1949年至1955年人们最喜欢的10首歌曲，反复地听，其中有抒情歌曲《二月里来》《江南三月》；有民歌《康定情歌》《在那遥远的地方》。听着听着，他就听出“味”来了，不久，他把根据《小放牛》改写的《卢沟问答》这首曲调的头两句略加改动，作为新歌的引子。

然后，他再把词与曲相结合，歌词真挚朴实，于是他的曲调委婉动听；词引人入胜，他的曲喷扑欲出；词热情奔放，他的曲如朝阳之光；词自然天成，他的曲行云流水；词遒劲有力，他的曲大气磅礴；词出神入化，他的曲至美境界。

刘炽正如名字所说，就是一团火，对事业的热情，为了祖国，奉献一切！曲谱出来后，他并没有马上提交，而是仍然反复打磨、修改，不仅要便于传唱，还要把优美和壮美相浑融，把歌曲升华到了一个很高的境界。

“消失”一周后刘炽又活过来了，他把《我的祖国》完整地展现在大家面前。人们听后不是一般地感动，而是灵魂深处的震撼，是誓为祖国献身的热血沸腾！之后《我的祖国》唱遍了全世界！

巴顿最遗憾的事

美国乔治·巴顿将军，高大、威猛、干练、精神，是军人中“最有型”的将军，他往那里一站，就是一副标准的军人形象，他曾以此为豪，可是这也是他最遗憾的事。

巴顿曾经就读于美国最著名的西点军校，他的理想就是成为美国最著名的将军，于是他特别重视自己的军人形象，在训练队列时，他常常受到教官的表扬：“你们看，巴顿那军容多么严整，军姿多么雄壮。”确实，别的人只能站半小时，他却能够站三小时不动，真正做到了站如松，坐如钟。

巴顿对一切军事科目都特别重视，比如射击、四百米障碍、识图用图等这些实战科目，他是绝对不让自己落后别人。

他优点突出，同时也有些偏执，比如他不爱读书，当一些同学业余时间去图书馆借书看时，巴顿就会说：“得了吧，还不如去训练。”当别的同学晚上都去丰富大脑上图书馆时，他却练得一身好力气，一身好肌肉。一次同宿舍的同学拿着一本《部队管理学》在阅读时，巴顿一拍，笑着说：“看这有啥用？”同学不解地问：“学习管理啊。”巴顿挥着自己的皮鞭，说：“我有这就行了，不听我的，就有他好果子吃。”又一次，老师让同学们业余时间可以读点战争史，于是有同学就借来这方面的书看，巴顿又嘲笑他们：“你看，敌人也看，那看了有什么用。”同学没话说，巴顿得意地说：“学习战争，最好的办法就是到战争中去学。”他说得还挺在理的啊。

就这样，在西点军校期间，巴顿一次也没去过图书馆，甚至图书馆在什么位置，门朝哪儿开他都不知道，他甚至大放厥词：“军校就不应该设图书馆，那都是浪费钱，读书就是浪费时间。”对此，老师非常不满意巴顿的这些“谬论”。为此，巴顿还辩解说：“有种你带一个连，我带一个连，咱们打一仗，看谁是谁的刀下鬼。”让老师对他都摇头。

在毕业时，巴顿还得意地说：“西点军校我哪儿都去过，就是图书馆没去过。”然后，他哈哈大笑，说：“咱们毕业后，五年、十年后再比比看，谁更厉害，谁打的胜仗更多！”

后来，巴顿带兵确实有一套，他带出来的部队也确实是一支能打仗的部队。另一方面，他管理方法过于简单，就是靠骂、靠打，也因粗鲁的“武夫”形象，屡遭外界诟病，为此他也吃了不少苦头，可他却“秉性难移”。

在第二次世界大战时，巴顿带领他的坦克部队打了不少漂亮仗，令德国鬼子都闻风丧胆。可就在巴顿该大展宏图时，战争也使巴顿更加脾气暴躁，性格粗鲁，因为辱骂受伤的士兵，尤其是还打了士兵几个耳光，受到国内舆论的“围剿”。马歇尔和艾森豪威尔等领导认为巴顿不堪大任，转而重点培养巴顿的副手，大智若愚、足智多谋、满腹经纶的布莱得雷。就这样，布莱得雷后来成了巴顿的上级，这让巴顿非常不爽。但最终布莱得雷成了美军的统帅，而巴顿却因为一场车祸，意外丧命。

巴顿的妻子后来说：“我丈夫生前曾多次谈起，西点是他一生的荣耀。但他也很内疚，因为在学校里，他甚至连图书馆在哪儿都找不到，他曾对我说，如果有机会再回西点，一定要在图书馆里多待些时间，以弥补自己曾经不爱读书的过错，重塑品质气质。”

·不让人失望的忠诚！

法军的一支部队里有一对兄弟，其中一个被德军的子弹击中。幸免于难的另一人请求长官允许他去把他的兄弟背回。长官说："但是你要考虑好，你可能因此而送命。"那名士兵把他的兄弟背回营地时，身负重伤的兄弟死去了。

长官说："看看，你冒死把他背回来是毫无意义的，而且你也因此身负重伤，太不值得了。"这名士兵回答："不，我做了他所期望的事，我得到了回报，我摸到他身边扶起他时，他说'汤姆，我知道你会来的……我就是觉得你会来。'"

一个孩子在一艘大轮船上，不幸掉下水，他奋力地向大船游去。很快他就没劲了，他一边举起手喊救命，一边坚持着，他相信船长会掉过头来救他。而那艘船走了好远时，才有人报告船长有一名小孩掉下去了。要知道，如果船停下来，要耽误大家的时间。当船长确定有孩子落水，并且从望远镜看到孩子快坚持不住时，他果断地下令放下小船去救孩子。孩子实在是没劲了，但是他坚信船长一定会来救他，于是在腿抽筋的情况下坚持着。最后小孩被救了，船长好奇地问："你为何能坚持这么久？"孩子说："因为我相信你会来救我。"

有一次地震，一名孩子在上课时被垮塌的房子埋住了，与他一起的还有一名孩子，这名孩子鼓励另一名孩子说："坚持着，别睡觉，我爸爸说了，不管遇到什么，他都会来救我的。”爸爸得知地震后，不顾余震，跑到学校，在没有工具的情况下，用双手来救孩子。他一边叫，一边开始寻找。可是，另一名学生不相信爸爸会来救自己，因为有一次他一夜未归，父亲居然没有寻找他，加上他被埋在下面的腿一直流血，痛得他不想活，就睡着了。而另一个孩子始终坚信父亲正在救自己，就这样最终他坚持到了被救的那一刻。

忠诚，就是这些故事的主题。当我们用心相信“忠诚”的时候，我们的生活才会更加美好。我们确信拥有忠诚，就会展示一场不让人失望的人生。

傅雷错卖仪器之后

傅雷先生曾说：“我有今天的成就，最感谢的是母亲。”

原来，傅雷从小跟着母亲长大，母亲重视他的学业，更重视他的人品与操守的培育，经常教育他要做一个自立的人、守信的人、勇于担责的人。

傅雷13岁时，一个周末母亲外出办事，他一人在家。没过一会儿工夫，外面响起收废品人的吆喝声。那时物资紧缺，大家平日都会把家里用过的东西如牙膏皮、墨水瓶等攒起来，等收废品的来了，拿去换钱。见邻居们卖废品，傅雷心想如果母亲在家，也一定会去的，因为毕竟收废品的人不是天天都来。如果自己也卖些家中的废品，一定会得到母亲的表扬。

那家里有些什么废品可以卖呢？傅雷想到了自己家最多的是书，可母亲最珍惜的也是书，书一定不能卖。傅雷找遍了家里的角落，都没发现可卖的废品。正当他有些泄气时，突然看到墙角边有一堆铁，一提，还挺重。要知道铁的价格很贵，如果把这堆铁卖掉，一定能赚不少钱。傅雷又怕这东西还有用，但转念一想，已经好长时间没看母亲用过这东西了，再说如果有用一定不会放在这里。于是，傅雷就提着东西来到收废品的人跟前，那人一看，两眼放光，马上给傅雷过秤拿钱。

这时，傅雷的母亲回来了。傅雷高兴地说道：“妈妈，你看，我卖了废品，赚了这么多钱。”他本想母亲一定会表扬他的，可却发现她欲言又止。原来，傅雷卖的那个“废铁”其实是母亲花了好大价钱、好不容易买来的、是还有用的仪器。当母亲看到傅雷手中的钱，立刻就知道那人给的价格不合理，因为那仪器里既有铝合金，也有不锈钢，还有铜，而收废品的人给的是废铁的价格。

这时，傅雷从母亲的反应中意识到了什么，那个收废品的也知趣地说：“要不……”但傅雷的母亲很快恢复了常态，说：“算了，那是我们的错，我们应该为自己的错误‘买单’。”收废品的人赶紧挑着担子走了，他知道自己今天赚了大钱。

回家后，听母亲说了刚才的事，傅雷非常自责。傅雷问母亲：“那您为何不立即把东西拿回来？”母亲说：“你既然卖了，我们就要为此承担责任，就应该为自己的错误行为‘付费’。”见傅雷很伤心，母亲安慰道：“我也有责任，我没告诉你那东西是有用的，也没有放到该放的位置。”同时，母亲还说：“我们做了事，就要为自己的行为负责，要勇于承担责任。不能言而无信，出尔反尔。”

这个教训让傅雷记了一辈子，使他成为一个不推卸责任、拿得起、放得下的人。

最好的哀悼

2009年3月1日上午，北京外国语学院的学生们坐在教室里，突然有人说："吴青老师可能不会来了。"有人不解地问："为什么？""你还不知道啊，老师的母亲冰心老人昨天去世了。""啊！"可是，11点整，吴青却准时出现在了课堂上。

教室顿时有些骚动。有人不解地小声问："刚才不是说大家自习吗？"原来，吴青母亲去世后，学校考虑到她可能太悲伤，再加上，可能前去悼念的人会很多，她要接待。于是，学校批了她一周的假期。

吴青走上讲台，面容、语气与平时一样，不一样的是左臂上佩戴了黑纱。吴青老师知道大家对她今天还上课有些不理解，于是说："我母亲在病重时，我想多陪陪她，晚上想守在她身边，可是她却让我早点回去备课，早一点休息，说'明天你还有课'。"

这节课，除了按正常的内容授完后，吴青还讲了一些母亲对她的要求，她说："母亲临走前，对我们说，她的后事一切从简，不要影响大家的工作，也不要影响别人的生活，大家该干嘛就干嘛。所以，当时学校安排了我假期，我谢绝了。本来昨天晚上决定要为母亲守夜，但考虑到今天我有课，我也休息了一下。很多人打来了电话，说今天要到家里来悼念，但是我向他们表示感谢，我说我不能陪他们，我要上课。"

听着，大家都想起了冰心老人过去写过的文章，大家都是看着冰心文章长大的，这次她的去世也成了最好的教育。一小时的课很快就结束了，可是吴青老师还意犹未尽，她说：“我母亲说，最好的哀悼和纪念就是大家各自忙自己的工作，大家能够过自己的生活！耽误了大家吃饭，对不起了。”

吴老师走了，可学生们还默默地坐在教室里，这成了同学们最难忘的一课。

“谁叫你是毛泽东的儿子！”

毛岸英是毛泽东与杨开慧的长子，他因为是毛泽东的儿子，从小就颠沛流离，吃尽了苦头，受尽了折磨。长大了，好不容易从苏联回到了延安。

一天，毛岸英向对父亲请求道：“爸，我要结婚！”毛泽东很疼岸英，他受了不少苦，好不容易才回到自己身边。他也知道儿子在和刘思齐谈恋爱。毛泽东说：“思齐是个好孩子，你们恋爱我同意：可是现在不能结婚，思齐还小，不到结婚年龄……”岸英急道：“可我都27岁了！”“可思齐不到年龄。”“思齐也18了。”“周岁虚岁？还差几个月才满18周岁吧。”“岁数不到，结婚的多着呢！”“谁叫你是毛泽东的儿子！”岸英说：“我自己的事我自己做主！”“你找谁结婚你做主，结婚年龄不到，你做得了主吗?制度和纪律要做你的主！”岸英急了，正因为自己是毛泽东的儿子才吃尽了苦头，妈妈才被杀了头。毛泽东又强调说：“我们的纪律你不遵守，谁还会遵守？我再说一遍，思齐不满18周岁，你们就不能结婚！”岸英生气地摔手就走，他突然想妈妈了。

第二天，毛岸英没起床，谁也劝不住。警卫排长阎长林便去报告毛泽东。毛泽东一听，一拍桌子，站起身，大步赶到岸英的屋门口，大声地问：“毛岸英，你想干什么？”岸英最怕爸爸，只好起床。“晚半年一年就受不了啦，没出息！”毛泽东训斥一声，走了。

几个星期后，一天下午，毛泽东在村边小路上散步，遇上毛岸英下乡回来。岸英向父亲打声招呼就想走，毛泽东打着手势："别走，你过来，结婚的事想通了吗？""想通了，"毛岸英垂头道："是我不对。""思齐呢？""她也想通了，我们已经商量好了，过年以后再结婚。""这就对了嘛！"毛泽东摆摆手，"去吧。"

直到一年后的1949年10月，岸英和思齐才结了婚。他俩没做新衣服。新婚夫妇穿的都是平常的衣服。毛泽东仅送了儿子一件他穿过的呢子大衣，风趣地说："我没有别的东西送给你们，这件大衣，晚上可以当被子盖，白天岸英穿上可以防寒。"岸英哭了，他知道爸爸是爱他的。

“教员优先！”

“好，大家坐好，等向守志院长一到，咱们就照相。”这是西安炮兵学院召开第一次教职员工会议时的场景。向院长一到，看到自己被安排在第一排中间，然后是按照院领导、机关人员、后勤保障人员，按照职位高低排列，而学员在中间，教员安排在后面站着，顿时生气了，说：“重新排，教员坐最前排。”这让大家一下子转不过弯来。

那时刚建校不久，是老革命们一砖一瓦建起来的，1960年6月向守志由陆军第十五军军长调任校长。学校建好后，向守志觉得最缺的是教材和教员，当时一名教授都没有，得到周总理的关怀，向守志从著名大学选拔了16位资深讲师和200多名毕业生来校当教员。从军龄上来说，他们是“新兵”。

向守志说：“我们为什么落后？就是因为没有先进的武器装备，没有掌握高科技知识的一流人才。在座的有的经过长征，资历很老，可是你能让导弹上天，击中目标吗？我们这座培养导弹尖端技术人才的院校，首先要倡导和营造尊师重教的好风气。我认为，学院的事，应以教学为重；学院的人，当以教员为大！”下面有人议论起来了，向守志接着还宣布一条院规铁律：“以后学院重大集会活动，让教员坐前面，院领导和机关干部靠后坐；分房、提升、加工资、发福利、打饭购物理发洗澡等，教员优先，无需排队。”不少干部是经过长征的，是从朝鲜战场死里逃生过来的，教员与自己的角色发生“互换”，觉得不公平。

之后向守志亲自去听课，还微笑着向年轻教员亲手捧上自己沏上的热茶，然后全神贯注聆听教员讲授导弹的知识。向守志过春节必请教员同吃年夜饭，用自己的工资买好酒，让大家尽兴畅饮。就这样，学院上下营造了浓厚的尊师重教的良好氛围，很快院校建设飞速发展，成为西北地区屈指可数的名牌理工科大学。

1966年7月，经毛泽东主席批准，向守志出任第二炮兵首任司令员。

“妈，您是对的，我不怪您！”

“妈，他的癌症复发了。”三儿媳妇焦急地把丈夫的检查结果告诉妈妈田华。田华赶紧说：“那赶紧住院治疗。”“医生说换一种进口药可能有效果。”“那就赶紧用啊。”“可是医生说这种药要自费，价格也很贵。”田华一想，哦，家里已经一贫如洗了。

由于田华是著名艺术家，名声在外，正好这时有一对新人请她当证婚人，送来了一千元红包。于是田华说：“我这里有一千元。”儿媳妇说：“打一针要一万元。”“那可怎么办？”正好这时有一家制药厂找上门来，想请田华为他们厂做代言人，一年 200 万。田华真的好像抓到了“救命稻草”，要知道这钱真可以说是救命钱啊。

因为，2008 年三儿媳妇就被诊断出患了乳腺癌，因为田华是军级干部，工资高，那时她已经存了 300 万，所以她对儿媳妇说：“别怕，有病就治。”然后把自己的存折交给了三儿子。儿媳妇做完手术恢复得不错，不过她也领教到了治癌症报销比例太低，而治疗费用又太高，真可以说是用钱换来了儿媳妇的生命。当全家人缓过气来时，三儿子又查出患了肺癌。田华又一次倾囊而出，就这样她所有的积蓄所剩无几。没想到的是 2012 年二儿媳妇又查出患了乳腺癌，那时田华已离休，收入减少了，这样全家省吃俭用，给二儿媳妇治疗。2013 年 12 月，老伴又查出患了肝癌……最后因为缺钱被逼到差一点要卖房了。

当2014年有药厂想请她代言时，她想马上签合同。还是老伴冷静，说：“我没必要治了。这代言你也要慎重。”她一想，这药就是好，也不一定适合每一个人，况且这药家人也没用过，而且近年来有明星在这方面出事的。田华经过慎重考虑，放弃了代言。

虽然三儿子于2015年6月去世了，田华非常悲痛，但是三儿子一点也不怪母亲，临终前对母亲说：“您是对的，我不怪您！”

宗庆后改报告

娃哈哈宗庆后靠卖水成了“首富”，他在创业过程中也曾有几次遇到空前困难，可是核心干部员工却没有离开，他凭什么这么有吸引力呢？为此杨秀玲讲了一个故事：

杨秀玲因工作出色，被提拔为市场部部长，那时她是冲劲十足，而历练不够，董事长宗庆后有意栽培她。一次宗庆后便让她起草一份拓展市场意见的报告。因为是第一次独自起草这么重大的报告，杨秀玲既兴奋又紧张。经过一周调研、收集资料，几乎天天晚上都加班到12点，终于完成了，她心里还是没底，忐忑不安地将报告交给了宗庆后。她不知道等待她的将会是什么？

第二天，一个经验丰富而且是公司“一支笔”的同事过来关切地问她：“报告写得怎么样？要我帮你看看吗？”杨秀玲真是求之不得啊，于是赶紧把备份报告拿给他。之后他对报告进行了反复的阅读，从结构到章法，从段句到用词，从小标题到各种数据，都进行了大量的修改，并且用红笔标示出来。杨秀玲看后，吓出一身冷汗，自己写的是那么的幼稚，写作这一行的水又是这么的深，她觉得自己真不是这块料，她庆幸遇到了这么一个有水平，又这么肯帮忙的同事。她修改完后重新打印，赶紧再递交给了宗庆后。

宗庆后看后，露出了满意的笑容，说：“你辛苦了啊！”并在公司大会上表扬了杨秀玲。

后来杨秀玲才了解到，其实这位同事是宗庆后“派来”帮助杨秀玲的。原来宗庆后看了杨秀玲起草的报告后，觉得第一次写这么大的报告，写成这样是挺不错的，而且里面提的一些方案挺有新意的，可因为她是冲锋陷阵跑市场的，让她拿起笔杆子，难免有些不足。如果直接打回去，她既不知道怎么修改，也一定很受打击，所以就交待哪些方面需要完善、补充、修改，让他去帮助秀玲。

杨秀玲得知此事后，对宗庆后心生敬意。这次“打击”让她此后补上了不会写作的短板，同时此后即使在企业发展最困难的时期，她也坚定地留在了公司，现在她成为了公司的中坚力量。

“什么是高贵？”

董卿在《朗读者》上提问：“什么是高贵？”有人说：“董卿就很高贵。”她笑了笑，说：“还有比我更高贵的，她就是徐卓。”

董卿指了指她身边的一个90后姑娘，她是一个守鹤人。原来在20世纪有日本人去扎龙湿地收丹顶鹤蛋，两枚鹤卵就能换一辆豪华轿车，许多当地人都做这个生意，发了大财。可徐卓爷爷从来不做，他知道有比自己赚钱更重要的事，就是保护鹤蛋。可是姑姑徐秀娟上大学没钱交学费，爷爷说：“就是穷死，也不能用蛋换钱。”最终徐秀娟靠卖血完成了学业。

随着丹顶鹤数量越来越少，再这么下去丹顶鹤就会在中国灭绝的，徐秀娟便放弃了高薪的工作，回到扎龙湿地守护丹顶鹤，她成了丹顶鹤最好的亲人，甚至晚上都抱着鹤睡觉。丹顶鹤有了徐秀娟全心、细心的照顾，不仅存活率提高了，而且繁殖数量也增加了。徐秀娟把鹤看得比自己生命还重要，一次天气恶劣，徐秀娟为了寻找丹顶鹤，献出了宝贵的生命。

徐秀娟年纪青青就这么走了，全家人都非常悲痛。如果没有人去保护丹顶鹤，那会有更多的人来抓鹤卖钱，偷鹤蛋发财。徐卓的父亲便继承妹妹的遗志，当起了守鹤人。要知道那片湿地，就如红军长征的草地，到处是陷井，人一旦陷进去，旁边没有人及时抢救，很快就会没了影，没想到，父亲也为了救鹤这样走了。

本来徐卓要被保送读研，而那片湿地就是她的伤心地。可是她一看到姑姑、爸爸用生命挽救的丹顶鹤，她就割舍不下，于是决定放弃读研，回到了湿地，她要用生命“践诺”。

董卿说：“在我了解到了徐卓的事迹后，我对高贵有了更深、更全面的理解，我觉得她是高贵的，高贵应该是人格、精神、灵魂的高贵，是骨子里散发出的仁爱与无私，是舍生取义的坚持，是纯朴善良的大爱。”

谢添："我的朋友也是人"

著名导演谢添一个最大的特点就是爱交朋友，三教九流都交，尤其是爱与普通劳动人民交友。

他与底层百姓很投缘，比如他常去新街口"华宾园"澡堂洗澡，与那里看门、搓背、修脚工交上朋友。后来他当了导演，特别强调深入基层体验生活。

底层朋友听说谢添是导演，一次大着胆子问谢添："你能不能带我们去电影厂看看拍电影？"谢添笑了，说："行啊，小事一桩。"于是他们约好一天，谢添专门到门口来接他们。门卫一看这些人就知道是平头百姓，谢添说："这些都是我请来的群众演员。"就这样进了电影厂，这些个朋友对什么都好稀奇，四处张望，见啥都问。那天正好厂长徐昂千也邀请了政府官员、企业界领导、金融界朋友来参观。这些人穿得都是西装革履，打扮得油头粉面，一看就是有来头的。厂长一看谢添带着一帮衣着不整、弯腰塌背的人，就来气了，这不是丢人现眼吗？马上脸拉了下来问谢添这是咋回事。谢添如实说："带朋友们参观。"厂长马上给谢添下逐客令："你让他们出去，改天再来。"谢添回敬道："你平时不是让我们向三教九流学习吗？"厂长低声严厉地说："你也不看看时间和场合，这两拨人能走到一块吗？"这让谢添不爽了，厂长马上叫人来说要清场，意思就是赶谢添的朋友出厂。谢添生气了，说："你的朋友是人，我的朋友就不是人吗？”厂长也说硬话：“这里我说了算。”谢添说：“你今天要赶我的朋友走，也把我赶走，我就不在你这里干了。”厂长没辙了，只好带着他的朋友去看内部电影，不与这帮人混在一起。

此后更多人愿意与不“势利”的谢添交朋友，使得他的朋友遍天下。

任仲夷的“抓”与“不抓”

1980年11月中央决定任仲夷去广东任第一书记，邓小平对他说：“广东要杀开一条血路来。”

1981年广东旅游部门组织内地公民香港游，香港歌星第一次来广州演出。渐渐地街头巷尾处处飘起了港台流行歌曲，之后便流行起了烫发头、喇叭裤、高跟鞋、超短裙……白天鹅宾馆规定：衣冠不整者禁止入内，皮鞋掌钉者禁止入内。

内地一位副省长来广州出差，看到灯红酒绿，气愤得在旅馆里擂墙大哭：“没想到我们社会主义国家竟然变成这个样子了！”一位老将军更是跺足捶胸，仰天长叹：“靠这一代年轻人当兵上战场，我们部队如何能打胜仗？”南北媒体口诛笔伐，广东已经变了颜色，倡导资产阶级生活方式，“特区除了国旗是红色的以外，已经没有社会主义味道了”，经济特区就像当年的租界，是旧中国“华人与狗不得入内”的翻版。有人责问：“任仲夷还是共产党员吗？”这一切都使得中央高层震动不已。

1981年4月国务院副总理万里来广州督导疏港，他劝道：“仲夷，北京议论很大啊，还是管一管吧！”任仲夷直言不讳：“我们要管大事，这些生活小事还是随他吧。我们共产党祖师爷马克思就是大胡子。喇叭裤老祖先在唐朝就穿了。至于迪斯科，不就是蹦蹦跳跳扭扭屁股吗？在延安时我们党的领袖们不是每个周末都举行交谊舞会吗？”

任仲夷面临着各种复杂的，甚至是艰难的局面，他挨过批写过检讨，但他守住一条底线，他说：“不搞改革，舍掉发展，一切都谈不上。要实行改革开放，就必须解决长期以来闭关锁国、固步自封的封建落后的保守思想。思想不解放，搞不了四个现代化，工作也不可能大治快上。‘排污不排外’。”

正是如此，广东在犹豫踯躅下单刀挺进，在众说纷纭下孤身奋进，为改革开放闯出了希望。

生命是平等的

2009年年初，苹果公司总裁乔布斯查出肝硬化晚期，唯一的办法是马上进行肝移植，乔布斯同意肝移植，可是当亲人做了检查后，没有配上型的，只能向外求助。可是现实却很残酷，美国有超过12万病人正在等待器官移植，在等待的过程中，每年有超过6500位病人在接受移植手术之前就去世了。

乔布斯等不及啊，患病的消息不胫而走，公司高层明白："乔布斯活着比什么都重要。"妻子感慨地说："我只要乔布斯，为了救他，不惜一切代价。"也就是说找肝源成了头等大事。美国高层觉得乔布斯是美国的象征，他的生命比别人更有价值，再加上钱对于他来说不是问题。于是各方都在为他找肝源想办法。乔布斯一次到医院去进行例行检查，他看到有不少人看他的眼神变了，他很奇怪，后来才知道他的好朋友托关系找了院长、部长，想为他换肝走后门、搞特权。他马上对妻子说："谢谢你为我所做的一切，但是我生病后，我更加理解那些患病人等候器官的心情，我觉得人的生命权是平等的。"说得妻子眼泪刷刷地落下来。后来乔布斯还得知有人为了找到肝源，不惜准备走"黑市"。他找到公司高层，请他们别再"搞公关"了。可是高管说："你活着，才能改变世界。"乔布斯说："我改变世界的目的是要让世界变得更美好，如果因为我们有钱，就抢了别人的生存权，那么这样的世界也不是我想要的世界。"最终大家只好放弃一切努力，排队等肝。

与此同时，乔布斯想到如果未来医学彻底解决了器官再生问题，人体器官可按需定制，于是在这方面加大了投资。

六个星期后乔布斯终于等来了可供移植的肝脏。可是，由于等待时间太长，乔布斯的癌细胞已经转移、扩散。这次移植错过了最佳时机，只延长了乔布斯 2 年的生命。但是，乔布斯无怨无悔。

·“用尊重代替施舍”

Max Pazak在全球顶尖的广告公司奥美集团担任艺术总监，一次与女文员Kayli Vee Levitan到南非开普敦出差，看到那里很多衣不蔽体的流浪汉，Max说：“要是给他们送些衣服就好了。”Kayli说：“是啊，现在很多像我这样的白领，有很多多余的衣物。”

办事那几天，Max一打听方知南非两极分化严重，有超过一半的人身在贫困之中，在寒冬腊月，他们还穿着单薄的破衣流浪街头。他便想着为这里的流浪汉做些什么，但是直接筹集一批衣裤分发给流浪汉觉得不太妥，因为他曾经给一些孩子送过书包，他送给一个男孩一个新的红色书包，可那男孩却说要蓝色的。Kayli也说：“上次我送一厢衣服给老家的亲戚，结果人家不买帐，说大多不太合身。”Max感觉到，很多人捐衣物，没有考虑过接受人的感受，即便是穷人也不太愿意被动接受施舍，不愿承受异样的眼光，这样容易伤害他们的尊严。Kayli突然说：“我买东西时最快乐，一次我就想，如果买东西不要钱就好了。”“对，我们就让他们随便挑选，但是免费。”Max叫了起来。这让Kayli不太明白。他便跟她说开街边公益快闪店。他们俩很快决定创办“The Street Store”组织，为流浪汉做点实事好事。

Max便与南非当地几个社会组织联系，发现捐献淘汰下来的衣物不是问题，他们先是从富人那里收集八成新的衣物，同时贴出广告，接受任何人的自由捐赠，然后和志愿者们清洗、消毒和熨烫。他把活动海报设计成衣架和鞋盒的形式，2014年年初的一天，他们将特制的衣架陈列衣服和鞋子，摆在街头旁，如同地摊式的自由市场。

一个中年流浪男子凑了过来，眼里满是羡慕，“这是卖的吗？怎么没有标价啊，不要钱吗？”Max说：“对，这里的商品一律免费。”“什么？免费？真的吗？”流浪男子不敢相信地张大了嘴，立马乐了。“你随便挑，看中什么就可以拿走。”“这么好的东西，我真的可以拿吗？可以拿几件？”那人憨憨地笑着问。“你想拿几件就拿几件。”流浪人试探地挑了一件汗衫，然后试着走，可是马上又折回来又试着挑了一条裤子。当他还想选鞋时，Max说：“再挑双鞋。”他有些不好意思了。“不要紧，你喜欢怎样的，自己挑。”他试了几双都不合适，他像买东西一样挑剔，他还挺有自己的审美观，也有自己偏爱的造型样式。看得出来他很享受购物的快乐体验，一直沉浸在自主搭配的喜悦之中。他终于选中了合适的鞋子，然后绽开了笑脸，接着又哭了，他在被给予了几十年之后，他几乎忘记了自己还可以喜欢一样东西。他走了不久后，又带着另外两个同伴来了，他笑着对Max说：“我对他们说我刚才选的衣物不要钱，他们还不相信，这不我把他们带来了。另外我还想挑几件夏天的衣物。”

这等好事一传十，十传百，便有越来越多的人涌向这里。一位正需要衣服去改变生活的中年女性，挑中了件心仪的衣服，喜不自禁。一位姑娘选中了一双运动鞋后，立马就开心的跳起了舞。还有位大叔在选完衬衫后激动的唱起了歌，现场顿时成了欢乐的海洋。有位大爷此生第一次穿上西装，立刻有了精神，他整了一下衣服，再摸了一下头发，举手投足都充满了自信，他离开时，说了句很有哲理的话：“从今天起，我要打起精神来生活！”

在快闪商店的旁边还有一排空衣架是专门给想捐赠衣服的人提供的。有个姑娘偶尔经过这，看到这个活动，看到此举让一个个流浪者重拾自己的尊严和信心，给这些人传递了超人的正能量，她把刚从商店买的一套结婚礼服捐了出来。

在这个街头商店，Max 和 Kayli 把捐赠衣服的尴尬，变成没有尴尬，没有怜悯施舍，没有强迫与给予，而流浪者不受怜悯目光的注视，可以自由挑选心仪的物品，满足对美的追求。有人给 Max 留了一张字条“上帝会感谢您们的！”

第二辑

言为心声

对于马云而言，母校所给予他的，不只是学历而已。他说：“好与不好很多时候不是别人怎么看，是你自己怎么信。如果你觉得自己不好，你就没有好的机会。如果你觉得好，你就有机会。”所以，马云成功了。

一句话打动投资人

龚海燕在创办世纪佳缘之初遇到了很多困难，最大的困难就是缺钱。

2007年，海燕找到了天使投资的徐小平，徐小平听了海燕的介绍，觉得从投资的角度来说，海燕的项目他不能给投资。因为：一、海燕不能清楚地陈述世纪佳缘怎么赚钱；二、当时国内已经有几家婚恋网站跑到前面去了；三、海燕的领袖魅力也不够突出，她这个项目很难做出来。

可是，海燕在提投资条件时说："你们要想给投资，必须同意把'渔夫'的8万块钱折成股份。"

原来，当初在最困难的时候，海燕想到了在网上求助。她在网上认识了一个网名叫"渔夫"的男士，他们在网上交流后，"渔夫"问："你建网站需要多少钱？"海燕说："8万块钱。""渔夫"说："我给你吧。"可是，立马有人劝他："你傻啊？"因为2003年那个年代，整个社会的诚信体系正面临着危机，有人就说："亲戚都能骗你钱，何况是网上。"可是"渔夫"却说："我觉得她是一个弱女子，又是复旦的学生，自己创业，骗人的概率比较小。"第二天"渔夫"就将8万块钱打到了海燕的卡上，如果没有这8万块钱，就没有世纪佳缘的开办。

听到这里，徐小平一下子被感动了，他觉得："创始人身上的优秀品质,也是优势。”海燕这般诚信,这种胸怀是衡量她的道德标尺。徐小平被打动了,就这样,徐小平在海燕事业前景未明时,冒巨大的风险投资世纪佳缘,并且同意把渔夫的 8 万块钱变成原始股。此后,海燕的诚实品质折服了更多的投资者,从而使得世纪佳缘取得了巨大的成功,成了今天的上市公司。

叫你一声爸爸！

看着妈妈被刘警官带上冰冷的手铐带走，珍珍双眼含着泪，狠狠地对他吼道：“我恨你！”

刘警官是武汉市的一名缉毒警察，在调查跟踪多日后，将犯罪嫌疑人龚文君人赃俱获。龚文君的女儿珍珍那时还在初二，由于珍珍爸爸早就不在她身边，妈妈被抓，她就更加孤苦了。可是，刘警官也没办法，他知道龚文君这一进去，可能就再也出不来了。看着瘦小的珍珍孤苦伶仃，晚饭时间到了，于是刘警官掏出30元钱，递给珍珍。这是珍珍没有想到的，妈妈这一走，她吃饭的钱都没有了，老师今天还说要交20元买资料，所以妈妈被带走，她更加恨警察。可是，没有想到警察叔叔给了她钱。

三天后，刘警官和民警再次来到龚文君的租住房收赃。发现珍珍瘦了一圈，趴在床上，刘警官便问：“病了吗？”她眼泪顿时就流了下来，原来她已经一天没吃东西了，她不知道今后怎么活下去。

其实，这几天，刘警官也在考虑珍珍该怎么办。通过了解，她还有外婆和舅舅，于是就带着珍珍去外婆和舅舅家，一再嘱咐：“她妈妈在里面不放心，你们一定要带好她。”可是，由于文君已经吸毒多年，母亲早就不认这个女儿了，于是珍珍也不受大家的待见。珍珍是个自尊心很强的孩子，她不愿意看别人眼色行事，没住两天又回到了出租屋。

由于龚文君罪行极大，被判无期徒刑，看到没法出去了，她不想活了。女儿珍珍听说母亲被判无期也觉得天塌下来了，自己今后怎么过啊。刘警官知道，法律是无情的，龚文君是罪有应得。可是，孩子是无辜的，如果要让龚文君安心服刑，最关键的是要照顾好她的孩子。孩子健康成长，妈妈才有可能好好改造。由于刘警官破案有功，组织决定授予他“三等功勋章”。刘警官忙说：“千万别，我为这个案子都有点后悔了，我觉得良心很不安，自己办了这个案，可是却‘破坏’了一个家庭，很可能害死两个人。”

有一段时间，刘警官真的想脱掉这身警服。但局长亲自找他谈心，才让他想明白了些。不过，他觉得只有自己收养珍珍，自己的良心才能安，也才能让龚文君重新做人。可是，有人劝他：“我发现这女孩心事很重，你是她家的仇人，万一她要报复你，你把她接到身边，这样做可是‘引狼入室’啊，要想好啊。”可是，刘警官没想这么多，他与龚文君签了监护权委托协议，然后把珍珍带回了家。

要知道，由于过去刘警官全身心地扑在工作上，妻子与他离了婚，七岁的儿子跟了前妻。接回珍珍后，他把珍珍当成了自己的“女儿”，他决定要重新做一个“称职”的父亲，早晨起来给孩子做早饭，过去可以说从来没进过厨房，这时才知道这些活儿一点不比破案容易。

由于刘警官离婚时才33岁，为此不少人为他找对象，本来都已经给他物色过好几个人了，让他去见面。可是，有了珍珍后，他觉得没有时间和精力去谈恋爱了。可是，同事劝他：“你现在可是黄金年龄，错过了，很可能要打一辈子光棍了。”但他还是坚定地说：“现在真的没有心情找对象，只想照顾好珍珍。”

一旦珍珍取得好成绩，刘警官就会带珍珍来看望母亲。珍珍把刘叔叔对他的好讲给妈妈听，母亲禁不住泪流满面。过去听不进警察的话，现在她觉得警察是好人，于是渐渐地由对抗变成了接受与配合改造了。

刘警官为了珍珍，把烟都戒了。过去前妻让他戒，他曾说："看来这辈子是戒不了啰。"没想到为了珍珍，他居然给戒了。四年后，珍珍很争气地考到了北京的一所一本大学。母亲服刑期间也表现优异，刑期由无期徒刑减为有期徒刑。

珍珍大学开学时，刘警官送珍珍上火车，珍珍回头说："这些年埋藏在我心底有一句我最想说的话，今天我要对你说了。"刘警官笑了，说："现在成大姑娘了，有什么就说吧。"珍珍说："我想叫你一声，"突然停住了，她看着刘警官，发现他愣住了，然后又说，"爸爸！"刘警官笑了，而且是开怀大笑，说："好！我非常愿意有你这么一个优秀的女儿。"

“给满分，会害你！”

哈佛大学教授劳拉·威尔博的教学理念有点“怪”，他从来就不给学生打100分。

要知道，进哈佛大学的都是各地方的精英，很多人过去考百分是“小菜一碟”，可是自从他们跟了威尔博后，让他们很受“打击”。

一次考试后，有几个同学对起了答案，就很自信地说：“一点儿没错。”还有的则说：“这次十拿九稳要拿满分了。”可是，当批改的卷子再发下来时，他们看到自己的分数，不是99分，就是98分，居然没有一个人是100分。不少人不服气，再对答案，有人叫道：“我和他一样，没有一个地方错了啊。”另外一个人也说：“我不理解，为什么要扣我一分。”威尔博只是笑，并没有直接回答。

于是，有人不满意了，把这事向家长汇报了，父母觉得全对就应该给满分啊。于是，有个别孩子便找到了教管处说要给个说法。教育最讲究公正与公平，看到学生和家长有意见，于是学校就此专门召开了一次说明会，请威尔博来做个说明。

教授走上讲台，并没有生气，而是微笑着先给大家讲了这样一个故事：“在我初进哈佛大学的那年，我发现了一个奇怪的现象，有些考100分的尖子学生，过了一段时间，就会被考99分、98分，甚至分数更低的学生赶上，而到了最后，有些成绩特别出众的学生，却成了落伍者。”

大家似乎还没有听明白，于是威尔博郑重地说："要是给你 100 分，你就走到顶点了，你还会追求吗？"下面开始有人觉得有道理。威尔博继续说："要知道，在这个世界上你即使是个圣人，也不可能完美无缺，所以我不能给满分。"

在日后的考试中，即使学生无可挑剔，威尔博教授也不会给学生满分，而是千方百计地找个理由扣掉 1 分。这让一些学生觉得委屈，也使教授失去了很多荣誉。

可是，威尔博这么坚持五十年后，他教出来的学生中有一千多人次获得了诺贝尔奖和各项殊荣，三千多人成了社会各界的名流精英。这下，他的学生才理解老师"不给满分"的做法是多么具有前瞻性，多么高明。

杰奎琳："嘘，我在看书！"

美国前第一夫人杰奎琳，被称为最优雅的第一夫人。有人说她的魅力来源于她的时尚，了解她的人知道，更在于她独特的气质、高雅的举止，而这一切，是源于她把读书当成了自己最大的爱好。

杰奎琳父亲深切地认识到阅读的重要性。因此，父亲从小便鼓励女儿杰奎琳多读书，读好书。他经常提醒女儿说："从小养成阅读的习惯，你将终身受益。"父亲经常从图书馆借书回来给女儿看。在圣诞节的时候，父亲送给杰奎琳的礼物也经常是一本她喜爱的书。

杰奎琳还是个小女孩的时候，就开始迷恋读书，包括一些她看不懂的书籍，渐渐地养成成了阅读的习惯。午睡时间，杰奎琳经常偷偷地溜下床，赤着脚悄悄地去书房读萧伯纳的作品。在上小学高年级时她初次接触到契诃夫的作品，一读到他的作品，就被深深地吸引住了。当圣诞节来临时，她经常要求父母给她买一本契诃夫的书作为礼物。后来，杰奎琳又喜欢上莎士比亚、拜伦、叶芝等人的作品。

在瓦萨尔学院就读中学时，杰奎琳的好友南希提到一个细节：在女子学校读书时，她俩一个宿舍，当别的女孩子热衷于串门，说长道短时，杰奎琳常常独自在宿舍里看书。一次，南希找杰奎琳聊天，她打一个手势："嘘，我在看书。"尔后，两人忍不住同时仰头笑出声来。凭借从小养成的阅读习惯以及后来抓紧点滴时间的阅读，她知道的东西远比她的同学要多得多。有一次，她在一篇作文中旁征博引，老师看后十分惊讶，很多同学觉得她怎么知道这么多。

1949年，杰奎琳曾去法国巴黎大学学习。在法国期间，杰奎琳如饥似渴地阅读法国小说，迷恋法国先锋派电影。她是戴高乐政府文化部部长、法国著名文学家的安德烈·马尔罗的忠实粉丝，杰奎琳对法国文学非常了解，罗列作品和作家时简直如数家珍，后来她拥有法国文学专业学位。

1951年，杰奎琳毕业于乔治华盛顿大学，她在《时尚》杂志举办的征文比赛中获奖，她幽默风趣的写作才能让人刮目相看，她在自我介绍中写道："敝人身高5英尺7英寸，棕色头发，方正脸庞，两只不幸的眼睛相距遥远，为配一副适合我鼻梁的宽大眼镜得花去我3星期的时间。生就一副难以令人激动的身材，但若服装选择得当，尚能显得苗条。可以聊以自慰的是，当我走出家门的时候，颇有一种潦倒巴黎人的味道，可惜母亲常常追出门来提醒我，左脚的长袜已经开线，或者外套右上角的纽扣就要掉了。我深知'这都是不可饶恕的罪'。"

杰奎琳还喜欢上了诗歌、芭蕾、绘画，对文化艺术也有很浓厚的兴趣，逐渐培养出独特优雅的气质。杰奎琳的第一个工作是"无冕之王"的记者，为此她邂逅了当时一颗政坛新星——民主党马萨诸塞州参议员约翰·肯尼迪，杰奎琳历史知识渊博，对一些问题的看法非常有见地，再加上她独特的魅力深深地吸引了这位后来的总统，她也就成了美国的"第一夫人"。

书籍是杰奎琳一生最好的朋友，书籍永远陪伴在杰奎琳的左右。杰奎琳的儿子小约翰说母亲有一个显著的癖好是"对文字的热爱"；而女儿卡罗琳在她去世后，拍卖她的图书时这样说："母亲给我留下的最深刻的印象是她读书的样子，无论是在城里的冬日下午，还是在海边的夏日傍晚，她总是手不释卷。"杰奎琳丰厚的知识底蕴影响了同时代的美国人，她代表了一个时代的风范。

一位台湾化妆师说："读书是最好的化妆。"的确，心灵的净化与升华才是真正的"美容"。正如古话所说的："腹有诗书气自华。"

当好兵，还是做好人？

丹尼尔·艾尔斯伯格参加美国海军第一天，上课时，教官就教导他们："军人以服从命令为天职。"要做到："一切行动听指挥。"然后，每个人进行宣誓。之后，丹尼尔做得很好，累受嘉奖，并且获得了晋升。

后来，由于他非常聪明，又上过哈佛大学，1964年出任负责国际安全事务的助理国防部长约翰·麦克诺顿的特别助理，上班第一天他就接受了保密教育："不该看的不看，不该说的不说。"然后宣誓。在后来的工作中，他汇报工作特别有条理性，也能抓住重要，被基辛格点名表扬，他越来越受到领导的器重，接触到的工作机密程度也越来越高。

在整理机密文件时，他被一系列的越战真相深深地震撼了，因为这些文件准确无误地告诉他，约翰逊政府如何误导美国民众支持战争，所谓的北部湾事件，纯粹是美国政府在为战争找借口。同时，在越战中，导致大量越南平民和美军官兵伤亡。为此，丹尼尔非常苦恼，之后他开始失眠，他去了教堂，牧师说："孩子，很多事你左右不了，唯有忘记。"丹尼尔开始不想工作，他说自己是在帮助政府"杀人"。上级提醒他："我们是军人，别过问政治。"他一个好同学死在越南战场，他开始觉得自己该做什么了。

他开始偷偷拍摄秘密档案，同时同一些国会议员接触，试图说服他们警告政府。可是，那些国会议员看到这些文件后，像扔烫手山芋似的弃之唯恐不及,并且此后,艾尔斯伯格受到了联邦调查局的通缉。他在走投无路时,将这些绝密文件的影印件交给了在美国报纸中最敢说话的《纽约时报》,他因此被捕,控以12项重罪,面临着115年的监禁。但真相被报道后,反战声浪一浪高过一浪,促使美国政府不得不从越南撤军,他也被释放,从叛徒变成了英雄。

是做好兵还是好人,这是一个艰难的抉择,好兵唯上命是从,好人唯民意是听。丹尼尔做了一个好人,因为我们在这个世上,首先是一个人,然后才是一个兵。

“把奶牛从沟里拉出来”

一次《财富》杂志一位记者采访施乐公司董事长兼首席执行官安妮·莫西卡，安妮很忙，正要去开一个会，可是《财富》杂志又很有地位，所以安妮也不敢怠慢。

见面时记者问：“我想采访你一下。”“我很忙，有关什么内容？”“你在商业上得到过的最佳建议是什么？”“这个题目挺好的啊，让我想一想啊！可能一两句话讲不完。”“你能给我半小时吗？”“我正要去开一个会，要不你采访我的副总，因为上次他就给了我一个最佳建议。”“他说跟你说是两回事，再说我们主编说一定要采访你。”“可是，我现在就要出发了。”说着安妮提着包，开始走出办公室。

记者采访多了这些老总，知道错过这一次机会，下一次就不知道是猴年马月了，于是就跟着安妮不放，然后说：“就五分钟。”安妮真是服了这位记者，于是笑了，说：“那我们边走边说。”记者很高兴，将笔和本子拿在手上。“我记得在达拉斯的一次早餐会上，当时我邀请了好几位商界领袖来出席，共同就当前形势和企业面临的困难出谋划策……”

说着，乘电梯到了一楼，安妮董事长的车就等在大厅外，记者知道董事长不可能停下来长说，眼看这次采访无果而终了，记者非常着急。安妮也知道自己上了车，记者也不可能上她的车。

眼看服务员已经伸手把董事长的车门打开了，记者急中生智，突然问:“董事长你就用一句话回答那个问题。”安妮钻进车子,侧过头说:“把奶牛从沟里拉出来!”车门关上了,董事长的车一溜烟地跑了。

记者刚开始还不知这句话是啥意思,以为是董事长跟他开玩笑,他记下了这句话,然后左思右想,突然大叫道:“就是去解决问题,这真是一个极佳的管理技巧。”就这样记者出色地完成了采访任务,而且这句话也成了经典。

曹德旺洗冤

1986年3月的一天，曹德旺被人告了，说他有“经济问题”，而且“十分严重”。福耀玻璃的前身是福清市高山镇一家乡镇企业——高山异型玻璃厂，早年这家企业一直亏损严重，于是曹德旺去承包，第一年就赚了20多万元。可是，在经营过程中也得罪了一些人，于是成了“被告”。

曹德旺听说后赶紧到县里找书记解释，甚至当场立下军令状：“如果我以不合法的手段捞取一分钱，就‘一分钱一年徒刑’。”书记说：“如果你能够为今天的话负责，回去把生产抓起来。”

可是，形势对曹德旺越来越不利，他被追究四条“罪名”：一是用贷款的钱入股；第二，整个工厂两年的接待费用报销了3万块钱……在专题会议上，曹德旺在所有人都没有发言之前，先声夺人，解释了起来：“我贷款是高山镇政府在上面盖章，镇长签字给我担保，县长决定这样做的。用贷款入股我根本就不知道这是不合法，顶多我不做了，还给你，怎么叫贪污。如果说我要是罪犯，县里、镇里就是教唆。”他水都没顾上喝，接着说……

曹德旺激昂地说完，当他离开会议室后，县委书记说：“还没见到一个人像曹德旺这么有水平，讲两个小时不用讲稿。而且每一条提出来，你没有办法反驳，理由都在他那边。”最后，县委班子认定曹德旺没问题。

但没有想到的是，镇政府班子不服气，继续上告，把案子送到市里、省里、国家信访办和中纪委，各级又分别派专案组下来调查，每次曹德旺都耐心解释，据理力争，最后的结论是："曹德旺没有错。"曹德旺终于沉冤得雪，他很有感触地说："这里是个讲道理的地方。"

虽然曹德旺赢了，但是他也深深体会到，赢中有输，"因为跟这些人结怨，一帮人虎视眈眈地盯着我，还会整我。"曹德旺便给自己立下规矩，将自己置于各种监督之下，遵守各种法律法规，决不犯规。就这样，曹德旺后来成了中国最大的汽车玻璃制造厂商。

陈忠实"咋样蒸馍最好吃？"

陈忠实爱吃馍，虽然他老婆做得还不错，可他还是爱吃那家小店的。又一天，陈忠实来到小店，要了两个馍，他问店主："你的馍咋就这么好吃呢？"店主憨厚地笑了，说："不瞒你说，这馍要好吃，这面要好，功夫要到。"陈忠实细嚼慢咽，又问："这馍看起来都差不多，可吃起来差别就大了，就是你做得好吃，肯定还有什么秘密。"店主哈哈大笑，道出了机关："馍蒸过程中，千万不要揭锅盖，一揭就跑气了。"陈忠实笑着说："难怪啊！"

回去后，陈忠实反复回味着店主的话，觉得挺有味道，突然他觉得写作不也是这样吗？想到自己从少年时候就喜欢文学，40多岁了还没写出一部让自己心灵得到安慰的书，他决定开始写《白鹿原》，他也要把这部小说写成一个很好吃的"馍"。

首先，陈忠实到长安县去查阅县志和文史资料，积累了大量的第一手资料；又下乡，一个村一个村地去收集故事，与老农唠家长，积累的资料写一部长篇绰绰有余了。

于是，他才开始写作，为了能够静下心来，他从1988年开始从城里搬到了乡下的老屋，他让妻子每周跑一趟，给他送馍，此外他谢绝一切采访，排除一切干扰，闭关潜心写作"不揭盖"。

之后，虽然也遇到写不下去的时候，可大部分时间还是下笔如有神。

眼看写了大半了，可是1991年，陕西省委拟让陈忠实执掌陕西省文联，他慌了，忙拒绝，他说："我不是当官的料，我只适合写作。"可是，领导说："这是组织决定。"他又说："我已经45岁了，再不写就来不及了。"就这样，三次才拒绝掉。有好多人说他傻，他说："馍蒸到一半，最害怕啥？最害怕揭锅盖。因为锅盖一揭，气就跑了，馍就生了。"

就这样，1年后，近50万字的《白鹿原》诞生了。1994年，《白鹿原》获得我国长篇小说最高奖——茅盾文学奖，就这样，陈忠实真的做成了"最好吃"的馍。

“你够幸福了，还抱怨什么？”

贝克是位美国人，是空军飞行员，空军不管是吃的、用的、穿的，都是相当地好，可是他却总是不满足。

那天训练回来，吃饭时他看到菜是一盘鱼，他说：“你这鱼没弄干净，你看鱼鳞都还有。”然后吃了一点，又埋怨道：“怎么有点苦，也不太熟。”炊事员解释说：“对不起，这鱼不太新鲜，现在正处在经济危机当中，很多市民死鱼都没得吃了，你就将就点吧！”可他还是骂骂咧咧，说：“这个破菜，一点食欲都没有。”然后，他就不吃了，来到了咖啡厅，要了一杯咖啡，他喝了一口，又生气了，问道：“怎么这么苦，一点糖也不舍得放啊。”服务员解释说：“现在是战时，糖是管制商品。”“我们是飞行员唉，再管制，也不能管到老子头上啊。”说着，咖啡也不喝了。

不久，贝克驾驶飞机执行任务，非常不幸，飞机在太平洋上空坠毁，不过万幸的是，他跳伞成功，捡回了一条命。他只有一只救生筏，身上没有淡水和食物，忍了一天后，实在是口渴了，海水是不能喝的，他便试着接自己的小便喝，刚用钢盔端到嘴前，胃就翻江倒海。可他知道，再不喝水，就要虚脱了，强烈的求生愿望，逼着他闭着眼睛喝下了自己的小便，那一刻，他觉得还有小便喝，那真是幸运啊。接下来肚子饿得实在不行了，他便开始捕鱼。他花了三天时间，才用小刀刺到一条鱼，他便吃起了生鱼片，他觉得是那么地甜、那么地嫩、那么地可口。

在海上漂流的日子里，他回想起过去的自己，他觉得只要能活着，真的什么都不重要了。贝克在海上漂了21天，真是险象环生，最后被一条经过的渔船救起，他对渔民是千恩万谢。

贝克回国后，有记者问他："这次死里逃生你领悟到了什么？"贝克毫不犹豫地说："活着比什么都可贵，我们大家应该停止抱怨，学会感恩。"

“爸爸不能来看你了！”

“周周，爸爸来看你了！”

这个周周，名叫曾周，是北京大学生物系的研究生，跟着潘文石教授到秦岭考察大熊猫，不幸遇难。

说起曾周，潘教授很心痛，因为曾周非常聪明，是干大事的料。他就是1984年国庆大游行时天安门前亮出“小平您好”横幅的策划者、组织者。毕业后继续读研，后来，为了让更多的人关注国宝大熊猫，他来到了秦岭大熊猫基地。潘教授说野外考察非常危险，有险山恶水、毒虫虎豹，也会迷路，可曾周置之度外。1985年，刚刚过完21岁生日的曾周，进山第39天，因天黑迷路从160米高的悬崖上摔了下去。他的手表摔碎了，停止在4月17日20时10分，书包里有刚拾到的熊猫粪团。人们在三官庙保护站下面为曾周建了一个墓，曾周的老父亲把独生儿子一半的骨灰埋在了下面。

曾周的父亲早年毕业于北京大学哲学系，因一顶“右派”的帽子受尽了折磨，在1986年的一个会议上，曾周的父亲说：“我与曾周不仅是父子，更是挚友，我理解他。”曾周去世后，父亲几次不远千里从广东汕头来到三官庙为儿子扫墓。

三官庙位于陕西佛坪国家级自然保护区的中心，从佛坪县城到这里颇费周折。首先要沿着108国道行驶40分钟，赶到海拔2060米的凉风垭保护站，接下来顺着东河而下，只能徒步，坑洼的山路，非常不好走。最后一年，老父亲觉得自己身体不行了，当他来时，人们看到他一个瘦小的老人，人们要扶他，他却要自己走，爬山涉水到了秦岭的最深处儿子的墓前。那天，老父亲在儿子墓前整整坐了一天，手里拿着曾周的照片，他真不忍心离开儿子。

最后，父亲抱歉地对儿子说："爸爸老了，走不动了，以后不能再来看你了！"然后，泪流满面，悲痛不已。

“也烧我吧！”

1933年，德国希特勒为了愚昧人民，决定思想先行，宣传部长戈培尔心领神会地用所谓的爱国主义统领德国人的思想。

在这样的大背景下，柏林的学生会发起了消灭“不够德国”的思想言论，5月10日，全国有21个城市响应，马克思、弗洛伊德、托马斯·曼、布莱希特等人的书全被下架焚烧。

作家、学者感觉到非常地悲哀，知道德国迎来了万马齐喑的最黑暗时期，人们不敢写书、出书、藏书，也不敢看这些人的书。但与此同时也有一些书却成了“座上宾”，作家奥斯卡·玛丽亚·格拉夫就在其列，她的书被纳粹政府誉为纯粹德国精神的代表，推荐阅读，出版社决定加印，基层图书馆也增加订购。

有一些人很羡慕格拉夫，各地都邀请她去演讲，又有出版商找上门来要她出新书，她这下出大名了，还能赚大把的钞票，她将迎来事业的巅峰。可是，一些德国良心却认为焚书这样的情况很不正常，这不符合历史发展的规律，现在投机的人，爬得越高，将来会摔得越惨。

格拉夫此时很冷静，她没有被所谓的厚爱、重视、热捧冲昏头脑，相反她觉得这是在羞辱她，是脱光了她的衣服示众，她宁愿死，也不接受这样的“污辱”。于是，她要发表一个声明。得知这一情况，家人都纷纷劝她：“你这样是以卵击石，你是找死。”也有朋友劝道：“你现在如果保存下来，幸许还可以给我们一些帮助。”可是她说：“不！我是‘宁为玉碎，不为瓦全’。”

就这样，她发表了公开声明，题目叫作《也烧我吧》：“一个跟德国毫无关系的野蛮爱国主义的代表竟宣称我是他们的知识精英，把我的作品列入所谓‘白名单’——在世人的眼中它其实是一份‘黑名单’。我拒绝接受这个羞辱……把德国知识分子的书都烧了吧！”同时她拒绝了一切要她出书、演讲、做官的邀请。她被戈培尔骂为：“不识抬举”，没有走红。

结果，没几年希特勒倒台了，格拉夫被称为“德国的良心”红了起来！

您是对的

法国前总统希拉克对中国的文化特别喜爱，也特别了解。

在一次欢迎前国家主席江泽民的国宴上，希拉克引用了杜甫《客至》中的一行诗：“花径不曾缘客扫，蓬门今始为君开。”晚宴上，希拉克还与江主席谈中国诗词，其中谈到了辛弃疾的《摸鱼儿》，令大家感觉到希拉克对中国文化和历史的理解非同一般。

2000年10月，希拉克造访了江主席的故乡扬州。在江主席的非正式晚宴上，希拉克提出要看一下大运河，由此也引起了关于隋朝兴衰的议论。

席间，法方有人问：“隋朝有几个皇帝？”中方一位同志不假思索地回答：“两个，隋文帝和隋炀帝。”翻译把“答案”传到希拉克耳中，他听了立即纠正说：“不，是三个。”那位同志不服气，仍坚持说：“是两个。”希拉克寸步不让，重复了一遍：“不，是三个。一个在九岁的时候就遇害身亡了。最后一个是恭帝，在位时间是607年到608年，李渊是摄政王。”

希拉克不仅对中国历史了如指掌，而且，恭帝的“恭”字和“李渊”这两个字的发音竟然非常之准，令在座的人都很震惊。

这时江主席插话了：“不用争了，我看我们在座的对中国历史的了解，没有一个能比得上希拉克总统。”

晚宴一直到11点半才告别。散宴后，江泽民没有马上洗漱休息，而是为刚才的争论思考着，他马上开始查找资料，同时又打电话向几位专家请教。忙了一个多小时，总算有了准确的答案。

凌晨两点，江主席给希拉克打电话，说：“不好意思，这么晚还打扰你，晚上关于那个争论，您是对的，我向历史学家咨询过了，您是对的……”希拉克颇为得意地笑了。

“我替他死吧！”

在纳粹德国时期，德国政府疯狂地驱赶各地的犹太人，将他们抓进了奥斯维辛集中营。刚开始大家对德军还抱有幻想。

在集中营里，为了安抚众人，德军专门请犹太神甫科罗伯为大家布道。他看到德军对他很客气，供为座上宾，于是他告诉大家：“要做上帝的臣民。不要抵抗，不要逃跑，不要以德军为敌。只要大家守规矩，终有一天会被放出去的。”于是，大家都做“老实人”。

由于要有大量的食物供给犹太人，德军觉得太“浪费”了，于是，后来就安排一些人去干活儿。一些犹太人看到有机会逃跑，每次都有几个能逃出去。德军也在想办法阻止，开始是每次外出多派兵员看管，可是随着战事吃紧，集中营里的德军越来越少，他们只好想出更加恶毒的办法，采取“连坐”的办法，就是跑了一个，杀一个，这就让逃跑的人于心不忍。

随着时间的推移，神甫发现越来越多的人死在了集中营的毒气室，而且德军不管你是科学家、艺术家，还是妇女、儿童，神甫觉得纳粹是要把犹太民族斩尽杀绝。于是，他的观念开始转变，开始支持逃跑。他对犹太人说：“能逃就逃，逃一个是一个。”有人提出，这样做太不仁慈和道德了。他说：“留下来迟早都是死，何不以死助逃。”

又一次，派出十人出营地劳动逃了三人，德军于是按照规定回来时又要杀掉三人。在杀第三人时，他跪下求情：“我有妻子，还有五个孩子，行行好吧。”德军不饶，神甫便说：“我替他死吧。”德军同意了。可有人拉住神甫说：“你留下会更有用。”可他说：“现在我必须用死来助教了。”就这样，纳粹枪杀了神甫。

神甫死后，大家明白了为何神甫要死，他是想告诉大家，“别对纳粹抱有幻想了，该逃就得逃。”就这样，此后，“逃”成了大家唯一的希望，而且没有人再谴责那些逃跑的人，这样让更多的人逃了出去。

战后，犹太神甫科罗伯的像被绘制在教堂里，他被列为了圣人。

“誓终生不履日地！”

“中堂大人，到日本了。”李鸿章闭着眼睛，点点头。1896年，李鸿章进行了一次环球航行，9月14日，从加拿大温哥华乘坐“华盛顿”号巨轮到日本转中国招商局的“广利”号回国。可是，快到日本时，他闭上了眼睛。

侍从报告说：“日本特使送来请帖，请你到横滨休息，天皇陛下将亲自欢迎你。”“我身体不舒服，不下去了。”不一会儿，又有日本特使送来请帖，说：“日本伊藤博文晚上宴请你。”李鸿章说：“不去！”

李鸿章哪来这么大火气呢？途经日本没出舱门一步，没望日本海岸一眼，原来甲午战败，他被迫签下了丧权辱国的《马关条约》，他视马关签约为奇耻大辱，写下“马关协议之恨，誓终生不履日地”的誓言。

本来李鸿章换乘，需要先下船，上码头，可是他决定不踏上日本国土，无论如何也不上岸，最后大家想到用一艘小轮船把李大人接到中国轮船上。不久侍从报告说：“船到了！”当李鸿章准备下船时，却看到那小船挂着太阳旗，马上就来气，问：“这船是日本的吗？”“是啊。”“难道美国就没有小船了吗？”“没有。”“难道中国的小船也没有吗？”“没有。”“那我不坐。”

大家只好在船上过夜，再想办法。最后，第二天只好让中国的“广利”号开过来，靠近“华盛顿”号，再在两船之间架了一块木板。有一人先试着过去，觉得木板有些不平，两船高低不一致，而且海浪还不小，走在上面会摇晃，觉得不安全。可是，李大人看了却说：“挺好。”但有人提醒说：“如果不慎落水，不是也就等于踏上了日本国土。”李大人觉得也是，便在腰间系了一根绳，然后 75 岁高龄的李大人便冒着生命危险，摇摇晃晃，蹒跚着挪过，海风呼啸，他全然不顾，从而实现了他的誓言。

在弱国挨打的年代，李大人只能以这种方式表达自己的爱国情绪和执着坚持。

“世界最好的大学”

一次，吴晓波等一些经济界大佬与马云聚会，当走进电梯，马云问：“你们是哪所大学毕业的？”答案有：北大、复旦、哥伦比亚、新加坡理工大学。马云听完笑了，又问：“你们说全世界最好的大学是哪一所？”

有人说是哈佛，有人说是斯坦福。马云说：“杭州师范大学。”有人不太服气，因为他们都知道杭州师大也就是个二本，当年985、211都排不上。于是有人问：“为什么？”马云说：“清华是中国最了不起的大学之一，但在我心里最好的大学是杭州师范大学。”

同样，一次回母校演讲时，马云也说：“我深信不疑，杭师大是全世界最好的学校！”下面不少人笑了，马云说：“这不是拍大家马屁，也不想把自己抬得太高，但是我确实觉得杭师大比哈佛大学、麻省理工学院、清华大学、北京大学都好，我以杭师大为骄傲。”

马云考了三年好不容易才考取了这所学校，但上大学时他连续三年都是全系前五名，还担任了学生会主席和杭州市学联主席。凭着出色的英语成绩，马云毕业后被校领导寄予厚望。“正是在我的母校，让我懂得永远用乐观的眼光看待世界，用欣赏的眼光看待别人，用自己的脑子思考问题，用自身的一点点改变参与和推进社会与世界的改变。”

面对种种质疑，马云坚定地说：“从世俗的眼光看，杭师大确实与国内的名校有差距，但差距中才会给学生很多机会。假如我当年考进了北大，就不是我马云了！因为杭师大才给了我这样的机会。我一直给别人的建议：假如你毕业于名校，请用欣赏的眼光看别人。假如你毕业于一个普通的学校，请用欣赏的眼光看自己。因为只有这样我们才能走过一步一步的难关。”

对于马云而言，母校所给予他的，不只是学历而已。他说：“好与不好很多时候不是别人怎么看，是你自己怎么信。如果你觉得自己不好，你就没有好的机会。如果你觉得好，你就有机会。”所以马云成功了。

“因为我把你当女儿！”

蒙曼回中央民族大学工作时，学校条件很艰苦，住的宿舍是“工棚”，耗子、蟑螂在房间里穿来穿去，盖三床被子还冷，她的硕士生导师徐庭云教授有一次去她宿舍，看到夜里桌子上的水早晨起来就冻上了，很是心疼地说：“到我家里去住。”“那哪行啊！”“身体冻坏了，还怎么工作啊？”就这样，蒙曼和室友双双住进了徐教授家里。

本来蒙曼也想到外面租一个有暖气的房子，可是要么远，要么贵，既然教授让她住家里，于是她想应该给老师交“房租”，可是徐老师生气了，说：“我家不出租。”她不知如何是好：“可是……”老师放缓了态度，说：“如果是外人，我就会觉得不方便，我也绝对不会出租房子的，你给我钱，就是把我当外人了。”蒙曼只好把钱收起来了。

可是，由于经常还在老师家吃饭，她就觉得总不能老“占便宜”吧，再说老师的儿媳妇每次来都会买些东西，于是，一次蒙曼想去买菜，又被老师发现了，说：“你看，我冰箱里什么都不缺。你是客人，跟我儿媳妇不一样。”

看着徐老师儿媳妇每次来，不是做事，就是做饭做菜，总是忙里忙外的。于是，蒙曼越发觉得自己像“住宾馆”一样，于是也开始学着拖地、擦桌子。可是，老师又拦住她，说：“这些事有我老伴和儿媳妇呢。”“那我们？”“你们的任务就是学习、备课、工作。”

就这样，蒙曼在徐老师家住了两年半，没花一分钱，没买过菜，没做过家务活儿，徐老师一家人没给过她们一次脸色看，她走时觉得非常过意不去，总想表示一下，老师又要生气了，她有些不解地问："老师，你为什么对我们这么好？"徐老师微笑着说："因为我把你们当女儿！"

老师的师德影响着蒙曼，后来她当上了副教授，登上了央视《百家讲坛》，不仅课上得好，而且品行优秀，还成了党的十九大代表，记者采访她时，她说："那都是因为有徐教授这样的好老师滋润了我。"

李嘉诚：今后，有事找我！

2001年2月20日，李嘉诚来到他8年前资助建设的甘肃省残疾人康复中心。

经过听力语言训练的聋儿在动听的乐曲中齐声朗诵儿歌、跳起稚嫩的舞蹈，李嘉诚不时会意地微笑。一名叫田楠的中学生，热泪盈眶地说，她自幼失聪，是他资助的聋儿语训项目使她学会了说话，现在她已经跟健全的孩子一起在普通学校读高一了。田楠激动地讲述着自己的经历，讲到激动处忍不住抽泣起来。李嘉诚绕过半个会场走到她身边，安慰她："我听懂了，不要难过，忘掉过去，未来会更美好！"

临别时，李嘉诚将自己的名片，逐一递到残疾人手中，并且亲切地说："今后，有什么需要，可以找我。"

一星期后，李嘉诚回到香港。就在第二天，他给田楠写了一封信，表示很高兴与她见面，同时鼓励她努力向上，积极面对人生，只要在学业上取得优良成绩，日后如升学遇到困难，可以与他联络。

李嘉诚此后还一直惦记着田楠等孩子，想为田楠配一副最好的助听器。当初考虑电子耳蜗，可是了解到不适合田楠时，他又多方联系，就在那个暑假，为田楠戴上了电脑编程助听器。

李嘉诚的生意做得很大，可以说他是日理万机，也可以说他的时间是"一刻值千金"。可是，他与残障人的通信却有几大摞，这耽误了他很多的时间和精力。但他屡屡提及"助无助者"，他都说："人在无助的时候，帮一下，是最有益的。"

“请你留下！”

“二战”波兰奥斯维辛集中营，一天晚上，纳粹又要将一批人员送进毒气室，军官念着名字，最后一名是“××××”号，这是小提琴家玛斯特。

一直竖着耳朵听名单的沙妮咳从床上坐了起来，他是一名小提琴爱好者，他比玛斯特年轻，他崇拜玛斯特。他早进来两年，不能拉琴，白天做苦工，他早就不想活了，是玛斯特“挽救”了他。

玛斯特是名犹太小提琴演奏家，他进来后，每到晚上，沙妮咳就向玛斯特请教，对沙妮咳的水平，玛斯特给予了较高评价。有了恩师的指点，沙妮咳的水平突飞猛进。沙妮咳“感谢”上帝给他送来了玛斯特。玛斯特说：“只要在这再练两年，出去就能开演奏会了。”尽管监狱里没有小提琴，但是沙妮咳每天都在“练琴”，此后的每一天晚上沙妮咳都更加刻苦练琴。玛斯特也毫无保留地将自己的技艺传授给他，因为他知道自己很可能出不去，一来自己的名声太响，二来自己身体也坚持不到出去的那一天。

当念着“死亡名单”时，大家都提心吊胆，尤其是沙妮咳，因为他不想死，他盼着出去开演奏会。他听着念完名字，幸运地没有自己，可最后一个名字却是自己的恩师“玛斯特”。

玛斯特开始起床。突然，沙妮咳嗖地从上铺跳了下来，站到玛斯特身边，伸手按住了玛斯特，轻声地说：“请你留下！”玛斯特睁大眼睛，摇摇头，可沙妮咳重重地按下了玛斯特，然后快步走向门口，在离开的那一刻，他做了一个拉小提琴的动作，玛斯特眼睛湿润了。

后来，苏联红军解放了奥斯维辛集中营，玛斯特幸免于难。此后，他在世界各地举办了无数场音乐会，获得了空前的好评。每每谢台时，他都会说：“我这是为沙妮咳演奏的，没有他，就没有我的今天，他在天堂听着呢！”

99%的事情与你无关

余秋雨当院长时，事情太多，没法静下心来研究一些东西，他一心想做一些自认为有价值、有意义的大事情，即走遍世界文明古址，于是他果断地卸任。

可是，他也有顾虑，因为当院长时他养成了一个习惯——天天要看中央一套的《新闻联播》，每天上班第一件事，就是问秘书：“上面有什么文件？”遇到教务主任，问的第一句话就是：“下面有什么事情？”如果去访问古址，那就将与世隔绝，他怕错过什么，就在这种担心中，他起程了。

一旦上路，他就深深地被那文明古址所打动与感染，让他不能自拔，没时间看电视、听新闻、看报纸，每每访问过一个地方后，他马上会给妻子马兰打电话：“有没有什么事啊？”妻子安慰道：“你就安心去做你的事吧。”就这样，他总算能够安心些了，继续走下去，可是到了年底，他马上又向过去的秘书打听：“有什么重大事情吗？”秘书说：“没有，一切如旧。”

几年过去了，余秋雨又不放心了，心想过去在任时觉得天天都会发生大事，天天都怕错过了大事，于是给凤凰卫视老总刘长乐打电话，问：“你给我说说国外十件大事？”刘长乐如数家珍，余秋雨觉得与自己没有什么关系。然后又问：“你再说国内十件大事。”刘总又一口气说完。

余秋雨笑了，觉得又与自己没多大关系，这下他才知道，原来“我这几年看来并没有损失什么啊。”然后，他放心地“两耳不闻窗外事”，一心只做自己事。就这样十多年过去了，余秋雨几乎走遍了世界上的所有古址，写出了《文化苦旅》，一出版就火了。他的一位朋友说：“哎呀，还是你走对了，我们天天‘守’在这儿，结果啥事也没做成，天天疲于奔命，而你却心无旁骛又快乐地做出了大成绩。”

一次，余秋雨在演讲时，讲了这个故事，然后说：“99%的信息都与我们无关，99%的人物都与我们无关，99%事情都与我们无关。”他还告诉年轻人“一定要‘生活在别处’，创造圈子以外的生命价值和意义。”

“我一定要救妈妈”

父亲离世，母亲又患脑瘤，13 岁的骆伟科为了给母亲筹措医药费，徒步行走 350 公里……

骆伟科家住广东省河源市龙川县车田镇坪塘村，他原本有一个幸福的家庭，但是 2009 年 12 月，父亲因脑出血去世，妈妈在揭西做保姆和打散工艰难维持生计。2 月，妈妈因经常头痛，到医院被确诊为脑部恶性肿瘤。随着病情的恶化，很快花光了家里所有积蓄。妈妈怕留下一屁股债，拖累孩子，决定不治了，回老家静养。15 岁的姐姐骆倩萍便回来照顾妈妈。家里顿时失去了生计来源，小伟科便被送往小姨家寄养。眼看妈妈只能在家等死，他的心如刀割一样痛，妈妈才 51 岁啊。现在，他是家中唯一的“男子汉”，不能让妈妈和姐姐受罪，他决定放弃学业，到广州去擦皮鞋赚钱。

他便开始偷偷地忙开了。他趁小姨不在家时，偷偷钉了一个长方形的鞋框，并请一位陌生叔叔用毛笔帮忙他写了一张介绍自己家庭情况的求助信。可是自己没有一分钱啊，咋去啊，他想到了步行。过去听说一个中学组织野营拉练，走了 30 公里，大部分学生不是脚上起了泡，就是裆部磨破了，有的还中暑、虚脱。自己从清源到广州要走 350 公里，能走得到吗？他有些害怕，可是一想到就要失去母亲时，他便浑身都是劲。

一切准备就绪后,5月17日早晨他趁小姨不在家,没有告诉任何人便离家出走。当时,他穿着蓝白色校服和红色布鞋,没有带一分钱,背上准备好的被子、水壶和擦鞋箱,沿着国道向南朝着广州进发。

刚开始走,他挺胸抬头,还唱着歌谣,像一个勇士,他仿佛感觉到他已经挑起了一家子的担子。他迈开双脚走得飞快。可是,没走几个小时,他就感觉到又渴、又饿。虽然路边也有一些小店,也有面包、可乐卖,可是他身无分文只能吞口水继续赶路。

此后,他才感觉到“人是铁,饭是钢”,解决吃饭是个大问题。当走到一个小树林时,他看到有野果,他顿时有了主意,学习红军长征,吃野果也不错。就这样他摘了不少野果,还把一些放在了擦鞋箱里,一边吃,一边继续前进。有几次他经过小镇,他便向一些人家要饭吃,一路上要到了五次像样的饭。有时候饿得实在不行了,他只能到垃圾堆里找些吃的。有一次他看到路上有人丢的变质的蛋糕、鸡蛋,也不顾一切地吃起来。

他还是第一次去广州,认不到路。他便一边看牌子,一边问路。虽然经常走得很顺,但还是有几次走错了路。当顶着骄阳,走得汗流浃背,又走了冤枉路时,他的眼泪就会流出来,这是委屈的泪水,是辛苦的泪水,他恨自己太傻。但是,哭完后,他又坚强地折回来走到上一个路牌,重新换方向走。他想到,此行就如唐僧西天取经,一定会经过九九八十一难,自己的一切都比妈妈痛苦来得轻。就这样渴了就喝河水、雨水,晚上就睡树林、荒地。

时间一天一天地过去了,他也一天比一天走得慢,他的腿如灌了铅一样沉得很,鞋子磨破了,脚上起了疱,裆部也磨破了,一流汗钻心地痛。有人劝他坐车,可是他说自己没钱,不好意思坐车。有一次实在走不动了,他就想丢掉一些东西,减轻身上的重量。他丢了被子,可是没走几步,他又想到没有被子,晚上睡觉就很容易感冒,如果自己再生病,可就完了。他便又捡起来继续背着。后来,他又想丢掉那个擦鞋的箱子,可是他又想到自己此行就是去擦鞋赚钱,没有了这工具,咋赚钱啊。于是,他啥也没有扔掉。晚上睡觉时,他几次伤心地掉泪了,他感觉到从没有过的脆弱、渺小、幼稚、无力。可是,一想到母亲对自己的好,母亲等着自己赚钱去救呢,他仿佛一夜之间就长大了。尽管晚上还说第二天休息一天,可是早晨一起来,又不愿休息。因为赶到广州,就成功了一半;提前一天到,母亲就增强一份希望。他心里装着一个信念:一定要赚钱救妈妈,就是爬也要爬到广州!有一次他实在走不动了,请求一位开拖拉机的大叔帮助,坐了他半小时的车,那是他这一程中最轻松的一次,在车上他竟然梦见自己坐着车到广州了。

之后,他走破了布鞋的底,擦破了瘦小的胳膊留下了痂。他在一个又一个收费站问“这里是哪里”,直到最终听到对方回答他“这里是广州”,距离他离开家已1个多月了。

到广州后,骆伟科白天到南方医院附近擦皮鞋,晚上在一条长凳上“睡”。他的事被好心的人报道后,他的孝心和坚毅感动了广州市民,大家纷纷来帮助他。之后小骆的妈妈获救了,他的孝行受到完美的报答。

一次,说话已经很费劲的妈妈流着泪说:“我生出这个儿子,是我的福分啊!”

亲人才是最重要的

日本发生的里氏9级强烈地震，引发了海啸，使得无数本是美好的家庭不复存在。此间，有一些画面最让我们刻骨铭心，即看到很多夫妻相救、重逢的画面，真是喜不自禁。

居住在岩手县大槌町的74岁老太太贵惠，与同龄的丈夫四郎结婚50年。20年前，贵惠得了白内障，几近失明。这次日本大地震，在大地摇晃之后，当时二人所处的位置，距离海边只有一公里，眼见着大海啸的黑浪直奔而来，四郎拼命抓住老妻贵惠的手往高处逃跑，但还是被追随在后的黑浪赶上了，二人一起陷入浊流之中。四郎拼命地握住妻子的手，好几次手打滑，差点就要在黑浪中与老妻的手分开，但四郎拼了死力气，硬是抓住了贵惠的手不放，他抱着“要死一起死”的信念，最终他们竟一起逃到了高处的斜坡上，捡回了两条命。“大浪逃生”后，一家团聚，相拥而泣。“谢谢你，她爸！”贵惠紧紧握着丈夫的手，流泪说。他们二人相依为命的心贴得更紧了。

作为亲历日本大地震的一员，又作为一个普通的旅日留学生，对年轻的杨雪而言，这场灾难让她难忘。地震发生的那天中午她在门诊看牙，躺在床上感觉到地面有震动。之后，杨雪逃了出来，马上打电话联系丈夫鲍雷，不过由于手机信号中断，无法联系上，那一刻她并没有为自己还活着感到高兴，相反更加为丈夫担忧。她回到家，坐在墙角，眼巴巴地望着墙上的时钟一分一秒地过去了。与此同时,在外的丈夫,联系不上妻子,就赶紧开车回家。交通瘫痪了,20 分钟的车程,丈夫鲍先生开了将近 2 个小时,最后不得已只能用"腿"跑回家。他一路上牵挂的都是妻子,每跑一步就觉得离妻子近一点。就在妻子近乎绝望的时候,房门被撞开,一个熟悉的身影出现在面前——丈夫回来了!杨雪扑向丈夫,两人相拥而泣。他抚摸着爱妻挂满泪花的脸说:"我什么都可以不要,可就是不能失去你啊!"

地震中还有一个"千里走单骑"的故事,令人动容。窦元珠的老家在青海,来日本已 15 年,他的妻子 6 年前来日本跟他团聚,生了两个可爱的女儿。地震发生后,在外地的窦先生着急地给妻子打电话,发现手机不通。那时很多道路已经受损,交通中断。家里的一切让他揪心,最后他决定骑车回家。黑夜里,他冒着余震的危险,耳边不时传来震后石头崩塌的巨响。道路出现了很多深深的裂缝,糟糕的路况经常使他不得不下车推车步行。经历 7 个小时的长途跋涉,他终于走完 100 多公里,平安回到家中。当他看到妻子和孩子都安好时,紧紧地把一家人拥抱在怀里,喜不自禁地说:"一路上,我满脑子全是你们。"无论什么天灾都不能叫他们分离。

幸福是什么,在经历地震后,在遭遇生死考验时,让我们更加明白了,其实并在于要吃好、穿好、住好,多么富裕,多么浪漫,能与亲人生活在一起就是最大的幸福,其实我们什么都可以不要,唯独不能没有爱。

“我的血为正义而流！”

有记者问凤凰卫视主持人胡一虎：“你为何选择记者这个行业呢？”他说：“这是受我父亲的影响。”然后，他讲了一个故事。

早年他父亲从部队复员后在高雄市车船管理处负责稽查工作。当时公交车是自动投币的，他父亲发现一些司机作弊，从中捞钱，这样公司就受到了很大的损失。刚开始他父亲只是私下找那些作弊的司机谈心，劝他们洁身自好，好自为之。没想到那些司机不但不收手，相反还想拉他父亲下水。这下，他父亲感觉到了这帮家伙就是死不改悔，于是决定要将他们绳之以法。那些司机也不是吃素的，他们有黑社会背景，于是也威胁他父亲，让他“老实”一点，不断地给他家里打恐吓电话，胡一虎就曾经接过一个，那声音是阴森森的：“我要杀你们全家……”这可把一虎的母亲吓坏了，求丈夫：“你不为自己想，也要为孩子们考虑。”可是，父亲却觉得如果放任这帮家伙，是自己的失职，便决定不顾一切地与这帮人干到底。一天，有人将父亲经常骑的摩托车的储油箱里灌了硫酸，若发动车子便会爆炸，幸好被父亲识破，捡回一条命，母亲为此给父亲下跪，求他换一份工作。可父亲刚正不阿，在收集完证据后，将那几个司机法办了。

事情刚一结束，正当父亲回家时，却被一伙黑社会的人围了上来，由于当时对方人多而且手持刀具，父亲寡不敌众，被砍伤了右臂，血流如注。那帮人顿时就散了，父亲忍痛追击，后来终因流血过多晕倒在路上，被人送到医院，又捡回一条命。当父亲醒来时，全家人都在痛哭，父亲却说："这是为正义而流的血，没有什么好哭的。"此后父亲仍然仗义执言，秉公办事，他的座右铭是："遇事讲是非，不为威武屈。"

那时胡一虎17岁，便决定要做新闻记者，去维护社会公正。就这样，胡一虎走上了新闻战线，成了有名的记者和主持人。

“算了！”

见过姜馨田的人，都说她漂亮。但很可惜，她是聋哑人。

2003年3月，第52届环球小姐大赛中国赛区比赛拉开序幕，“海之魂”公司推荐18岁的馨田参赛，初赛时馨田的总成绩排在第二名。随着馨田出色的表现，很多人开始嫉妒起她来了。个别参赛选手及家长和领队找到组委会质问：“这样一个聋哑人能代表青岛的形象吗？700万人口的青岛难道没人了吗？”馨田便问公司：“我还是退出吧，让更好的人参赛。”可是“海之魂”公司信任她，继续强力推介她。

在接下来的比赛中，由于馨田听不见，所以常需要别人帮助，一些人开始“使坏”。不是她上场，故意叫她上场；而到了她该上场时，又不叫她。看到馨田频频失误，有些人特别开心，心想她肯定拿不到名次。接连的失误使得馨田心情糟透了，真的很想退赛。但她觉得不能辜负了领导的信任，便强忍着泪水，请求大家手下留情，多多帮助。看到馨田没有被压垮，有人变本加厉，假装帮助她，用力推她一把，让她摔伤；要么偷偷地藏起她的演出道具……妈妈实在看不下去了，让她向组委会反映，馨田却说：“算了，我确实给大家添了很多麻烦。”

之后在“才智问答”时，馨田抽的题目是：“人的生活质量应该包括哪些内容？为什么？”她的“回答”是：“作为一名残疾人，生活中有很多不便，但在社会的帮助下，我的生活处处充满阳光。感谢大赛组委会给我这样一个机会,我会用我独特的方式回报社会,让爱心和美丽撒满人间!”最后,馨田以总分第六名的成绩夺得“中国十佳”称号。

馨田的美,不仅美在外貌、才智,更美在心灵,美在善良、宽容。正是:“世界以痛吻我,我以歌回报。”

"尽孝不是义务，而是机会"

男旦演员胡文阁是梅葆玖的徒弟，他视艺术为生命。20世纪80年代，他还不到20岁，在西安唱秦腔小生，正当他事业刚有点起色时，母亲却患病了。医生没有明说母亲剩下的时间不多了，只是说："你母亲有什么要求就尽量满足她。"于是，胡文阁便问母亲："你有什么愿望，就是要天上的星星，我也一定想办法满足你。"母亲很满足地笑了，说："妈只想你事业有成。"

那时，胡文阁痴迷梅派青衣，痴迷水袖，但和老师学舞水袖，需要自己买一副七尺长的杭纺做水袖，当时需要22元，正好是他一个月的工资。

母亲生日快到了，胡文阁本想给妈妈过一个隆重的生日，可是你要是想为母亲花一点钱，她反倒不高兴地说："别为我乱花钱。"那时，他想到母亲穿的秋裤还破了两个洞，而且他还记得母亲上次看到一个发夹很漂亮，很想买，可是一看价钱，那么贵，就赶紧走了。于是，他试探性地问母亲："你生日快到了，你想要什么呢？"母亲笑了，说："你有这份心，妈就心满意足了。"

母亲把话说到这个份儿上了，于是胡文阁就决定先买水袖，他希望母亲能够尽早看到他表演水袖的节目。如果母亲过生日时想要什么，下个月发了工资，再给母亲补上。

然而，胡文阁没有想到，这成了母亲最后一个生日。水袖成为他心头之痛，扎在他心上永远拔不出来的刺。三十多年过去了，胡文阁一直非常后悔这件事情。

古语说："子欲养而亲不待。"耽误了事业，可以补回来。但母亲走了，尽孝却补不回来了。盖茨曾说："天下最不能等的是孝顺。"很多人没有把握好这唯一的一次机会。

李嘉诚12句“谢谢”

李嘉诚早年定下一条规矩：全家人无论工作多忙，每周必须至少一晚上一家人要在一起吃顿饭，在饭桌上他要听听孩子们的汇报，然后再发表一下自己的见解。

最近一次他们一家人又坐在一起吃饭。落坐后，佣人上来服务，准备帮李嘉诚盖上餐巾，李嘉诚说：“谢谢，我自己来。”然后，自己把餐巾铺在了腿上。

然后，佣人给每人盛了一碗饭，当佣人递给李嘉诚时，他双手接住，然后又说：“谢谢！”之后开始吃饭。席间儿子谈起一些往事，李嘉诚放下筷子，看着儿子，并且聆听着。

这个时候佣人端上一盘菜，放在了李嘉诚这边，他又说：“谢谢！”然后继续听着儿子说话。

儿子说到过去父亲给他们吃的所谓的保健品是糖水泡地瓜，都笑了起来。佣人又端上一盘菜，放在了儿子一边，于是问李嘉诚：“我给你夹一些吧？”李嘉诚说：“谢谢，我自己来。”

之后，佣人端上汤，这是每人一碗的，佣人想给李嘉诚端上来，由于他正在与儿子说话，于是对佣人说：“谢谢，我迟点再吃！”佣人便将汤端了回去。

吃完一碗饭，佣人又给李嘉诚添了一碗，接过饭后，李嘉诚又是双手接住，然后又说："谢谢！"

他们吃饭夹菜使用的是公筷，有一会儿筷子离得李嘉诚远了点，佣人看到后，帮他拿过来，他又对佣人说："谢谢！"

就这样，李嘉诚整个饭局都对佣人彬彬有礼，一连说了12个"谢谢。"

与其说李嘉诚很注意对儿子进行言教，还不如说他对儿子更重要的教育是身教。李嘉诚一再教育孩子要尊重人，而他对佣人的态度，其实就是尊重人的最好榜样。

我们说，无论在商务饭局还是私人饭局上，你怎么对待服务员、佣人，反映的不仅是情商，更是礼貌、教养与人品。

“这个冠军我不能要！”

俄罗斯女子蹦床运动员伊琳娜·卡拉瓦耶娃被称为“蹦床女皇”，与她赛场上的完美表现相比，她的体育精神更令人动容，她的伟大在于她曾主动将已经到手的金牌让给了竞争对手。

那年，世界蹦床锦标赛开始了，卡拉瓦耶娃的动作难度大，自然流畅和超常的表现力，发挥很稳定，得到了最高分。

接下来出场的选手是德国的道格娜泽，她动作独特新颖，凸显凌空飘逸之美，令观众惊叹。可是，当她的分数打出来后，却低得出奇，顿时场上一片“嘘”声。比赛结束后，卡拉瓦耶娃获得冠军，道格娜泽屈居亚军。

赛后复查时，发现当时一名裁判在将分数输入电脑时出现错误，结果算零分，这样一下子就把道格娜泽的分数给拉了下来。可是，根据国际体联的竞赛规则，奖牌已经发出后结果不能被更改。

卡拉瓦耶娃并没有偷偷地高兴，甚至还不“领情”。她知道体育比赛最要紧的就是公平，对运动员来说最关键的是公正，这个错误弄不好就会毁了一名优秀的运动员的前程。她马上找到组委会，表明自己的态度：“这样的金牌我不能要，这样的冠军我不能得。”同时，还发表一个声明说：“我觉得应该改正这个错误。”

卡拉瓦耶娃并没有就此罢休，她还找了组委会，又找了国际体操联合会，还找到了国际奥委会，要求更改错误，还道格娜泽一个公道。在卡拉瓦耶娃的一再坚持下，国际体联主席布兰迪决定成全一段佳话，为竞赛规则破一回例，于是改正了那次错误。当道格娜泽拿到金牌时，她流下了激动的泪水，她感觉到这块金牌是自己一生最珍贵的礼物。

技术精湛，夺得冠军，固然令人羡慕，但人的美德，才是生命中最精彩的部分，更值得他人敬佩。为此，卡拉瓦耶娃被誉为“蹦床运动最伟大的运动员”。

对于运动员来说，获得金牌是重要的，但在卡拉瓦耶娃心中，公正公平比金牌更重要。这是对公平正义的追求，正因此，她获得了人们的尊重，也昭示着人类对公平公正的永恒追求。

我自己知道真相

在现实生活中，常有这样的现象：某些学生在学校努力学习，积极劳动，回到家后却什么都不干；有警察时遵守交通法规，一旦路口无人值守就闯红灯；在自己熟悉的集体中谦恭有礼，一旦置身于陌生的环境就不再遵守公德……这些事也许别人不知道，难道我们自己也不知道吗？

在华盛顿举办的美国第四届全国拼字大赛中，南卡罗来纳州冠军——11岁的罗莎莉·艾略特一路过关进入了决赛。当她被问到如何拼"招认"(avowal)这个字时，她的南方口音使得评委们难以判断她说的第一个字母到底是A还是E。评委们经过倒带重听仍然无法确定，商议后也不能确定。罗莎莉根据台下人的议论，已经知道正确拼法是A。主评约翰·洛伊德问罗莎莉："你的发音是A还是E？"有人觉得考官有意偏袒她。可是没想到的是，她却毫不迟疑地回答："我说的字母是E。"大家都为她惋惜，洛伊德对她说："你本来可以获得冠军的。"她却说："我觉得我应该说实话。"几乎所有的观众都为她热烈鼓掌。

一念之非即遏之，一动之妄即改之。每个人心中都有一尊佛——自己的良心。很多事，我们偷偷地做了，自以为神不知鬼不觉！别人也许不知道真相，但我们自己知道真相！如果我们一直埋在心里，怎会心安？我们自己坦陈一切，失去的是一时的名利，得到的却是别人最高的尊重！而一个表里如一的人，事无不可对人言，就少有愧疚、猜疑、顾忌等种种阴暗,心中自然绿意盎然,步步花开!

钱学森在求学期间学习成绩拔尖,他的考卷不仅所有题目全部答对,而且卷面非常整洁清爽,甚至没有一处修改和涂抹的痕迹。在一次考试中,教授又给了钱学森满分,教授又一次当着全班同学的面表扬了钱学森。当试卷发下来后钱学森认真仔细地看了起来。突然他发现了一个不起眼的小错:在公式推导的最后一步写错了一个字母。此时,同学们都在看着自己的试卷,没有谁注意到他,可钱学森举起了手,向教授指出自己的错误。教授拿来试卷一看,说:“这只是一个小小的笔误。”可钱学森却主动要求扣分。

孟德斯鸠说过:“衡量人的真正品德,是看他在知道没有人发觉的时候做些什么。”对于自己的错误、过失,外人可能不知道,但我们自己却知道得一清二楚!这就需要我们秉持高度的自觉性来直面这些错误过失,而不是横加掩饰,欲盖弥彰!

与人交际,我们要想拥有高尚的人格,就要在自我修养上磨炼功夫。当我们坚持的原则和人格根植在心中,内化成一种高度的自觉性时,我们的人格也就达到了一定的高度!

晚了九秒钟

一架航天飞机稳稳当当地降落在基地，它创造了很多世界纪录，航天部长高兴地叫道："真是太完美了！"

部长要求各媒体大篇幅报道。各大媒体记者很快等在了空军基地，当航天员走出机舱后，他并没有得意忘形，可喜出望外的记者赶忙提问："请你对电视观众说几句话。"航天员迟疑了一下，说："好吧！"他会说什么呢？大家都在等待。本来有人以为，他应该早就为这一刻准备了鸿篇大论，哪知，他居然毫无准备，让一些记者有些失望。

有记者还以为宇航员是在卖关子，等嘈杂的现场稍稍平静后，宇航员慢慢地说："这次飞行基本上是成功的！"有记者不满了，说："应该说是相当成功。"可是，宇航员却摆了摆手，那位记者反问道："难道不是吗？"

又有记者不满意宇航员的回答，起哄道："您太谦虚了！您创造了历史，这次飞行真是世界第一，简直是完美无缺。""对，太伟大、太神奇了！""是前无古人、后无来者！""整个地球都为您喝彩！"

宇航员有些不悦地说："不，不，只能说基本上成功，因为，我比预定着落时间晚了九秒钟。"

有个眼尖的记者说："这次飞行是36小时21秒，也就是130860秒，你只晚了9秒，误差只是0.0000687。简直可以忽略不计嘛！"

可是，宇航员却说："不行，晚了9秒就是9秒，因为航天事业是件冒险的事业，差一点点都可能造成机毁人亡，所以不能有稍许的疏忽和马虎。”

听到这儿，总统问一位科学家：“他说的是真的吗？”“是的，他有很强烈的科学精神。”总统说：“那我就不去凑热闹了，不再发表重要讲话了，因为他的安全回来，就比什么宣传都更重要！比什么祝贺都更有说服力，比什么奖励都更实在。”

帮助她就是帮助你！

作家冯敬兰人到中年，经常做事丢三落四，上班不是忘了手机，就是买东西忘了带钱包，一次她在超市买东西差一角钱，是收银员小妹给她垫的，为此，她在女儿面前不知表扬了那收银员多少次。

一天，冯作家接到一个陌生电话，是一名女子打来的，问："信收到没有？"她奇怪地说："没有啊？"那人这才说："前几天我在超市买东西，钱不够，当时让我不知怎么办？是你女儿给了我50元钱。我是头一回遇见这样的好人，不知其意，推却不接。可是，等待交款的队伍很长，我一个人的延误让收银员不耐烦了，你女儿说：'您别介意，就当我是借给您的好了。'我结完账出来，问了电话地址，说一定把钱还给你。您女儿真是个好孩子，这样的人可不多见。"冯作家说了些客气话，说没有什么，谁碰到都会这样做，心里却想，不知女儿干过多少这等傻事？等冯作家到物业一问，是有一封信，打开一看，还真有50元钱。冯作家读了那人的来信，被那朴实的文字感动了，她说了很多感谢的话。冯作家没想到，女儿一个善意的举动对人的心灵的影响有这么深刻。

女儿一回来，冯作家就埋怨起来："你对于一个陌生女人就如此相信，如此大方，不是一角两角，一元两元，你给她这么多钱，就不怕人家不还？"

没想到女儿却笑了起来，说："我就没打算她还，不就50块钱吗？

我全当做善事。你在超市也会遇到这种情况，帮助那个阿姨就是帮助您。”

冯作家突然感觉到心里很温暖，因为假如自己老了，真的需要别人帮助时，也有女儿这样的“傻瓜”多好啊！不过她想，会的，只要我们从现在都这样做，这样的人会越来越多。

儿子如何说服母亲龙应台

龙应台，著名作家，才思敏捷、满腹经纶、出口成章，你要想说服她，真不是件容易的事，不过她就很听儿子的话。

一天，儿子安德烈和龙应台在一家高档餐厅用餐，一名服务生一直出错，先是让他们久等，龙应台忍了，好不容易菜来了，却不是他们点的，服务员态度还特别恶劣，龙应台于是“正色”道：“您，可以用心点吗？”服务生满脸不高兴地离开了。安德烈说：“妈，你知道马克·吐温对这种情况怎么说的吗？”妈妈正在气头上，便没好气地问：“怎么说？”“他说，我评断一个人的品格，不看他如何对待比他地位高的人，而看他如何对待比他地位低的人。”龙应台一听，知道儿子在批评自己的态度，一想，觉得自己有点高高在上，盛气凌人，得理不饶人，于是马上态度和蔼地对待那名服务生。

安德烈引用比母亲更有名的作家的话一下子就把母亲“震住”了。可见，我们要说服大人，平时要注意父母对谁比较敬佩，然后就用他们敬佩之人说的话来说服大人，就能让他们“变小”“服软”。

龙应台与儿子菲利普去了巴黎，乘地铁时一名售票员粗鲁得不得了，龙应台气极了，于是就指桑骂槐地说：“你看，这就是世界上最浪漫的国家，果然又烂又慢。”菲利普觉得妈妈过分了，因为巴黎还是挺不错的，于是说：“妈，你为什么不这样想，低收入的她一定住在离市区很远的郊外，来这地铁站上班可能要转很多次车，加上今天下冰雨，她可能天还黑着就出门了。她的烦恼一定很多，可能房租都付不起，她可能很累。”突然，龙应台也想到自己过去带两个孩子的艰难，也有过情绪不好的时候，于是不好意思地笑了，马上阴转晴，摸摸孩子的头，说：“你说得很对，妈妈错了。”

要说服大人，平时可以注意父母是怎么教育我们的，可以找到母亲经常教育我们的话，比如母亲平时经常会教育孩子别太苛刻，要体谅别人的难处，多站在别人的立场、角度想问题。菲利普正是用了这一点说服了母亲。

龙应台与儿子菲利普在巴黎看到一家有名的服饰店，价格特便宜，便走了进去。儿子不解地问：“老妈，你真的要在这种店里买衣服？”“为什么不？”“你要知道他们的所谓设计，很多是偷来的，做一点点改变，就拿来做自己的品牌。”菲利普看到一条牛仔裤，又说道：“你看，这样一条牛仔裤才七欧元，妈，你有没有想过，为什么这么便宜？这条牛仔裤的生产链里，他们剥削了多少人？那个亚洲或者非洲的女员工生产这样一条裤子，她得到几分钱？”他斩钉截铁地说，“凡是便宜得不合理的东西我都不买，因为不合理的便宜代表在你看不见的地方有人被欺负，被剥削，我不认为我应该支持。”听到这，龙应台不敢买了，走出了商店。

龙应台经常教儿子要做个正直的人，要有公理心，耳濡目染的菲利普也就很有正义感，母亲想捡便宜货，儿子便指出商品生产中乃至销售中的不当之举，而这些都是母亲不知道的细节，使得母亲觉得的确是不太妥，于是只好作罢。

龙应台在担任台北市文化局局长时，一次一个商家“赞助”了8000双跑鞋，局里每人一双，龙应台把自己的那双给了儿子安德烈。没想到儿子说：“这样不行。”“为什么？”“性质不一样。”龙应台生气地说：“怎么不一样？”儿子反问母亲：“你知道德国的吉斯是怎么下台的吗?”龙应台不是很清楚，儿子说：“吉斯是德国PDS党的主席，因为公务常常要乘飞机出行，而航空公司有促销活动，乘坐飞机次数与里程可以累积附赠里程，于是吉斯就利用因公飞行附赠里程去度私人的假期。”龙应台觉得自己也有点假公济私，便没话说了，只好把鞋子收了起来。

龙应台在政治上还是比较廉洁的，只是在一些儿女情长等小事上偶尔会犯“糊涂”。要说服母亲，不能上纲上线，只讲大道理，可以讲一些母亲没听说过的，在课本中的，在同学们中间流传的“小道理”来说服母亲，给她耳目一新的感觉，觉得在理，自然虚心接受。

平时，我们都是被说服和被教育的对象，要说服“吃的盐比我们吃的米还多”的父母很难，但也不是不可能，只要我们方法得当，说得在理，还是能够说服他们的。我们要善于用父母教育我们道理，用父母没有听过的事例，甚至是课本上的故事来说服父母，就能够让他们“听话”。

“比赛重要，父亲更重要”

王佐从一名职校生到清华大学的老师，他最感谢一位老师。那是大二时，他由于业务精，被推荐参加全国机电技能大赛，就在训练紧张地进行时，接到母亲的电话，说父亲突发心脏病，他一下子蒙了。

回去？可这次比赛机会难得，他只是一名中专生，曾经错过一次数控技能大赛，让他非常后悔。不回去？可父亲是家中的顶梁柱，没有了父亲，这个家就会塌的。

王佐正在犹豫，他的指导老师说：“你赶紧回去，比赛重要，但是，父亲更重要。”这点醒了王佐，他决定先回去，于是想给训练团队交代一些事项。老师赶紧推他走，说：“这里的事你不用操心了，心脏病不能等。”王佐还想向同事借一点钱。老师马上从兜里掏出500元钱塞给王佐，并且拉着他出去打车。在这个过程中，老师得知王佐母亲正在为给爸爸做手术的钱发愁。于是，老师又从口袋里掏出银行卡，塞给王佐。他不好意思接。老师说：“救人要紧。”

由于王佐赶回去及时，决定马上手术，钱又到位了，于是父亲的病一刻也没有耽误，手术很成功，很快稳定了下来。父亲很高兴，母亲便让儿子好好感谢老师。王佐便马上返回学校，继续训练。最终王佐与他的团队发挥出色，在比赛中获得了二等奖，特别是王佐由于表现优秀被推荐到吉利大学担任教师。再后来他又被清华大学录用任教。

王佐说如果那次自己晚回去，或者是钱不够，父亲很可能出意外，那么他就很可能错过那次比赛，自己的命运可能就会是另一番景象。

而老师则说："幸好我让王佐回去了，不然，如果王佐父亲有个三长两短，会影响他的情绪，甚至他会因此错失比赛，那么我也将成为'罪人'。"

“想我，就看看天！”

不久前一期的《朗读者》，董卿三顾茅庐请到了94岁久负盛名又硕果累累的画家黄永玉。

黄永玉是个“老顽童”，他说自己早已写好了遗嘱，“骨灰不要留！”这让观众心里一阵发酸。他看出有些人怕死，于是说：“死有什么好怕的？到时候把手表什么的好东西从身上拿下来，烧了就完了。”

二十多年前，黄永玉女儿告诉他：“汪曾祺伯伯去世了。”他淡定地说：“好啊！”他不是不尊重逝者，只是他活明白了。

黄永玉同辈画画的朋友都相继离世了，他怀念老友，有时候会想想往事，他表示日子不是用“怀念”来过的，他要画画，要写小说，有很多的事要做。一次一位领导曾让他去301医院全面检查一下身体。黄永玉说：“我正在写小说，如果不写出来就可惜了。如果给我时间写完了小说，什么病我都不怕。”

他也盘算着自己这么老了，于是把自己最值钱的代表作《春江花月夜》捐给了国家博物馆，他说：“人老了，画留在家里干嘛，捐给国家是最好的选择。”

有人问他：“生命的意义，艺术的意义，有什么追求？”他说：“人就是爱把自己看得太有价值，想让别人记住自己。记住干什么呢？世界上的事不能一起床就讲意义，这样很累，生活其实就是过日子。干吗要活在人的心上？用得着吗？死后你啥都不知道了，活在别人心里有什么用？”

几乎所有的人都想住好一点的墓里，有一些朋友说，“你应该把骨灰留起来。”黄永玉说：“李白和苏东坡的骨灰也找不到啊！我的骨灰不要固定埋在一个地方，省得朋友坐飞机来。骨灰放到抽水马桶里，就在厕所举办个告别仪式，拉一下水箱，冲水、走人。你想我嘛，就看看天、看看云嘛。”

黄永玉的生命观是通透的，他看穿世事，在这悲凉背后，是一种忽略自己、为别人着想、为别人考虑。

· 马云的逆向思维

马云最大的资本是他的肯光独到，思维与众不同。

马云收购“雅虎中国”后，有一天陈伟去马云家玩，陈伟开玩笑地说：“马老师，你现在已经很富有了，分一点财产给学生我吧。卡内基说过，‘在巨富中死去将是一种耻辱’。”正当陈伟沾沾自喜时，马云却说：“那反过来呢？”“什么反过来？”陈伟一下子被问住了。“在贫穷中死去将是无尚光荣吗？”陈伟一听，脸红了，觉得这个马云总是技高一筹。

阿里巴巴是马云一手创办的，你猜他有多少股份？很难想象，他连1%都没有，仅持股0.57%，为什么呢？他说：“我持股最多的时候也没有超过7%，仅为象征性持股。我不想以自己一个人去控制大家，只有这样，其他股东和员工才更有信心和干劲，企业才具有无尽的活力与广阔的发展前景。”

一般企业都是“成则为王，败则为寇”，不喜欢失败者。可是马云却说：“公司里面最危险的是永远成功的人，所以作为老板，一定要将其放在两个不成功的位置上，如果他把不成功的位置做起来，才能称得上人才。相反一个屡屡失败的人，你也要进行思考，如果是因为运气不好，就要分配给他一个运气好的位置。诸葛亮挥泪斩马谡，这个案例告诉我们最重要的一点是：重要项目不要交给常胜将军，而是要派有30%输的概率的将军，因为这样的将军有敬畏之心，他会想到万一输了怎么办。

美国南北战争时林肯最后启用的将军争议很大，就是因为他有 40%输的概率，结果最终却打赢了。”

一次马云在香港开会，记者问他：“现在你们公司资金这么少，如果竞争对手起来，怎么才能保证公司活下去，你对‘一山难容二虎’怎么看？”马云知道记者的意思是想说“一山不容二虎。”但他却说：“我从来不认为‘一山难容二虎’正确。主要看性别，如果一座山上有一只公老虎和一只母老虎，那样才是和谐的。”

正因为马云善于横向、逆向、立体思维，从而总能游刃有余，应付自如。

布置任务要说五遍

樊登一次演讲时说："在公司里最大的成本是重做。我们很多老板抱怨现在的员工执行力不够，其实是管理者的问题。"

中国的老板在布置任务时喜欢说两句话："看着办，我相信你！""不要让我说第二遍。"一旦要老板说了三遍，就是下级不称职正所谓"事不过三"。

这样的结果就会出现如下场景：领导刚说完第一遍，员工就立即去做，免得被老板认为执行力不强。如果员工一直埋头苦干，没有及时给老板反馈，老板又会说："这么长时间都没给我消息？你到底做得怎么样了啊？"如果发现员工工作出错了，老板会质问："你怎么做成这样？怎么回事？"如果员工遇到问题，向领导请示，管理者会问："怎么什么事都要我来定？那我雇你做什么？"如果员工真的自己做了决定，管理者又会问："你问过我吗？你眼里还有没有我啊？"总之，员工怎么做都是错。

而西方管理学要求领导布置任务要说五遍。给华为起草《华为基本法》的包政教授描述日本公司是这样布置工作的：

第一遍，管理者："渡边，麻烦你帮我做一件事。"渡边准备去做。

第二遍，管理者："别着急，麻烦你重复一遍。"渡边重复了一遍。

第三遍，管理者："你觉得做这事的目的是什么？"渡边复述出目的。

第四遍，管理者："你觉得做这事会遇到什么意外？遇到什么情况你要向我汇报，遇到什么情况你可以自己做决定？"渡边说："如果遇到A情况我向您请示，如果遇到B情况我自己解决。"

第五遍，管理者："你还有什么更好的想法和建议吗？"渡边谈谈自己的看法。

五遍讲完，员工对各种场景和突发情况都有预案了，再去执行一般就又快又好。

樊登说："以后布置任务时，千万别忘了一定要说五遍，这是提升领导力最简单、最有效的方式。"

第三辑

内方外圆

成功学家拿破仑·希尔说:“自我欣赏或自我赞美,其本质正是对自我成功的一种最直接的暗示。如果一个奋斗者不断地告诉自己‘我是最棒的,我一定会成功!’那么他就会像得到神助一般,必将取得成功。”“这个世界上,只有自己,才能挺自己一辈子。”从现在开始,我们要多为自己点赞!那么在走向成功的路上就会一生有“伴”!

拥抱——痛苦

谁也不喜欢痛苦，面对痛苦的袭扰，一般人是麻醉、拒绝、逃避，可是你越抵抗痛苦反而会成倍地增长。所以，最好的方法，就是直面，坦然接受。

痛苦是人生的必然。痛苦是人生不可或缺的一部分，并将伴随我们终生。心理学家荣格说：“失去了悲伤，快乐也就无由存在了。”当我们拒绝痛苦的同时，也就等于拒绝了幸福。痛苦与快乐如影随行。他们是一对孪生兄弟，总是成双成对地出现。痛苦是分娩的过程，幸福是婴儿落地的歌声，没有经历风雪的果实不会甜美，所有的痛苦和悲伤都有着它们存在的意义。

苦难是人生的教科书。人生是在痛苦中成熟和长大后，对一个人的成长而言，我们唯有真正地认识苦的滋味，才能更好地发现生活的真相。没有痛苦经历，顺境中往往得意忘形，逆境中又悲观气馁，丧失生活的勇气甚至会自杀。痛苦是人生的必修课。生活如果没有痛苦陪伴，生命也将变得平庸。

痛苦是一所学校，也是一笔财富。梁启超说：“患难困苦，是磨炼人格的最高学校。”痛苦是一名导师。莫里哀说：“痛苦是一位伟大的导师。”痛苦使人深刻，在痛苦中，人会有内心的挣扎，那些在日常琐事中难以浮现的情怀，唯有痛苦才能挖掘。苦难是奥斯特洛夫斯基瞎了的双眼，但他享受苦痛，用充满希望的双眼在黑暗中寻找光明，让《钢铁是怎样炼成的》流传于世。生活中，正是因为经历了让人刻骨铭心的苦楚，所以快乐和幸福才会显得那么弥足珍贵。如果你想摆脱肤浅，就请接纳痛苦。有哲人把追寻痛苦作为人生的最高价值，苦难可以锤打出哲学思想，所以他们就能破译宇宙的幸福。

痛苦是幸福的通行证，是成功的捷径。战争的残酷是远离战争者无法体验的，因而无缘感知金戈铁马威武雄壮的幸福；贝多芬说："通过苦难，走向欢乐。"痛苦和快乐是相辅相生的，正如没有寒冷就没有温暖，没有黑暗就没有光明一样。通往成功的过程就是不断解决困惑、跟随痛苦的煎熬，最后奋起的过程。在人生的道路上，面对痛苦，我们是消极地逃避还是勇敢地面对，这将决定你的人生是黯淡还是辉煌。用痛苦换来的成功、进步，才会感到胜利的喜悦和生命的伟大。

当你接受痛苦，拥抱痛苦，战胜痛苦，你将会是最快乐、最幸福的人。

给自己——点赞！

张丽芬是名初二学生，她长得不漂亮，学习也不是很好，体育也一般般，写作文也不出彩，总之，她是个“中不溜”，而稍不注意，就要落到“挨批”的份儿。老师很少表扬她，父母也不太表扬她，同学更是觉得她没有啥好。虽然她也建立了博客，可是给她点赞的几乎没有。

于是，她便经常四处给他人的博客点赞。有时候，她也会因别人的一句赞美而兴高采烈，因没有别人的点赞而心灰意冷。后来她就想，与其等着别人点赞，为何不自己给自己点赞呢？

于是，一次她作业做错了，老师罚她抄写二十篇，她觉得正好可以记得更牢，于是她把这丑事写到了博客上，对此，她还留言称“给自己点赞”。又一次，她周末陪着妈妈去登山，结果走丢了，后来母亲打了110，才把她找到，结果她说她当时并没有慌，而是等着妈妈来找，她说：“我为自己点赞！”还有一次，语文老师为了提高大家的词汇量，准备举行成语默写比赛，大家都没有准备，她居然就专门捡以一开头，又好记的来背，结果在十五分钟默写中，她得了第一名，有人说她投机取巧，“不能算数”，她却偷偷地笑，她知道大家都看不起她，于是她仍然为自己“点赞”！就这样，她变了，她变得自信了、积极了，也进步了。

一个心理学者说：“爱自己就是多对自己说赞美之辞。允许自己犯错误，允许自己做傻事。”人生本就需要得到鼓励和赞扬，可许多人做出了成绩，往往期待着别人来赞许。其实，光靠别人的赞许还是不够的，何况别人的赞许会受到各种外在条件的制约，难以符合你的实际情况或满足你真正的期盼。要保护自己的自信心和成功信念，不妨恰当地给自己一些奖励。英国畅销书作家劳伦斯·彼德曾经这样评论一些著名歌手：“为什么许多名噪一时的歌手最后以悲剧结束一生？究其原因，就是因为，在舞台上他们永远需要观众的掌声来肯定自己。但是，他们从来不曾听到过来自自己的掌声。”

给自己点赞！并不是让自己盲目乐观，而是意味着接纳自己、欣赏自己。我们虽然都不够完美，存在这样或那样的不足，但我们应该转变观念，多看到自己的好，并勇于为自己的好点赞！一句话，就是要自己首先无条件地喜欢自己。学会给自己点赞就是学着去发现并欣赏自己的好，正像某首歌中唱的，“其实你很好，你自己却不知道”。

为自己点赞是自信的表现。自信是赢得别人信任的根本。歌手张栋梁也唱道：“努力地对自己好，你用微笑回报。”让自己自信最好的方法就是要不断地赞美自己。有句歌词是：“先爱你自己，别人才爱你。”请记住：“人不是因为美丽才可爱，而是因为可爱才美丽。”

成功学家拿破仑·希尔也说：“自我欣赏或自我赞美，其本质正是对自我成功的一种最直接的暗示。如果一个奋斗者不断地告诉自己‘我是最棒的，我一定会成功！’那么他就会像得到神助一般，必将取得成功。”

“这个世界上，只有自己，才能挺自己一辈子。”从现在开始，我们要多为自己点赞！那么在走向成功的路上就会一生有“伴”！

给自己一个——微笑

微笑，是人类所拥有的最美的表情。微笑是一种给人无穷力量的源泉，安抚心灵的良药，快乐愉悦的根源，是给他人不一定是最贵重却一定是最珍贵的礼物，是一种让人充满激情、充满自信，鼓励别人奋发向上的“武器”。我们经常把微笑给别人，却恰恰忘了给自己。

记得有首歌唱道：“岁月在晨昏中悄悄流去，身上的伤痛需要擦洗，放慢一点奔波的脚步，要把微笑送给自己。”笑待他人，是一种艺术，笑待自己，是一种人生智慧。这是一种高尚的心理素养，同时也是一种调解、一种豁达、一种鼓励、一种良好的自我安慰。所以，请打开自己的心灵，给自己一个微笑，让微笑引领着阳光照进来，点燃熄灭的灯，照亮夜行的路，引你走向黎明，你会成为全世界的太阳。

独步人生，我们会遇到种种困难，甚至于举步维艰，悲观失望。前方渺茫，有时看不到一丝星光。人生总有那么多的失败、挫折、痛苦和折磨，在逆境中挣扎太久，人的心境是灰的，容颜是苦的，情绪是焦的，心胸是窄的，睡眠是难安的。这个时候我们不应该锁住自己的心灵，不应该让自己的心灵布满乌云。这时，我们应该给自己一个笑脸，即使是失败、挫折、痛苦和折磨，也会使你变得成熟、坚强、豁达；给自己一个笑脸，是人生中的宝贵财富。让来自心底的那份执着，鼓舞自己插上一双翅膀迎风飞翔；让来自远方的呼唤，激励着自己带着生命闯过难关。

给自己一个微笑，就是给自己一份充盈的激情，一份直面现实中所有艰难困厄的勇气，一次重新审视自己、审视人生的经历，一个扔掉自卑、重拾信心的机会，一面有着温暖阳光、清新泥土的缓冲地带。给自己一个微笑，就会从从容容地整理好思绪，振作起精神，向着风清月朗、天高云淡、鸟语花香的地方迈进。在微笑中涌起万丈激情，勇于挑战自己，挑战生活，那么生活必然也朝着乐观勤奋者微笑。

给自己一个微笑，表达一份对自己的激励之情。心灵的殿堂有歌声与叹息，欢笑与哭泣。没有永远不败的花儿，没有永远不落的星辉，在花儿萎落、星儿退隐、遭遇挫折、意志消沉的时候，给自己一个微笑，一个温暖的、自信的、安慰的、明朗的微笑，将那份殷殷的激励之情深蕴在微笑中，给自己以积极的暗示：花会再开，星会再明，阴郁过后有光明，阳光会驱散迷雾，将泥泞的道路变成坦途。在花开的季节要自强不息努力奋进，在花谢的日子更要自我振奋、自我更新。

给自己一个微笑，让自己拥有一份坦然。坦然面对失败，抛开昨日的黑暗，寻找明日的曙光。一个微笑胜过千言万语，那个微笑，笑散了心头的浓重乌云，解开心中的千千结，卸下千斤重担。在面临种种挫折和不幸的日子里，请给自己一个微笑；在心情极为忧郁的日子里，请给自己一个微笑；在缺乏自信心而感到前途渺茫的日子里，请给自己一个微笑。

给自己一个微笑，表达一份对自己的珍惜之情。把微笑送给自己，就会给自己一份从容。给自己一个微笑，表达一份对自己的赞赏之情。给自己一个微笑吧！让它收拾我们独行的寂寞和所有的不快，让它化作春风细雨轻轻地抚我们沉甸甸的心房，让层层叠叠的温情温暖我的人生。给自己一个微笑，让心情变得舒畅；给自己一个微笑，让心胸变得开阔；给自己一个微笑，让生活变得更加美好。

给自己一个笑脸，让我们摆脱生活中的不如意，让烦恼与忧愁永远远离自己；给自己一个笑脸，让自己充满自信，充满战胜一切的信心。给自己一个笑脸，让自己勇敢地去面对艰险与挫折。有了困难，送自己一个微笑，我们不会逃避，会努力面对寻求解决方案；有了成功，送自己一个微笑，我们不会骄傲，在成功的喜悦里寻求解脱，坦然前行，让生命的脚步多几份稳健。微笑本是最好的鼓励，在我们心灰意冷、孤独无奈时，不妨给一个微笑，哪怕是只得到再来一次的勇气也值得了。

我们对着镜子微笑，世界将绽放出最灿烂的笑颜！每天给自己一个微笑，会在狂风暴雨时看到万里晴空，会在冰天雪地中听到小鸟的歌唱，会在急湍猛浪中看到游鱼细石，在大漠荒野中看到涓涓细流。每天给自己一个微笑，可以消除昨天遗留的疲劳、倦怠，给自己以信心，让新的一天充满活力；每天给自己一个微笑，可以荡涤昨天的烦恼，排解今天可能遇到的不快，让新的一天阳光明媚；每天给自己一个微笑，可以让学业更好，工作更出色，友谊更纯，爱情更甜，家庭更幸福，心态也会更年轻。早晨起来，对自己微笑，让自己带着一天的好心情出门，不要让任何坏心情影响工作。夜晚归来，对自己微笑，祝福自己有一个甜甜美美的梦，不要让任何苦闷陪伴着我们进入梦乡。

会给自己微笑的人，才会从心底里给别人微笑，给自己一个微笑，让自己乐观向上；给自己一个微笑，让阳光充满心灵；给自己一个微笑，让欢乐萦绕身边；给自己一个微笑，希望明天更美好。常常送给自己一个微笑，让自己时时快乐，必将拥有美丽快乐的人生。一个微笑，给自己，会营造一个美好的心境，一个美好的未来。

要想不平庸，就得不合群

人群里有温暖，入了群就如是有“单位”的人，于是大部分人为了避免单身，驱散寂寞，赶走无聊，都纷纷加入这群、那群，大家一起追剧，逛街，聊新闻。朋友接连不断约聚会、打牌、吃饭、夜场，如果拒绝，实在不给面子，而且，长此以往，朋友也会越来越少，所以虽然内心不大想去，但是还是无法拒绝。可是在群里、在聚会中，明明聊着自己毫无兴趣的话题却要强装笑脸，频频附和，饭局里明明不想喝酒，却要觥筹交错。聚会越是场面庞大，人们彼此之间需要迁就和忍让的需求就越大，乏味而无聊的聚会里边最合群的也是最无聊的。我们不得不逢场做戏，只有彼此相像、投契才能够维持聚会的和谐万分与歌舞升平。

可是，合群未必是好事，为此，有人说：“你以为你在合群，其实你在浪费你的青春。”那些害怕寂寞，成天在饭桌、酒局、歌厅里看似合群的人，或许都会淹没于芸芸众生中。如果过度社交，阅读、培训、专业学习、创业计划就会被挤压，自己可支配的时间、金钱、生命被浪费，尤其创新思想也被同化和淹没。过度社交的直接后果就是：最终“堕落”成了普通人。

叔本华说：“要么平庸，要么孤独。”很多时候是无效的社交禁锢了自己的发展；“寝室，是堕落的温床；合群，是淘汰的开始。”不合群不是因为孤僻，不是因为孤芳自赏、狂妄自大，而是因为喧嚣终究过去，孤独必然而然。

如果你觉得你没错，为何要合群？正是你的孤独让你变得出众，而不是合群。作家刘瑜说："我没有'圈子'，因为我懒得去经营关系。"刘瑜说自己在这样缺乏沟通、交流、刺激、辩论、玩笑、聊天、绯闻、传闻、小道消息、八卦、MSN……的生活里，她多年来仅仅凭着自己跟自己对话，坚持思考，保持了表达欲，写小说、政论、论文、博客，反而成就了自己。同样不合群使韩寒成了自己。想必像"文革"中的顾准、狱中的杨小凯、在文学圈之外写作的王小波，就是这样的人。

罗永浩说："有思想的一定不合群。"正是孤独让你变得出众，而不是合群。在历史的长河中，类如《一个孤独漫步者的遐想》之人——卢梭；再如那个"躲"在滕尼斯堡的康德；《中国人的精神》作者辜鸿铭被誉为一个奇怪的老头，排斥西方价值却又不可思议地打着另外一种算盘；朱学勤躲进书斋，硬是弄了本《书斋里的革命》；陈丹青放弃一个清华大学的教授不做，敢当自由画家和作家，等等。正是他们的不合群成就了他们的思想，也成就了他们的事业与人生。

"英雄，永远是孤独的。"只有庸碌之辈才扎堆，只有内心不强大的人才会计较是否合群。优秀的人没有必要合群，你见过大咖们祥林嫂般地吐槽过："他们为什么孤立我？"

优秀的人没必要花精力迎合别人，花心思经营人际关系，任何一种关系都会束缚自己。孤独是可贵的，在这样没有被打扰的时间和空间里，完全依照自己的意愿来安排这段时光怎样度过，是一种莫大的"自由"。内心笃定地去做自己，独辟蹊径地思考问题，免于大众烦扰后，反而能清清静静地享受人生的多样性。

周国平说过，"每个人都是一个宇宙"，他们都知道，当自己选择了一条少有人走的路，就注定他们不会合群，但没关系，他们敢和别人不一样。最有能力的人都有某种奇异之处，这使他与常人区分开。敢在人群中发出与众不同的声音的人，敢得罪人群的人，必是有大本领。当一大群人都反对他的时候，他还是依然不改变他的想法的人，定是能干的人。固执的人多数时候要比随顺的人要强，狂妄的人也多数时候有过人之处。

不合群的独处也是我们每个人需要学会的与自己的相处方式，越早懂得“不合群”的道理和越快学会独处的方式显得尤为重要，那个最不合群的人，也许会是夜空里最亮的星星，这也是寻求内心幸福与安宁的有效途径。

不做包装好的“纸人”

要出名，就要包装，就要神化，但有的人理解包装就不得不“说谎”。现在很多名人的履历都漂亮得让人猜疑：“他们简直就是天女下凡”——家世渊源，出身就含着玉，两岁会背字典，三岁会英语，上知天文，下晓地理……毕业于名校，还出国留学，总之是光环耀眼，一下子就能把人震住。

为此，美国著名的牧师马斯特说：“很多人为了显示自己无所不能，其实都在撒谎。”但谎言就是谎言，因为这些人总想卖弄，所以一试便知。一天，马斯特牧师在讲坛上布道，他提问道：“你们之中有那几位曾经读过《马太福音》第三十三章？”为了获得牧师的高看和重视，他的话刚说完，不少人就把手高高举起，声明自己看过。马斯特说：“很好！”示意大家把手放下，正当这些人沾沾自喜，别人也投来羡慕的目光时，牧师幽默地说：“亲爱的教友们，在《马太福音》中，根本就没有第三十三章！”他的话让这些举起手的人无地自容。

同样，2012 年秋季开学，美国一所“常春藤”大学录取了一位中国留学生，他有接近满分的 SAT 成绩和“漂亮得近乎完美”的履历。一时间，这位留学生成为家乡的明星，受到当地报纸热烈追捧，都来探究其成才的秘诀，他接受采访时说得头头是道，看的人也很是点头称是。可是在入学之后，名校教育处处显实招，让骗来的分数和荣誉很快就现了原形。那人呈现出与漂亮的履历截然相反的表现，一半以上的学科成绩不及格，其中包括作为基础课的数学——而他的履历上写着，他曾是国家级数学竞赛冠军的获得者。学校随即对他展开了调查，发现这是一个“东郭先生”，只能骗骗人云亦云的人。最终，这位留学生被“劝退”回国。

其实，往脸上贴金是有尺度的，千万别信口雌黄，撒谎成性。相反，讲真话一点都不掉价。弘一法师因一次偶然事件被人神化了。李叔同出家住进了深山里。不久后，有人亲眼看见咬了不少人的猛兽见了他后居然变得温顺了。他来时那里还是一片枯枝败叶，可是不久后却枯木逢春，千年的枯树发了新芽。为此，有人说他是佛祖“投胎”，是“仙人”下凡，他有“点金术”，他有“降龙术”，还有“金刚不败”之身，这么一传十，十传百。可是，李叔同却主动说出真相。一次徐悲鸿进山看望李叔同，问起了民间流传的他的一些传闻。李叔同解释说：“我也是肉身，哪有不怕猛兽之理，只是我平时从来不杀生，也劝身边的人这么做。一次一个村民打伤了一只猛兽，我劝说他放生，而且还给受伤的猛兽上了药，喂饱了它便放了。所以此后它见了我，就特别温柔，没有伤害过我。”徐悲鸿笑了。然后，李叔同又说那些枯树是他重新栽的。后来，李叔同的威信不但没有降下来，还终究成了弘一法师，在人们心中有了崇高的地位。

世界是由真实的材料构成的，时间最终会使谎言消失殆尽。所以，最好的态度是坦诚。为国人熟知的旅华日本“80后”专栏作家加藤正一，过去他说自己“曾经考上东京大学”。后来，有人说加藤的学历的说法不实，并同时列举出他履历中的其他疑点。作为自由撰稿人，加藤是身在民意的中日关系的真诚观察者，由于他的刻苦、勤奋、刻苦与自律，赢得了不少中国读者的青睐。但名人造假更需要特别严肃对待，因为名声意味着影响力。后来，加藤本人在个人微博上承认自己“并没有考上东京大学”，并公开：“由于我的幼稚与不成熟、傲慢与无知，给大家造成了误解与困惑，在这里，我对此深表歉意。”他道歉态度诚恳，还是获得了人们的谅解和宽容，人们还是喜欢他，喜欢看他写的一些文章。

马斯特布道说：“说谎是你我日常生活中极为普遍的现象，若一个人养成了说谎的习惯，便很容易走向犯罪之路。”所以，及时止损，做一个实事求是的人，有错必纠的人，是最好的态度和做法。

·只有早于朝阳，才能拥抱日出

我们有些同学不管是上课，还是参加某个活动，出发时间都算得分秒不差，可是却常常因为在路上发生意外，便迟到了。每每迟到他们都会强调客观理由，初看确实是客观原因造成的，而实际上是他们准备不充分，没有留出提前量，最关键的，还是对迟到的认识不足，缺乏对时间的敬畏。

萍老师讲过一个故事：“我送孩子坐校车上学时，发现有一对父子，每天都会姗姗来迟。更令人难以容忍的是，明知整车师生都在伸长脖子等着他们大驾光临，父子还是一副悠然自得的样子，司机便调侃说：‘爸爸叫慢慢，儿子叫吞吞。’有一天，家长们终于发怒了，一致提议——精确到分，过时不候。但在规矩执行之前，学校特意又发了通知，重申不要迟到。可第二天，这对父子依然故我，居然又迟到了，这回校车没有再等一秒，绝尘而去。他们习惯了被校车等，这次却被司机和同伴抛弃了！从此以后，父子俩再也没有迟到。让人由此相信：守不守时，无关腿脚，关乎内心对于规则的敬畏。”

还有一次，香港最著名的畅销书作家梁凤仪应邀到北京大学作报告，时间是15点。她没有想到北京塞车那么严重，结果迟到了一个小时。主持人一再强调：“梁老师迟到是因为塞车。”但是，走上讲台的梁凤仪觉得自己是不可原谅的，她说：“各位同学，我在此向大家诚恳道歉！北京塞车是常事，但我不应该为自己找借口，我应该把塞车的时间计算在内，做好充分的准备。如果在座的有一千位同学，我迟到的这一小时，对大家来说，就是浪费了一千个小时的生产力量，影响一千个人的心情啊！我只能盼望你们的原谅！”她的话，不仅赢得了同学们热烈的掌声，更赢得了大家发自内心的爱戴。

日本日立公司为了杜绝员工上班迟到，开展了“一分钟在日立应看作8万分钟”的运动。意思是说，一个人浪费1分钟，日立的8万名职工就要浪费8万分钟。你迟到，不仅仅是你自己的事情，你要让别人等你，那就是浪费别人的时间，你浪费自己1分钟，也就是浪费了所有人的1分钟。所以，企业家柳传志最痛恨迟到的人，他规定所有迟到的人必须罚站，就是自己过去的领导迟到，他也不放任。

一向守时的德国哲学家康德，曾在给老朋友的信中写了这样一句话：“在我看来，在一定意义上说，无论是对老朋友，还是对陌生人，守时就是最大的礼貌。”戴尔·卡耐基也说：“如果你想结交朋友和有影响力的人就要准时。”守时是一种良好信誉，守时即是信用的礼节，讲诚信请从守时开始。多次不守时的人就会失去他人的信任。

学生时代的迟到，是规则在你心灵的迟到；职业生涯中的迟到，是成功在你人生中的迟到。只有早于朝阳起程，才能够拥抱日出，拥有朝阳般的人生！

过河必须拆桥

市里一家民营企业成立集团公司后，需要大量人才，为此开始招人，由于企业名气大，效益好，报名者蜂拥而来，企业从 2000 名应聘者中层层筛选出 20 人，最后由董事长面试。董事长亲自主持的面试题也有些特别，其中有一题是：“为什么有些人喜欢‘过河拆桥’？”

一位毕业于名校的应聘者回答说：“人都是很自私的，为了一切自己的利益，自然就会过河拆桥，除掉威胁到自己的人。”回答得挺正确的啊，可董事长在此人应聘简历上写道：“掉进了常识的陷阱，不录用。”

又上来一位成绩很好的应聘者，他说：“有些人在得到他人帮助之后，刚开始还是口口声声‘滴水之恩定当涌泉相报’，可没过多久便露出了过河拆桥的面目，将帮助过自己的人抛之脑后。所以，现在的我，不会轻易相信人之信誓旦旦！另一方面，我不干过河拆桥、自断后路的事。”那人滔滔不绝地说，董事长写道：“此人比较正统和呆板，不录用。”

再上来一个拥有很多证书的人，却没有说很多，只是说：“没有桥过不了河，但是，一旦过了河，桥就成了无用之物，便弃之不用！兔死狗烹，鸟尽弓藏，一些企业老板也干过河拆桥的事儿，给员工带来无形的压力，并让员工没有归属感。”董事长写道：“思维没有突破，不录用。”

一个个都败下阵来，淘汰率很高，让人事经理有些坐不住了。

接着又上来一个其貌不扬的矮个子男生，他听了题目后说：“如果后有追兵，我们就得过河拆桥，在战争中有很多这样的例子。再说前面还有河，需要使用仅有的材料继续造桥。”经理问：“讲完了吗？”他说完了，就这么简单。可是董事长的评语是：“有辩证思维，录用。”这让经理的眉头舒展了一下，终于录用了一人。

再接下来，是一位专科女生，她听了题目后说：“因为有‘新的目标’，过了河必须拆桥，只有桥拆了才能继续前行；留着桥不拆，企业就有可能踯躅，就有可能走回头路。”董事长笑了，在评语中写道：“有见地有智慧，录用，可作为储备干部。”

又上来一人，看了简历，会开车，是档案专业的，听了题后，他回答说：“‘过河拆桥’是必然之举，也是必要之举。创业成功后的老板，首先应考虑的就是如何拆桥，站在企业组织的角度，过河必须拆桥。原来的创业队伍的数量、质量、素质结构能适宜过去创业阶段，但不一定适合现在的形势。市场竞争和企业发展逼迫企业不断调整内部结构，不断更新旧的桥板，构建新桥，以永葆企业的新鲜活力。企业能有今天是与老臣们在创业过程中所付出的辛劳、智慧、奉献、奋斗密不可分的，同时，他们对企业因日久而建立的深厚感情，往往会成为企业再创辉煌的阻碍。当老臣们在心里哀叹自己的命运，怨恨老板过河拆桥时，要想不被‘拆’，必须不断进步、自我更新与增值，否则，肯定逃不过‘过河拆桥’的命运。”董事长笑了，在录用栏上写道：“有思想、有远见，给我当秘书。”

过去是“时间是金钱”，而信息时代是“思维是金钱”“创意是金钱”。而企业需要人才的思维与正常思维不一样，要发散的、逆向的甚至是反常的。

不欺心

贾平凹父亲早年被划为“历史反革命分子”，他随父亲一起被下放到农村，他不擅长干农活儿，后来他被分配去拔猪草。别人三下五除二，就采到了筐，交了差。他有一次便想偷学其中的秘诀，发现有人啥草都采，有的草猪根本就不喜欢吃，甚至有一人还有意在筐中搭一个空架，然后放一块石头，上面盖一些草。可是，他依旧采猪喜欢吃的草，而且都是选最嫩的。这样他要比别人多花五倍、十倍的功夫才能完成任务。一次，一位大婶觉得他太傻，就说：“你这样干活儿，难怪工分少。凡是猪能吃的草都拔，管它老还是嫩呢？”可是，当他看到猪最喜欢吃他拔的草时，他就始终拔嫩草。记工员将此事告诉了队长，之后队长觉得他这人实诚，就让他干更重要的记账工作，再后来他又被推荐到一所大学中文系里深造，从此命运发生了改变。

在投机和良心之间，贾平凹选择的是最原始的良心和坦诚。在众目睽睽之下，很多人会没有贪念，至少会被抑制；但是在无人知晓的情况下，能做到不欺心最是难能可贵。在许多时候，不欺心需要以放弃眼前的利益和形形色色的诱惑为代价，只要你能够坚守，老天是有眼的。

作家成墨初家门前有个饭店，老板早年由于资金少，请不起高级厨师，亲戚劝他们：“不如花少的钱雇个差一点的厨师，先赚着钱。”女主人说：“饭馆是吃的东西，万一吃坏了，自己赚不到钱事小，坑害人事就大了。”“不就是炒菜吗？”亲戚问。女主人说：“厨师的任务并不单单是炒菜，还有许多常识，有许多菜混合炒就有毒，比如炒鸡蛋不能放味精；土豆长芽绝不能用；葱不能和豆腐拌……”“这又不是你的错，顾客要这个菜，你做给他们吃就行了，也没见人吃坏过。”女主人笑笑说：“我就是想做到问心无愧，让顾客在我这里不仅吃得好，还吃得放心。”于是，男主人花钱去学习厨艺，学成后餐馆才开张。由于餐馆老板坚持原则，决不昧良心做菜，就这样，大家来过饭店一次后，就会向亲朋好友做宣传，说这个店如何如何好。时间一长，餐馆火了。

在不少人为一己私利而不惜采用欺骗、投机的方式挣钱时，这家女主人宁可推迟开张，也要问心无愧，坚持原则，她看到的不是眼前的利益，而是一个饭店，一个人的名声，还有一个人对自己的良心。这样的人让人信任，这样的店让人放心。

有天傍晚，财务室的主管告诉鲁冠球一个秘密：“一个刚刚合作的客户发错了货物，对方发来的货物总量远远超过了公司所购买的数量。”鲁冠球几乎想都没想就立刻说道：“立刻给对方打电话，把他们多发来的货物退回去。”“对方不知道，我们也假装不知道，等对方发现再退也不迟。”“不行，如果是你出现这样的事，一定亏大了；再说感觉不对，得花多少时间和精力去查。”“对方很难查出来。”“那也不行，天上掉下来的馅饼也不能捡。”“可是……”因为这批货很紧俏，很难买，而且比较贵，鲁冠球知道主管的意思，说：“正因为这样，我们更不应该亏心。”就这样财务主管打了电话并且退了货。当对方老总知道后激动地说：“你要是不说，我可要赔死了！”这件事情之后，这个客户立刻决定和鲁冠球的企业建立长期的合作关系。

不少人在金钱面前，丧失了原则和底线，从而被人所不齿。鲁冠球的不“亏心”，让对方看到了他重原则、轻金钱的态度，这样的企业家值得人敬重。这样的好名声传出去，自然让更多的人愿意找他做生意。表面上没捞着便宜，实际上却是真正的经商之道，更是做人之道。

一位哲人说:“人活在世上,任何时候都不能做欺心事。”只有不欺骗自己的内心,才能坦坦荡荡地行走于天地间。做人做事不欺心,才能保持内心的安宁和生命的清澈,不断让事业持久,人脉恒通。

榜样的力量不是无穷的

网上曾流行的一篇题为《别人家的孩子》的文章。一直以来，我们都认为“榜样的力量是无穷的”，于是我们的父母、老师、学生自己也总是喜欢树立一个学习的榜样。

在杨利伟飞天后，全国掀起了向“航天人”学习的热潮，我的一个同学也有一个目标，就是当航天员，他开始痴迷起了航天，可是高中毕业时他却因为身体原因，没能考上飞行员，航天员自然当不成了。在全国掀起向雷锋学习的活动中，我有一个同学也想当雷锋那样“出差一路，好事做了一火车”的人，于是下雨天，他把自己带的雨伞借给同学，自己淋雨回家，感冒了被母亲骂；当看到有人落水时，他也跳下去救人，可因为他水性不好，差一点被淹死；后来他再去帮人做好事时，大家都说他“脑子有病”，他渐渐地不愿做好事了。过去，我们学校有一位同学参加市里举办的英语比赛得了第一名，学校召开表彰大会，很多人都很羡慕，一个同学也想向这个第一名学习，可是由于他小时候患过脑膜炎，记忆力不行，记不住单词，尽管他头悬梁、锥刺骨，英语成绩只是中等……

这并不是一票否决人的主观能动性，榜样的力量是巨大的，但不是无穷的，也不是持久的，而是有限的！甚至有可能还是贻害无穷的。因为每个人的条件、家庭、兴趣、能力、机遇等都不相同，人家能成为怎样的人，你不一定可以。况且，这个社会，需要政治家，也需要农民；需要商界巨擘,也需要拧螺丝的;需要领军人物,也需要清洁工人。

世界首富盖茨是最多学生学习的榜样。甚至有很多人上大学时也迫不及待地退学创业。可是,美国商学院教授给出的答案是:盖茨只是特殊网络科技初始阶段造就出来的一个高科技英雄,极具"投机性"和偶然性,盖茨成为案例是个"误会",盖茨的案例特殊,不具备模仿性和可操作性。同时,人们跟踪调查了从商学院毕业或中途退学的部分创业者,他们给出的回答与教授们的说法惊人地相似:盖茨仅是个偶然,一个无法复制的偶然,学习和模仿他,成功概率几乎为零。

有一个成语叫"东施效颦",东施盲目学西施,反而适得其反!结果邻居比以前更加瞧不起尚美的东施了!这个故事讥讽东施"知其然,不知所以然",庄子的意思似乎在说人要有自知之明,模仿别人是要有些条件的,学习别人要根据个人特点,扬长避短,寻找适合自己的东西才是最好的。不顾实际情况,盲目选取榜样,等于邯郸学步,结果会画虎不成反类犬。

广州人喜欢木棉,并把它尊为"市花",一生钟爱木棉,热爱岭南这方热土的陈永锵笔下的木棉中正刚直,鲜艳饱满。业界有评价认为陈永锵的木棉最难能可贵的是从单纯意义上的对"树"与"花"的刻画,升华为对"生命"与"精神"的礼赞。而他自己却认为自己所有作品的风格就是"率性为之"。他认为人一出生,就必定"与众不同"了!只是后来"自作多情"地以别人做榜样,"东施效颦",变得不伦不类而已。所以,老实地做回自己,"自然而然"才是最有特点的。一个弟子问佛:"我想改变性格,怎么寻找自己的榜样?"佛说:"你就是你,人无一样。东施效颦,贻笑大方。做好自己,你就是榜样。"

父母指望的"压力变动力",似乎正在成为许多普通孩子心中的不可承受之重,当父母也觉得"别人家的孩子"比自己好许多时,孩子的自信和自尊可能会受到永久性的伤害。那份黯然甚至绝望的心情,使他们看轻自己,怀疑自己,甚至放弃自己。每一个学生都是小荷才露尖尖角，每个学生的生活经验、认知能力、学习方式、发展速率等方面都不相同，要让学生自己跟自己比，让学生从自己的所作所为和所思所想中“看到自己”和“成为自己”。

我们可以借鉴榜样的成功经验，但决不可机械地复制他人的成功模式，因为，榜样的力量不是无穷的。要让自己成为最好的自己，那么每个人都是成功者。

“女孩不哭！”

女孩爱哭，正如《红楼梦》里说：“女人是水做的。”为此，林黛玉总是哭哭啼啼的，她来到这个世界上就是要把上辈子所欠的眼泪还完。

不过，意大利的法拉奇却被称为是一位“不哭的女人”，她并不是天生不会哭，而是在她 16 岁的时候因为哭泣挨了父亲一个耳光，被“打醒”了。

法拉奇 1929 年生于意大利佛罗伦萨，她父亲爱德华多是一名自由主义者，反抗墨索里尼的统治，并因此被捕、遭受折磨。父母教育法拉奇三姐妹要勇敢、坚强，最看不惯她们落泪，最听不得她们哭泣。法拉奇小的时候，曾经因为和妹妹争吵，被妹妹气哭了，父亲不但没有帮她，还批评她：“哭是懦弱、没用的表现，是一种逃避，并不能解决问题。”此后法拉奇遇到很多很害怕、生气的事都不敢哭了。

1943 年 9 月 23 日盟军轰炸佛罗伦萨时，法拉奇一家躲在教堂里。轰炸开始后，教堂的墙壁在颤抖，仿佛大楼随时会被炸塌，神父都大叫道：“基督，救救我们。”16 岁的法拉奇蜷缩在一个煤箱里，死神向她逼来，因为恐惧她吓得哭了起来。父亲不但不来安慰、拥抱她，相反却叫道：“别哭！”可她没止住，还哭。父亲走上来就重重地打了她一记耳光。父亲盯着她的眼睛说：“你一哭，让气氛更加悲哀，让大家的心情更加凄惨，别哭。”

法拉奇这才止住了哭泣，可是仍然躲在了墙角里抽泣。爸爸说：“孩子，如果爸爸打你是对的，哭有什么意义？哭是表示委屈吗？不，你应该去思考一下为什么挨打，以后如何不再被打。如果爸爸打的是错的，哭有什么意义？哭是表示不敢辩解吗？那你就告诉爸爸打错了，免得以后又错打了你。”

法拉奇想着，哭意味着一个人内心的脆弱，也会意味着一个人不坚强，她得出的结论就是：“哭一点用都没有。”此后，她从未再哭过，她变得勇敢与坚强，她敢去任何地方，采访任何人，敢于对任何人说出任何她想说的话。1968年，她在墨西哥报道奥运会前夕发生的学生骚乱时，遭到军警殴打，最后身中三弹，被拽着头发拖下台阶，扔在尸堆中等死，她没有哭；她挚爱的爱人去世，她也没有哭，从而写就了一个“女孩不哭”的传奇。

乒乓球教练刘国梁的女儿赢赢也有一个习惯，就是不哭。赢赢从小就学会了打高尔夫球，参加全国比赛时，那么多孩子都会因为打不好而哭鼻子，各个年龄段的都有，但唯独没有看过赢赢因为打不好而哭起来。赢赢是这样告诉妈妈的：“哭有什么用，打好第二杆不就行了！”最近她参加世界高尔夫球比赛，获得了第二名的好成绩。

哭有用吗？没用，既然没用，那还哭干吗？为此女孩也要学会不哭，摔倒了，拍拍灰尘站起来，还要装作不疼的样子，让别人看不出异样。什么时候你学会了不哭，那么学习的苦，生活的累，命运的不公，遭遇的打击，甚至迫害，都不算什么，那么生活就会对你微笑。

干净，是你尊严的旗

我们不少同学不讲卫生：早晨起床不洗脸、不刷牙，眼屎还在眼睛里，就来上课；鼻毛很长都伸出来了也不剪，常常掉着鼻涕、沾着鼻屎；指甲黑乎乎的，像是掏煤工，吃东西也不洗手，看到馒头就抓着吃，看着都让人作呕；有的人头发很脏、头皮屑很多，甚至有异味都不洗；有的人红领巾成了“黑领巾”，用它来擦手、擦桌子，甚至擦鼻涕；把校服当成了“工作服”，席地而坐，有很大的汗味、怪味也不洗；随便抠鼻涕，用手擦，然后揩到身上；回到家里，衣服不脱就往床上躺，晚上睡觉也不洗澡、不洗脚……

不讲卫生很大一部分原因是没有卫生意识。这使我想到了犹太人，上至学者、贵族，下至平民、百姓，无不例外都有着良好的卫生习惯。犹太民族很长一段时间都在漂泊，尽管他们的生存都很困难，但他们祖祖辈辈始终坚持良好的卫生习惯。犹太父母把孩子的卫生教育当成一种虔诚的信念，使之与知识、金钱同等重要。父母在卫生方面从来都不向孩子让步，他们意在让孩子明白，讲卫生是没有商量余地的。例如，规定孩子每天都要洗澡。在孩子每天清洁之后，父母还会检查，看头发有没有洗干净，耳背有没有洗等。

一次，在电视上看到陶斯亮，七十多岁还那么优雅，她说这得感谢父亲。她是陶铸和曾志唯一的女儿，在她小的时候，爸爸就跟她说，一定要打扮得漂漂亮亮的。在东北的时候，生活条件异常艰苦，打水很不容易，无论白天多么忙，每天晚上陶铸都会给女儿烧一盆洗澡水，要求女儿每天要洗澡。夏天时，有时斯亮为了凉爽，在家里打赤脚。陶铸一看见女儿光着脚就会把鞋拿给她，要求马上穿上，说："你看看你的脚趾。"斯亮一看黑乎乎的，很不好意思，父亲说："女孩子，连脚趾都应该漂亮。"在父亲的"严加管教"下，斯亮养成了干净、优雅的良好习惯。

一位作家曾采访过一位盲人按摩师。作家到盲人家里，他的妻子也是一位盲人，衣着虽然朴素，但和丈夫一样洗得干干净净，还被精心地熨过。作家还发现厨房不仅案明几净，晾在铁丝上的洗碗布也是清清爽爽的。客厅的地上放着一只大木盆，他妻子歉意地说："被单还没有洗完，我接着洗。"被单被她揉搓得一寸不漏。她笑道，"以前邻居见我搓洗衣服，曾劝过我不必这么用心，即使洗不干净，谁又会笑话一个盲人呢？但我不这样想，别人搓一遍，我会搓十遍。虽然我眼睛看不见，也不能糊弄自己。"待她洗好的被单晾晒后飘动时，在作家眼中，那是一面写满尊严的旗。

从小培养良好的卫生习惯，会受益一辈子。培根说："人一旦养成一个习惯，就会自觉地在这个轨道上运行。"学生良好的卫生习惯往往可以产生迁移的作用，学生养成良好的卫生习惯，既增强了对疾病的免疫力，促进生长发育，增强体质，使他们的精神面貌得到改善，还能使得他们在学习上、工作上、生活上，成为一个时时处处比较自觉、办事细致认真、讲究精神文明的人。

良好的卫生习惯是必备的基本素质，也体现了一个人的修养。是否讲卫生，反映出一个人的文化素质、思想觉悟、道德水平和人格的高低。无论何时何地，保持外表干净整洁，是内心干净的表现，也是心灵洁净的表现。一个心灵健全的人，总是懂得用外在的美来表现心灵美，同时也用内心的美来映衬外在美。待人接物时，做到外表干净整洁，是一种良好态度的表现，同时，也能让自己充满自信。

印度佛教复兴之父安贝卡说："即使你穷得只剩一件衣服，也应该把它洗得干干净净，让自己穿起来有一种尊严。"

人可以有霉运,但不可有霉相

近代教育家、南开大学校长张伯苓常讲:“人可以有霉运,但不可有霉相!越是倒霉,越要面净发理,衣整鞋洁,让人一看就有清新、明爽、舒服的感觉,霉运很快就可以好转。”

犹太作家普里莫·列维在《奥斯维辛幸存记》中写道:我进了奥斯维辛,那里简直是人间地狱,吃不饱、睡不好,没有干净的水,别说洗澡,就是喝的水都少得可怜。面对没有尊严的生活,随时都会死去,大家万念俱灰,很多人干脆不洗脸,不洗澡,不修边幅地等死。一天,我见到一位同为囚犯的前奥匈帝国军人,年近五十,上身赤裸,就着脏水洗澡,虽然洗了还是不太干净,但他还是起劲地擦着脖子与肩膀的污垢。这位得过铁十字勋章的“一战”军人给我上了一课:正因为集中营会把人变成野兽,我们一定不能成为野兽。我们是奴隶,毫无权利,受尽侮辱,必定要死,那怕只有脏水,也要用脏水洗,没有肥皂,就多用劲擦,尽量洗干净些,从而体面而有尊严地过好每一天。

洗头洗脸洗澡自然要用干净的水,可是在特殊的时期,在只有脏水的情况下,洗与不洗是个态度问题,用脏水洗总比不洗要好。如果你自己都不要“脸”,那么你就更别指望别人会“给你脸”;你自己都不想活,那么也就没有人会救你。

心理学家曾做过这样一个实验:一个演员扮演成体面的西装革履

的“白领”，另一个演员扮演成一身脏兮兮的缠着破毛毯的“流浪汉”，他们都拄着双拐，在不同路段“表演”突然摔倒，看结果会是怎样。结果西装革履打扮的那位，总会引来很多路人的帮忙，不管是男人还是女人都愿意向他伸出援手；而“流浪汉”摔得再夸张再狼狈，即便四脚朝天，人们只是在看他的笑话，远离他，绕道离开他，没人愿意去搭理他，虽然也有人觉得这太残忍了，可是谁叫他是一个令人讨厌、作呕，没有什么利用价值的人呢。

我们不能一味地批评现在的人都太势利了，因为你自己都不尊重自己——穿得破烂，身上气味难闻，又是一副落魄相，自然你别指望别人来帮你。但即便你在穷困时也要穿最好的衣服，给别人以信任，也给自己机会。

有一位离了婚的朋友，那年，她本来就经济困难，孩子又患重病住院，医院发了病危通知书。她又要忙工作，又要忙家庭，实在忙不过来。按理说，她该蓬头污面吧，可她不是这样的，她每一天照例把自己收拾得干净、漂亮又体面，照例涂上淡淡的口红，头发盘得很紧致、整洁，一丝不苟。照料孩子的空闲时，捧一本书坐在陪护椅上看。她在一群沉闷阴郁抱怨的陪护亲属里，显得极不一样，像一道风景。医生便好奇地与她聊起来，她说：“如果一碰到事，精气神都乱了，那更麻烦了，本来就是坏事、累事，把自己搞得憔悴不堪，那不是更不堪了？这是做女人的基本教养，学习一种叫优雅的东西，一种叫高贵的东西。”医生听后，感动地说：“你放心，我一定治好你孩子的病！”后来医生全身心投入，又请来恩师指点，使孩子康复出院了。

面对打击，情绪低落，状态不好的时候，我们都没心情，于是不太注重打扮自己。可越是这个时候，自己的精神气都没了，一副没生气又邋遢的样子，人就完了。相反，任何时候都保持自己的高贵和优雅，是会感动上帝的。

美国人罗伯特·菲力普一天接待了一个因自己开办的企业倒闭、

负债累累、离开妻女、到处流浪的流浪者。流浪者说:“所有的人(包括上帝在内)已经抛弃了我,我决定跳到密西根湖了此残生。我已经看透一切,对一切已经绝望。”在他说话的时候,罗伯特从头到脚打量流浪者,发现他茫然的眼神、沮丧的皱纹、十来天未刮的胡须以及紧张的神态,罗伯特在听完流浪汉的故事后,引导流浪汉站在一块高大的镜子前,罗伯特指着镜子说:“在这世界上,只有一个人能够使你东山再起。”流浪汉看着镜子里的自己,对着镜子里的人从头到脚打量了几分钟,用手摸摸他长满胡须的脸孔,低下头,开始哭泣起来……几天后,罗伯特在街上碰到了这个人,而他不再是一个流浪汉形象,他西装革履,精神焕发,步伐轻快有力。后来,那个人真的东山再起,成为芝加哥的富翁。

越是倒霉,人越没有精神,越不想打扮,结果造成恶性循环。相反,此刻越要面净发理,衣整鞋洁,让人一看就有清新、明爽、舒服的感觉,霉运很快就可以好转。人生不如意事十之八九,即使日子再苦,命运再舛,也不必以悲苦之色示人。我们何不换以清新、明朗的形象,反倒更让人对你有信心,更得到成长的机会。

张伯苓曾编了一个顺口溜:“勤梳头勤洗脸,就是倒霉也不显!”一个人如果一倒霉就自惭形秽,垂头丧气,就别怪别人“以貌取人”,你别指望别人透过你邋遢的外表去发现你优秀的内在。自己都看不起自己,看不到未来,就别指望别人能看好你。

先取悦自己

许多人，总是把自己快乐的钥匙交给别人，自己所做的一切，都是在做给别人看，让别人来赏识，仿佛只有这样才能快乐。其实，一个人只有先取悦自己，活给自己看，让自己快乐，才能让他人快乐。

随着《致青春》的电影播出后，杨子姗火了，她说这要感谢吴佩慈。前些年，杨子姗曾到台湾寻求发展，可是很多人都瞧不起她，让她很自卑。一天，吴佩慈带杨子姗去游玩，杨子姗的情绪非常低落，她忧虑地说："我觉得自己一无是处，好讨厌自己……""你自己都不喜欢自己，别人还怎么喜欢你呢？"吴佩慈拍拍杨子姗的肩膀柔声说道："其实你是个很好的姑娘，这么漂亮，又这么年轻，你首先要学着去爱自己。"这让杨子姗找回了自信。杨子姗从此学会了悦纳自己，不与自己交恶，收下生命应得的一切自在和快乐，从此迎得了人们的喜爱，也迎来了事业的走红。

一位撰稿人有相当一部分文章没有发表出来，为此他很是苦恼，一天他向禅师说了自己的苦恼。禅师笑了，指着窗外一株夜来香问："这夜来香你知道它为什么不在白天开花，而在夜晚开花呢？"作者想了想，摇摇头。禅师笑着说："白天开放的花，都是为了引人注目，得到他人的赞赏。而这夜来香，在无人欣赏的情况下，依然开放，它开花，只是为了让自己快乐。"作者说："我懂了。许多人所做的一切，都是在做给别人看，让别人来赏识，仿佛只有这样才能快乐起来。其实，更多的时候，我们应该为自己做事，让自己快乐才能悦人。”

取悦别人是费力费时的无用功，白眼吃够了，压力受够了，可别人并不一定就喜欢你。也许倾尽所有的付出之后，得到的只是不屑和嘲笑，不知不觉中所谓的自己就这样在一步步取悦外界的过程中被慢慢地磨蚀掉了。又何必辛辛苦苦地讨好他人、迎合外人呢？与其这样，不如取悦自己。

“花迎喜气皆知笑，鸟识欢心亦解歌。”喜欢韩剧《我叫金三顺》，其中最后一集三顺在等公交车，看见旁边的告示牌上有一段话：“跳舞吧，如同没有任何人注视你一样；去爱吧，如同从来没有受过伤一样；唱歌吧，如同没有任何人聆听一样；工作吧，如同不需要金钱一样；活着吧，如同今天是末日一样——喜欢干什么就干什么吧。”套用博客博主们惯常的印章用语：“博得开心，博得精彩！”“博”和“活”，有时候异曲同工。建立让自己开心的生活方式，沉浸进去，过令人羡慕不已的生活，每一分，每一秒，不要忘了，活给自己看。

学会取悦自己，这跟追求别人的认同一样重要，理应成为孩子们必修的一门“快乐课程”。作家吴淡如曾说过：“每个人心中都有一首歌，即便没有掌声，我们也能歌唱，也能取悦自己。”有句歌词是：“先爱你自己，别人才爱你。”自尊是获得别人尊重的基础，自信是赢得别人信任的根本。“爱死我自己了！”风雨来，霜电来，一脸慈祥，然后微笑说：“都要了。”然后，改变自己，提升自己，直至无限靠近完美——成为最好的自己。

请记住：“悦人者众，悦己者王。”悦纳自己，就可以悦纳生活、悦纳世界、悦纳一切！

任何时候都别卑躬屈膝，低三下四

老师、父母、领导教育我们搞好关系要低调，要夹着尾巴做人，要逆来顺受，可你这样做又会被当作没用，懦弱无能，软弱可欺，而你敢于维护自己的权益，偏偏会受到尊重，赢得尊敬。

台湾著名作家三毛性格内向，文静纤弱，当她准备只身赴海外学习时，很令父母担心，临行前父母叮咛凡事忍着点，别要小姐脾气。到了国外上学的地方后，她果然主动帮大家打开水，扫寝室，谁叫她做什么，她都二话不说。渐渐地人们认为这个中国女孩就是个“软蛋”，于是把她当佣人一样使唤，甚至稍慢了一点，还破口大骂，她忍受了一年，为此偷偷地哭过，她越忍，别人越是变本加厉。一些人对她越来越过分，一次有人竟然连内裤也让她洗，她觉得这是对她极大的污辱，于是三毛与大家摊牌了，说：“本小姐从今以后不侍候你们了。”有人顿时就叫了起来：“唉，想造反了。”三毛强硬地说：“本小姐在家手帕都没洗过，我给你们做得够多了，有种的跟我找校长评理去。”从那以后，再也没人敢轻视三毛，她的威信一下子就提高了，赢得了人们的尊敬。

很多时候我们受欺负，是自己懦弱、胆小、退让造成的。没有谁天生就是享受的命，也没有谁天生就是奴才的命，人生来是不平等的，也是平等的，就看你自己怎么看，怎么做。与人为善不是无条件的，也不是无底线的，乞讨赢不来尊敬与尊重，只会更让人更加瞧不起。

黑人赖斯，小的时候母亲带她上街都会叮嘱别乱摸乱动。一天，母亲又带她上街买衣服。赖斯在一家店里看到一条裙子非常漂亮，于是用手摸了一下，被店员骂道："脏鬼。"赖斯像触电一样收回了手。然后，她们走到另一家店，这是家高档衣店，结果店员一见她们是黑人，便驱赶道："走、走，没钱、不买就别瞎逛。"母亲怒了，说："谁说我们不买啦。"于是拉着女儿就进去了。之后，她们看中一套衣服，母亲让赖斯去试衣。白人店员说："黑鬼不准试。"母亲严正道："好，叫你们老板来。"老板来后看到有生意做，于是让她试。试完后，赖斯觉得很合身。可是这衣服太贵，在准备付钱时，母亲说："你们必须向我们道歉。""为啥？""因为同样的钱，买同样的衣服，可是我们却受到了不平等的对待。"老板最后只好向她们道歉。回到家后，母亲对赖斯说："敢于维权，才能获得尊严，但还需要有实力。"

此后，不卑不屈成了赖斯的座右铭。赖斯通过努力成了美国国务卿。这社会是势利与世俗的，但这并不意味着，我们就要逆来顺受，只有努力争取，敢于维权，才会赢得属于自己的公正与公平，但我们不能一味地等，而要自己去努力和争取。

中国留学生顾越想去雅思班培训，可是别人已经开学了，她想去找领导，别人都说一定不会答应的。但是，顾越还是没有放弃，校长助理接到她打来的电话时口气强硬地说："不行。"顾越问："为什么？""已经过了时间。""能否通融一下？""你突然进班会影响其他同学的情绪，我们要对别人负责，我再跟你重复一次，不可能！"可是，顾越没有退却，相反介绍起自己来："我从10岁开始喜欢艺术，你们西方人应该明白梦想的重要性吧。"看着助理有点动心，顾越拿出勇气说："我和这个雅思班的同学已经是好朋友了，他们都希望我加入。"助理说："好吧，我去问问代课老师。"顾越最后说："不管怎么样，谢谢你尽力帮我！"结果，10分钟后顾越就接到同意她上课的通知！负责接待的老师说："真的不可思议，以前从来没有中途插班的先例。"

中国人的性格比较内敛，总觉得差不多就行了，受点委屈，能忍则忍，总是用“退一步海阔天空”来安慰自己。殊不知，一味地消极对待，只会失去更多的权利和利益。很多时候就要敢于表达自己的意见，勇于追求自己的权益，这样你会觉得“你强，他就弱”。

作家蒋平讲过一个故事：一位挪威青年男子漂流到法国，他要报考巴黎音乐学院，结果落选了。身无分文的青年男子来到学院外不远处的街上，拉琴乞讨。他是很好面子的人，刚开始，他低着头，不敢抬头看路人。由于他拉得确实挺好的，开始有人将钱放入他放在地上的帽子里。可就在此时，一个中年人看到拉琴者长得眉清目秀，于是将钱币扔在青年脚下，青年男子弯下腰拾起地上的钱放入帽中，然后继续拉琴。中年人接着又扔了一个零币在他脚下，青年人看了看那中年人，那人嬉皮笑脸的，青年人厉声道：“请你把钱捡起来。”“这是我给你的。”“你给我的我已经收下了，这是你掉的你得捡起来。”中年人只好弯腰把钱捡了起来离开了。青年人叫比尔·撒丁，后来成为挪威小有名气的音乐家，他的代表作是《挺起你的胸膛》。

本来人落到了这个田地，还有什么尊严可讲，如果你自己都这么想，那么你就只有任人宰割。相反，即使你虎落平阳，也能虎虎生威，那么别人才会把你当“老虎”，才不致“遭犬欺”。尊严其实就是你自己给的，做到自尊自爱自重就没有人敢轻易践踏。

联合国前秘书长安南父亲曾对他说：“做人永远不要低三下四，你不比别人卑微，哪怕一点点。”这影响了他的性格，让安南日后不向强权低头，成了第一位来自撒哈拉以南非洲的联合国秘书长。所以，我们千万别错误地理解了忍，忍是有条件和底线的，有时就应该当仁不让，尤其是自己的正当权益，要有勇气去博取、去抗争。哪怕对手的淫威再强大，也不要轻易低下我们高贵的头颅。

学会欣赏

一天父亲带着希拉里散步，那是个滴水成冰的大冬天，只见一个中年妇女子穿着游泳衣在河里游泳。希拉里缩着脖子，用口哈着气暖手，突然她指着那人笑着说：“爸，你看那人，这么冷的天还游泳，就是一个傻帽儿。”父亲非常生气地说：“这就是你的不对了，这是你缺乏欣赏的眼光，对这样的一个人，你应该感觉到她十分热爱生活和生命，才会在这样的季节仍然坚持锻炼身体。”这句话让希拉里记住了一辈子。

张丽钧校长讲过一个故事：在一位小学特级教师的公开课上，老师让一个男孩起来朗读，由于校长来了，还有其他学校的领导都来听课，孩子紧张得直发抖，一开口就把句子念错了。老师让他再读，他更加紧张，平时的口吃严重了。邻座一名漂亮的女生笑了，举手想接替。但老师仍然微笑着鼓励男孩，男孩这下豁出去了，顺利地把一段念完。老师便问旁边的女生：“你想评价一下他的朗读吗？”女生站起来说：“他急得出了满头大汗。”老师说：“应该说，他为了念好一段，急得出了满头大汗。”“那他后面读得怎么样？”“后面还行。”“那么请你带个头，我们一起用掌声鼓励他一下。”教室顿时响起了掌声，那男生笑了。这位老师是名特级教师，在他眼里，再差的学生都能被他讲出优点来。他能给了弱者尊严，给了强者仁爱。

培根说：“欣赏者心中有朝霞、露珠和常年盛开的花朵。”一定要学会真诚地欣赏别人，因为每个人都有值得我们欣赏的优点。当你这样做的时候，你就会拥有很多的朋友。懂得欣赏，我们才能真正从别人身上发现并汲取向上的力量，收获成功的喜悦。懂得欣赏的人，不会因为别人有缺点而愤愤然，他们会更多地看到别人的闪光点；会看到对手在另外一些领域还有优势，值得自己学习。

作家李良旭有一双善于发现的眼睛，他很善于发现同事、朋友、家人的优点并给以鼓励，乃至他家人也耳濡目染。一天他和妻子一起去散步，妻子看到一位老太太捡废品，说："你看那老太太多美啊，那么大岁数了，还在这么辛勤地捡废品，一只矿泉水瓶子，在她眼里仿佛绽放出花一样的美丽。她的身上积淀着一种劳动的美，生活虽然还有许多艰辛和困难，但是有了这种美，就有了一种坚强和勇敢。"一天，儿子放学回到家，一进门就兴奋地对李良旭说："我们班今天来了个新同学，是个农民工子弟，他的一条腿行动不便，老师把他安排和我坐在一起。没想到，他学习真好，一堂课，他举手发言了三次，老师让他坐着发言，可他硬是支撑着桌子，艰难地站起来发言。回答完老师的问题后，才又斜着身子，艰难地坐下，看着他发言，我感觉到他的姿势非常美，这种美，充满着一种自信和坚强。还有，他那一手漂亮的字，更让我钦佩不已。我为结识了这么一个新同学感到无比高兴，他就是我学习的好榜样。"

优秀的人总是相互欣赏的。聪明的人在欣赏别人的同时，也在不断地完善自己，提升自己。学会欣赏是做人的一种美德。欣赏是一种健康的心态，脱俗的境界，良好的修养。懂得欣赏别人，久而久之，别人的优点也成了你的优点，别人的美丽也成了你的美丽，你也会成为一道亮丽的风景。

一个青年流浪到巴黎，期望父亲的朋友能帮自己找一份谋生的差事。"化学精通吗？"父亲的朋友问他。青年摇头。"物理怎么样？"青年仍然摇头。"那数学呢？"青年不好意思还是摇头。"体育总行吧？"父亲的朋友接连地发问，青年低下了头——自己似乎一无是处。"我看你挺实在,也挺谦虚啊,那么你把自己的住址写下来。”青年羞愧地写下了自己的住址,写完就急忙转身要走,却被父亲的朋友一把拉住了:“年轻人,你字写得很漂亮嘛,可能你也会写文章吧,这下就好办了。”这个青年没有想到,对方不但没有批评自己,还发现了自己还是有优点的。受到鼓励的青年,后来果然开始了写作,把自己仅有的一点优点不断地扩大。数年后,青年果然写出享誉世界的经典作品,他就是家喻户晓的法国 18 世纪著名作家大仲马。

谁有缺点,同样谁也有优点。正如陶行知所说:“你的教鞭下有瓦特,你的冷眼里有牛顿,你的讥笑中有爱迪生。”所以,要以欣赏的眼光善待你身边的人和事,一个善意的赞赏,可能对他人产生极大的动力。

希拉里的爸爸曾教育希拉里:“一定要学会真诚地欣赏别人,因为每个人都有值得我们欣赏的优点。当你这样做了,你就会获得很多的朋友。”欣赏是一种给予、馨香,一种沟通与理解,欣赏与被欣赏是一种互动的力源,欣赏者必须具有愉悦之心,仁爱之怀,成人之美之善念。欣赏别人,那是一种友爱、真诚、懂得尊重别人的表现。唯有学会欣赏别人,才能学会尊重别人,也才能在别人的感激里,为自己赢得别人的友谊和尊重。欣赏会让我们融洽关系,造就人才,成就事业,创造美好未来,赢得幸福人生。

·高处无掌声

人是被“欣赏”这种养分滋润而成长的，绝大多数人不能长久地游离于鼓励之外，否则就会干枯。可是，很多人又太在意别人的掌声，那就容易掉进“陷阱”。活在别人的掌声中的人，是禁不起考验的人。

一个小孩很有灵性，于是被一位大师选为走钢丝的表演。不过他是表演型演员，观众的掌声越多，现场气氛越热烈，他表现得越好。师傅觉得这个徒弟弄得好，将来有出息；弄不好，就会命丧黄泉。师傅决定把他选为“关门弟子”，但也告诫说：“作为一个演员，以博取掌声为目的，是要付出生命代价的。”徒弟吓出一身冷汗，掌声还能害人吗？之后，师傅把看家本领都传授给了徒弟，在演出时要求徒弟带上耳塞，别去听掌声，只想动作。刚开始徒弟不适应，因为掌声就是他的“兴奋剂”。可是，师傅坚决地说：“必须这样。”徒弟只好遵从。就这样，此后徒弟虽然经常险象环生，但都平安归来。后来，他在黄河上走钢丝，两岸都是欢迎的人群；在城市的高楼大厦上走钢丝，下面都是黑压压的人群，可是他每次走进来都从容自在，创造了一个又一个长度、难度的新纪录。

盯着名利干事，则难免急功近利，以致动作走样，欲速而不达，甚至事倍功半，丢了性命。我们一些人太在乎掌声，结果就被掌声引入歧途，甚至被“捧杀”。只有不去听掌声，专注于把能力发挥到极致，才能赢得更多的掌声！

韦伯是美国的一名体操运动员，很有天赋，但是也有一个致命的缺点，就是情绪、动作不稳定。如果掌声雷动，她很可能超水平发挥，成为一匹黑马；而如果对手的掌声高于她，她则又会马上失去信心，出现不该有的失误。就这样，她总是在关键时刻“掉链子”。为此，她非常苦恼，不想练下去了。教练指出说：“你太在乎掌声，没有摆脱精神上为别人所左右的附庸地位，在精神上就站不起来。”她一下子有所悟。“你要有所成就，就要走出一条有特色的创新发展道路来，这个过程注定充满了争议与质疑，所以，不要在乎掌声和别人的评价。”从此，她学会了乐观和坚强。之后教练给她设计出了一套高难动作，虽然这不被主流接受，没有了掌声，而且受到非议与责难，但她心无旁骛地坚持走自己的路，16 岁的她最终夺得了世界冠军，后来成了伟大的运动员。

路遥得知作品获茅盾文学奖时说：“很高兴，但当初只想着写。写作就是燃烧自己。”有什么样的人生态度，就有什么样的工作状态。创新是一条孤独的路，往往需要一个人前行，刻意于眼前名利，就不能释放创造力。

哈韦尔是捷克人，他当选了议员，他发现一条捷径围绕着“掌声”做事，干什么能够赢得更多的掌声，他就拼命地做；而凡是得不到掌声的事，他就不去做。这提高了知名度和美誉度，他很快就成了政治明星，媒体报道，电视采访，大家都围着他转，他被掌声冲昏头脑而沾沾自喜，飘飘然。他的老师一次提醒他说：“很多掌声并非都是发自内心的。有的是礼节性的、违心的、拍马屁，太在意掌声，就容易被忽悠。”哈韦尔有些不服，说：“政治家没有了影响力，还能做什么呢？”老师又说：“你太在意别人对你的看法，就成不了大气候，真正到了高处，是没有掌声的，一个出色的政治家最应该提升自己的能力、品质和修养。”后来，哈韦尔一改过去哗众取宠的做法，老实做人，扎实做事，最终当选捷克斯洛伐克的总统。

有人瞄准掌声“投其所好”，边做事边记挂此处是否有掌声，反而会因心态失常而行为失度，掌声很可能变成遗憾惋惜声。凡做一件事，便把它看作生命，专注于过程，便能深入“不闻掌声”之境。

“无不忘也，无不有也。”掌声只是鼓励自己前进的外因，别太在意掌声和嘘声，掌声的作用是需要内化的，让掌声时时在心底响起，往往比用耳朵听到更具意义，自己鼓的掌声才属于自己，专心于事，成为自己，掌声就是自然结果，正所谓“至誉无誉”。

习惯好的人，运气都不差

最近网上流行“运气都不差”体，诸如“自信的人，运气都不差”“爱笑的人，运气都不差”，等等。大家知道吗？习惯好的人，运气也都不差！

美国艾森豪威尔总统早年是名普通军官，并没有很突出的优势。当麦克阿瑟担任菲律宾美军总司令时，艾森豪威尔还只是他手下的一名下级军官。但是，艾森豪威尔比较有礼貌，尊重上级，在细节上也特别注意，他养成了一个很好的习惯：每次进入麦克阿瑟的办公室领取文件或者接受命令，甚至只是拿一样小东西，出门的方式都与众不同——总是背对着房门，倒退到门边，然后鞠躬，再倒退出去，轻轻地关上房门。在等级制度并不森严的美国军队中，很多人觉得没必要这样。结果这却引起了麦克阿瑟的注意。麦克阿瑟开始关注艾森豪威尔，发现他挺有才能的，决定重点栽培。最终，艾森豪威尔成了一代名将，后来当上了总统。

俗话说：“习惯是人生最好的导师！”日常生活中，我们常说“尊敬师长”，并不是要我们去拍他们的马屁；而是要求我们在跟师长相处时，要有修养，比如进门敲门，擦干脚上的泥，退出时点头，或是鞠躬，然后轻轻地关上门。只要我们养成了随时随地讲礼貌、尊敬师长的良好习惯，就会在不经意间打动他人，从而更容易获得机会，给我们带来好运。

香港慈善家田家炳要到内地一所边远的贫困学校考察，县委书记到机场迎接。从县里到学校还有近十里的山路要走，当天太阳很辣，于是慈善家给老师和学生每人一瓶矿泉水。一路走，一路聊，慈善家问了很多当地和学校的情况，还向学生问了很多他们家庭和各自的学习情况。孩子们没有大口地喝水，而是一次喝一点点，慈善家让他们大口地喝，说还有矿泉水，可是他们都说够了。其中一名女学生把另一人丢弃的空瓶子捡了起来，慈善家以为她要捡来卖钱，可她却说："给弟弟以后装水喝。"后来，慈善家临走时给学校留下了500万元捐款。

田家炳后来说："我喜欢那些小口喝矿泉水的孩子们，我还被那位捡瓶子的小女孩的天真与纯朴打动了。我从她身上看到了我过去的影子。所以，我很愿意为他们捐款。"孩子们身上那些看似非常不起眼的不浪费、不乱丢东西的习惯，体现了他们单纯的思想、勤俭的作风、朴实的为人。所以说，孩子们获得慈善家的善款，也在情理之中。

一个家境贫寒的大学生好不容易谋到了职位，他把公司当成了自己的家。他想方设法扩大公司的知名度，在平时的书信和收据上，他总是习惯性地在自己的姓名后面加上一个括号，写上"希尔电工"四个字，甚至每次出差住旅馆时也这样写，这个签名一直伴随着他，天天年年如此，同事送了他一个"希尔电工"的绰号。公司总经理知道他的这个习惯后深受感动，特意与他进行了长谈，总经理问他："你为什么这样推崇自己的公司？"他说："公司是我们的集体家园。只有这个家园强盛了，我们这些人才能幸福。"于是，他被树立为"以厂为家"的标兵。后来，他逐渐被提升为组长、部长、副总，直到成了"希尔电工"的总经理。

亚里士多德曾经说过："每个优秀的人，都是由自己一再重复的行为所铸造成的。因而，优秀不是一种行为，而是一种习惯。"我们要获得别人的赞扬，并不一定非要干惊天动地的大事。很多时候，一个小动作，一个以集体为家、爱护集体的小习惯，能够持之以恒地去做，就能影响他人，带动他人，并且形成一种文化。任何集体都最需要这样的人。

人的一生是由大大小小的习惯组成的，好的习惯往往使一个人走得更好更快,离成功更近。英国作家萨克雷也说:“播种行为、收获习惯;播种习惯、收获性格;播种性格、收获命运。”我们要想运气好,受到上天的青睐,就得从养成良好的习惯入手。

·乔布斯的风筝为何飞得更高

小时候，史蒂夫·乔布斯一方面争强好胜，凡事不服输；可另一方面，脾气特别大，输不起。有一次，邻居孩子准备放风筝时，他也来放。他心想，自己的风筝一定要飞得更高、更远。当大家拿着做好的风筝去放时，别的孩子都叫道：“哎呀，你的风筝这么大啊？”乔布斯特别骄傲，毫不客气地说：“那是！”

接下来，大家开始放飞，别的孩子的风筝一个个飞起来了，可是乔布斯的风筝却怎么也飞起来，大家都在看他的笑话。有的小朋友说：“你的风筝大有什么用，要飞得起来啊！”他就是不服气，他以为是风不行，便拼命地跑，他跑得气喘吁吁，风筝好不容易起飞了，可一个跟斗，又栽了下来，惹得孩子们一个个大笑不止。

就这样一个下午，别的孩子一个个在比谁的风筝飞得更高时，乔布斯的风筝仍然没上天。回家时，其他小朋友一个个兴高采烈的，可乔布斯恨不得找一个地方钻进去。回到家里，他满脸不高兴，使劲把风筝丢到了墙角，他下决心再也不玩风筝了。第二天，邻居孩子们又去放风筝，乔布斯却没有去了，而且此后他居然就不跟这些孩子玩儿了。

养父看在眼里，他早就发现乔布斯这孩子，优点很明显，可缺点也很突出。于是，就假装问：“怎么不去放风筝了？”乔布斯翘着嘴说：“不好玩儿。”养父笑了，说：“不是吧，是输给别人了吧！”乔布斯不说话了。

养父便说："来，我看看你做的风筝。"乔布斯不想再拿那个风筝，养父自己拿了起来，看了看，说："做得挺漂亮的。"然后，仔细瞧了瞧，发现了问题的症结，是由于风筝大，于是比例失衡了，就说："你风筝的优点我就不说了，它有两点问题，一是由于你做得太大，平衡点没找准；二是你追求漂亮，太重了。你可以先去看看其他小朋友的风筝。"没想到乔布斯却坚决地说："不，我才不看他们的。"

养父又笑了，说："向别人学习，不等于投降、服输，我们可以先向他们学习，但我们最终是要超过他们。"就这样，乔布斯非常不愿意地又与邻居小朋友一起去放风筝，他特别注意观察其他小朋友的风筝，尤其是看了那个飞得最高的风筝的样式、结构与比例。然后再做，这一次他居然成功了，一放飞，一次就飞起来了。

其他小朋友不服气了，说："这还不是学我的！"另一个小朋友也说："哦，原来他前几天和我们玩儿，是来偷师学艺的啊！"把乔布斯说得脸一下子就红了。回到家里后，养父看到乔布斯有些不好意思，便说："学习只是第一步，我们要做得更大、更漂亮，还要飞得更高。"

这让乔布斯非常兴奋，他是不甘心被小朋友瞧不起的。于是，晚上他又开始制作一个更大的风筝，由于有了成功经验，掌握了要领，这次做的，也一次放飞就成功了。这下把不少小朋友震住了。接下来，乔布斯又对风筝进行了几次改造，最终他的风筝不仅最大、最漂亮，而且飞起来最优雅，飞得最高，终于让小朋友们无话可说了。

此后，乔布斯办起了企业，开始生产苹果手机。在这个过程中，也遇到了很多困难、挫折与打击。可是，他总会想到小时候做风筝的情景，以及父亲的教导，不断地学习与借鉴，找到解决困难的方法。就这样，他的"苹果"最终"飞"了起来，而且"飞"得更高。

“不如”的智慧

古往今来，许多有建树的人，都有一种“吾不如”精神。所谓“吾不如”，是说“我不如某某”，或是“某某比我强”。这不仅仅是一种自谦之辞，而且也是于人于己的实事求是。承认别人的强大，是人的美德。历史上的圣哲先贤，他们之所以能建功立业，名垂千古，原因就在于他们都具备博采众长的精神，敢于宣称“吾不如”。

比如曾国藩曾说：“论兵战，吾不如左宗棠；为国尽忠，亦以季高为冠。国幸有左宗棠也。”瞿秋白在29岁时被选为中共中央政治局负责人，在一次会议上他恳切地表白：“搞农运，我不如彭湃、毛泽东；搞工运，我不如苏兆征、邓中夏；搞军事，我不如叶挺、贺龙。”虚心谨慎，溢于言表，瞿秋白之所以为瞿秋白，基于此。

可是，我们不少人在发表意见时，“我”的看法相当于金科玉言，别人的见解都没有他高明；在谈论工作时，“我”的功劳无人能敌，别人的付出都没有他多；在表达理论时，“我”的功底最深厚，别人的理论水平往往都只是一知半解。大有世界“不如吾”的豪迈气概。但事实告诉我们，大凡这样的人，无论是学业，还是领导工作，都少有建树。

“吾不如”和“不如吾”是两种不同的处世哲学，必然带来两种不同的人生结果。我们应该摒弃“不如吾”的自大，需要有“吾不如”的境界。“吾不如也”，不过一句简单的话语，说出来确实千难万难。山外有山，天外有天，面对比自己强的人，由衷地说一句“吾不如也”，不但不会贬损自己，而且是一种值得称道的美德。世人再强，本领再大，总难免有“吾不如也”的地方。“尺有所短，寸有所长”，再伟大的天才也有不如人的地方，何况我们是普通人呢？历史上的圣哲先贤，心怀“吾不如”的谦逊，博采众长的精神，才成就功业而名垂千古。生活中敢说“吾不如”，才能使自己的胸怀更宽广，精神更巍峨。当然，“吾不如”是让自己找准生命的坐标，觅得成功的途径。而非扔下“吾不如”便一蹶不振，自暴自弃。

一个人能够承认自己“不如”别人固然是可贵的，在承认“不如”之后怎么做就更为重要了。《三国演义》中有周瑜和诸葛亮斗智的故事。经过几番交手，特别是诸葛亮不费吹灰之力就从曹操那里“借”来十万多支箭之后，周瑜慨然叹曰：“孔明神机妙算，吾不如也！”在这里，周瑜也承认自己“不如”诸葛亮，但是，看到自己不如诸葛亮之后，周瑜就千方百计地给他出难题，必欲除之而后快。结果，气量狭小的周瑜不但没有除掉诸葛亮，反而被诸葛亮气死。一个人见不得别人比自己强，看到别人强于自己就产生嫉妒之心和陷害之意，这于人于己都是没有好处的。

有的人则不是这样。清代的顾炎武在《广师》一文中写道：“坚苦力学，无师而成，吾不如李中孚；险阻备尝，与时屈伸，吾不如路安卿；好学不倦，笃于朋友，吾不如王山史。”胡隆佳尽量提高自己的水平，力争赶上别人，甚至超过别人。正因为他有这样的心态，所以，他的一生成就显赫，在天文、历算、音韵、考古、金石等方面都有很深的造诣，被人们称为“通儒”。顾炎武发现自己“不如”别人之后，不是痛恨别人，而是“内求诸己”，化不足为动力，使自己由“不如”别人变为超过别人，这才是对待“不如”的正确态度。

面对“不如”这个客观存在的现实，我们既要有敢于承认“不如”的勇气，又要有正确对待“不如”的智慧。

砍掉你98%的社交活动！

行话说“人脉就是钱脉”，于是很多人想通过社交找人脉、找资源，或者想通过社交跻身名流圈，找到“贵人”，从而一跃而上，一飞冲天。

创业专栏作家刘威麟当初也有这种想法，他曾经广结善缘、广交朋友，非常非常积极地去认识各行各业的形形色色的人，不停地参加各种活动，不停交换名片，后来有了几千张名片，手机也备了四部，每天电话不停地响，电话簿好几千个联络人，每逢过年过节短信收不完，他自我感觉良好，感觉自己事业做大了。当他真的要出来创业，才发现那些所谓的人脉，真正会伸出援手帮忙的少之又少，根本就是泛泛之交、酒肉朋友。他才发现，其实，“人脉有用”的论调，根本是一场骗局。可是，这不知浪费了他多少时间和精力，他如梦初醒，把所有的名片丢掉，手机号码删掉。觉得与其浪费时间周旋在那些所谓的人脉上，还不如专注本业。

美国Cadre公司创始人和执行总裁德里克·科伯恩也经历过这些，他因此写作了一本《社交无用》的书。他说：“像大多数生意场上的人一样，那时我认为最好的业务开拓方式就是社交。我参加社交活动，把这些活动看成拓展客户的机会……”作者说，“社交”所付出的时间代价等成本与所得到的回报根本不成正比。自己始终没有获得从书上看到的和听别人讲到的成功。

近日，牛津大学的心理学专家罗宾·邓巴（Robin Dunbar）以及相关研究者发布了一份关于Facebook的研究报告。他们通过调查3375名英国Facebook用户得出一个结论，那就是不论人们的Facebook朋友圈中有多少人，真正与自己互动的只有4个朋友左右。所以，尽管社交媒体能够扩大人们在虚拟网络中的交友圈，但是这对于交到更多真心朋友似乎并不起什么作用。

"自恋代表"、哲学家尼采问："我为什么这么聪明？"是因为他只对"有价值的问题"花费精力。一位年轻的博士生通过自身的经历感悟道："在没获得博士学位之前，很少有人主动找我，我懂现在为什么有人主动找我了"。他肯定地表示应该多花时间在自己科研项目上，没必要把时间浪费在无效的社交上。一个当红作家曾经给李尚龙讲过自己的故事：他成名之前，给一个很大的报社投过搞，可是，多次发稿却石沉大海。一年后，他的书大卖，这家报社的创始人竟然亲自来找他约稿。他们关系很好，因为一个需要卖书，一个需要发有质量的文字。

"没有平起平坐的资本，任何社交都无法换来有用的人脉。"只有优秀的人，才能得到有用的社交！如果你不够优秀，人脉是不值钱的。只有等价的交换，才能得到合理的帮助——虽然听起来很冷，但这是事实。大部分时候没有谁会愿意帮助一个不优秀的人。

人脉的基础是你的"被利用价值"。你的利用价值越大，愿意帮助你的人就会越多。所以，在这个社交泛滥的时代，把不必要的社交都放下，放弃那些无用无效的社交，先别花太多宝贵的时间去社交，先花点时间读读书提升一下专业技能，多给自己留一些时间来提升自己，提高自己的个人价值。

范冰冰曾说，"我不嫁豪门，我就是豪门"。对于交际，我们也该有这样的英气与豪气，就不怕"前路无知己"，自然就会"天下无人不识君"！

·"男女分餐"等于"抢劫友情"

为了防止学生早恋，汝阳县实验高中出台了食堂分席，男女不准同桌用餐的管理规定。近年来，全国各地的校规是百花齐放："男女同学平时距离不能小于50厘米"，"男女生不得成对单独出现在校园里"，还有某大学在校内一座普通的过街天桥上，立了一个牌子，写着"23点后禁止男士通行"……"雷人校规"不一而足，让人哭笑不得。

学校制定这样"笑规"的出发点是好的，必须承认，中学生在校园内公开亲昵，是不合适的。只是，学校大可不必对小概率事件草木皆兵，矫枉过正。学校的做法显然缺乏逻辑，于理不通。如果认为男女生分餐可以防止早恋，那么是不是也可以认为男女生分班学习、分开走路、分班甚至分校而教，更可以防止早恋。"男女授受不亲"曾经是中国社会普遍认同的传统伦理，以至于直到民国年间中国的多数学校仍然实施严格的男女分校制度，但与此同时，这种与男女平等平权的世界潮流及现代意识格格不入的封建糟粕，最终还是在政府顺应民意的推动下被中国社会所彻底抛弃。我们姑且不提《女人是老虎》歌曲中的"小和尚悲剧"，但至少能够侧面证明，对于异性交往的渴望和早恋的向往，绝不是"一纸禁令"和"画红线、防喂饭"能够解决的。人为地强硬阻隔，管理制度的严酷限制，阻止不了处于青春骚动期的少男少女那颗驿动的心。将男女生隔离开来，反而会出了食堂找其他地方谈恋爱，校方监视得过来吗？

从中学生生理心理状态来说，他们正处于生长阶段，异性接触是正常情感需求，限制得太过分，让孩子情感得不到满足，会造成心理缺失，以致会影响到心理健康。无论是国外还是国内心理学家早有研究定论，如果在中学阶段男女生没有正常的交流，让一些男女或女生“孤独”地度过学校时光，这些学生走到社会上人际交往能力较差，表现为与异性交往时容易害羞、不善于表达，并造成恋爱和事业成功的“障碍”。过来人都知道，其实男女同校促进互助友情，能给经历校园生活的学子留下终生难忘的情感回忆。

从“男女分餐”到“异性文明交往距离”，再次暴露了当前教育领域存在的一些问题。“男女分座就餐”之所以能粉墨登场，关键是学校迎合了家长对早恋严防死守的诉求，可学校和家长不知道，这种做法侵害的是学生的人身自由、基本权利，抢劫的是同学们的真正友情。连男女学生青春期生理和心理性格都视而不见甚至粗暴打压的学校，这种教育理念实为落后，已经严重违背了社会发展规律和青年人健康成长客观规律。学校刻意地搞出这种男女生分开就餐的举措，反而会让本来正常交流的男女生之间产生异样的心理感受，是对学生不信任、不尊重的表现，“方便管理”了，却会伤害学生心灵，强化他们对异性的好奇，并引起逆反。

中学阶段正好是学生比较叛逆的阶段，隔离式管理只会让学生与学校之间的情感对立。防止学生早恋应该在平时的教育中下功夫，多给正在青春期的学生培养健康爱情观和婚姻观。即使学校确认个别男女生表现出了早恋现象，那也得通过谈话、谈心等深入细致的思想工作来解决问题。生活中，男女生是否相恋，并不在于形体距离的远近，而在于心理距离的远近。只要学生能正确区分友谊和早恋，认清早恋的危害，就是形体距离再近，也会相安无事。退一万步说，就算有学生早恋了，若能处理好感情和学习的关系，也有可能促进学习，长沙雅礼中学孙维维、董宇阳这对高中情侣学习成绩优秀，分别保送进北大、清华就是例证。

实行人本管理是教育管理领域的一个必然趋势。教育工作者要摒弃落后的管理思维，面对问题应注重实际，用理性的态度、包容的心态和科学的观念，分析研究青春期学生的心理特征和成长规律，并依此对症下药，引导学生健康成长，而不是因噎废食，搞一刀切。

坚守个性

杨丽萍 1980 年被调入中央民族歌舞团。本来是迎来了她事业的飞跃,可是团队里要求的是集体与统一,当老师要求她跟着大家一起练芭蕾舞时,她就不明白用脚尖走路有什么美,对于这种表现美的形式,觉得束缚了自己。她还是喜欢从大自然、从动物中寻找美的元素,于是她"罢训"了。在一个组织里,没有个人,只有集体;没有个性,只有统一。她觉得活在那样的集体里,等于"杀"了她,于是她宁肯退出也不妥协,就这样她被打入"冷宫"。她依然走自己的路,她的舞蹈天赋得到了异乎寻常的滋养和充满个性的呈现,她创作的独舞《雀之灵》一炮打响,一夜成名。

丹麦哲学家哥尔科加德说:"野鸭或许能被人驯服,但是一旦驯服,野鸭就失去了它的野性,再也无法海阔天空地去自由飞翔了。"鹦鹉们,善于学舌,巧于模仿,结果都是一副腔调,失去自己个性,也就失去自己。捍卫个性,就算生活给你无尽的苦痛折磨,任凭风暴旋涡,也要拥有自我。

1998 年 10 月,李咏第一次主持《幸运 52》时,上了台居然不会说话了,想字正腔圆地说,可是舌头却不听话;想一板一眼地讲,可前言不搭后语,他额头冒汗,表情僵硬,惨遭失败。他觉得这下完了,晚上他在外面独自一人喝酒喝到很晚才回家。第二天他没有信心上班了,是妻子哈文好声安慰他才勉强穿戴出发。临出门时，妻子叫住了李咏，说："李咏，无论你做什么，我希望你能坚持自己的个性，永远，永远。"出了家门，那句话就使李咏明白了方向，浑身充满了斗志与力量。当他再上台录播时便豁出去了，他那种"老说大实话"的说话风格引来了台下的喝彩声，他越说越放得开，越说越生动活泼，结果成功了。但他风格太明显，从观众到台里，许多人看不惯。他自己有时也想改了，但马上他就想到了哈文那句话，是的，改了就不是自己了。就这样，他的主持风格定了下来，最终成了出色节目主持人。

如今的社会，没有比个性更重要的事了。每个主持人，从出现在屏幕上开始，就得有让别人随便去说东道西的心理承受力。所以，李咏说："无论如何，请你坚持自己的个性。"如果你没有鲜明的个性，不敢坚持自己的个性，就很容易迷失在群体的平凡、平庸里。

大画家詹姆斯·惠斯勒年轻时曾被西点军校录取。军校要求步调一致，整齐划一，为此惠斯勒成了集体里不受欢迎的那个人。有位教授让同学们设计一座桥，惠斯勒却当成了画作，在石桥上还画了个儿童在垂钓。这是军事桥梁，是军队要行军通过的，于是教授命令惠斯勒重画。惠斯勒交回作业。他将钓鱼的孩子被从桥上转移到了岸边。教授有些急了，说："再节外生枝，就是不及格。"惠斯勒将新画的图纸交了上去，小孩果真没了，可是却发现河岸边多了两个小坟头，墓碑上刻着："永悼被独裁者谋杀的小天使。"教授摇了摇头，最后，给了个优秀，其他同学不解，教授说："拿他真没办法，太有个性，而且这么顽固，如果他能比我还更能坚持，那他会比我更有出息。"

人随着年龄的增长，慢慢地融入社会，自己的独有之处开始一点点磨蚀、消损，到最后终于无可奈何地成为大多数的一位。这样的命运是可悲的，但要想避免被同化，代价也颇为惨重，最重要的是信心和执着。个性的魅力是难得的，需要呵护和保持。

"坚守个性，成为自己"，就算短板再多，都可忽略，将所有的长项发挥到极致。“安能摧眉折腰事权贵，使我不得开心颜”的李白，没有屈从朝廷中权贵的谄媚，笑着走出唐宫，从此，一个人格独立的诗仙永载青史。请昂起高贵的头颅，坚守个性，张扬自我，世界将因您而精彩！

·会玩的孩子才有出息

前不久,马云在面对众多老师演讲时说:“文化是玩出来的。”比尔·盖次为了玩游戏而写了第一个程序。史蒂文·乔布斯在他的汽车房里玩电子元件,玩出了苹果公司。

还有一个叫宾尼希的德国小朋友,他觉得电话很好玩,可父母不让他玩,不给他钱买零件。无奈,孩子便自己想办法,用两个罐头盒中间拉上一根绷紧的线,造出了一台“宾尼希电话”,用它来联络隔壁的两个孩子,这样他们讲话大家全能清楚听见。孩子们高兴极了,这次成功游戏,对他们是一次莫大的鼓励,激发了他的玩性和好奇。长大以后,他的好奇心更大了,造出了能拍摄原子结构的光栅隧道显微镜。这个宾尼希,后来获得了1986年诺贝尔物理学奖。

马云说:“如今孩子们整天忙于学习,每天疲于应付各种考级、考证、考学校,哪还有时间去玩啊?以‘应试’教育为目标的教育体系,自然忽视了对青少年的素质增强和能力培养,孩子爱玩的天性,好奇心随之抹杀,你还指望他们有什么创新能力?要知道文化、创意是玩出来的,而不是考出来的。”

还有一个小学生,母亲为了让他长个子,经常买猪骨头煮汤喝。吃猪骨头的时候,母亲说不要浪费骨髓了,那可是精华,可是那东西在里面,骨头又很难敲破,掏也掏不出来,吸也吸不出那些深处的骨髓,这可苦了孩子。看到父亲艰难地吸，正好台上有一根牛奶吸管，儿子拿过去就插进了骨孔。父亲说，骨髓那么浓，管口那么细，骨髓能从管子吸进嘴吗？儿子觉得好玩，也不听，只管使劲吸，只听“呼”一声，他成功了。父亲将信将疑，也照着试了试，果然，简单又省事，此后一家人吃骨头可方便了。

现在很有必要把玩作为一门“功课”。玩，是儿童的天性；是少年的本性，是青年的本能，是中年的本位，是老年的本身。玩不是学习的对立面，相反是学习的本源之一。有一位教育家曾表达过这样一个意思——“玩是一个人成长的另一个相伴一生的‘孩子’”。马云说：“现在孩子玩的时间实在太少，音乐和天堂相通，画画让孩子富有想象力，该玩起来。”

其实，玩是最能干出成绩和事业来的。枯燥的工作、事业也可以视作玩，在玩中才有趣，有趣才会爱上，才最愿意付出和吃苦，也最容易成功。牛顿的万有引力定律，如果不是他正好在那苹果树下玩，有可能发现吗？有人小时候爱玩球，长大了之后就是球星，贝利便是其中卓有成就者之一；还有人爱玩弹枪这种东西，长大后就成了射击强手，许海峰便是其中的佼佼者。27岁就被香港媒体称之为“金融神童”的商业巨子杨科，称自己的事业就是玩出来的，玩着玩着，后来越做越大。看上去严肃的鲁迅，在《两地书·致许广平(1925年3月11日)》的文中写道：“中国的老法子是骄傲和玩世不恭，我觉得我自己就有这毛病。”鲁迅并不避讳玩，他的购书是玩，嗜烟也是玩，鲁迅的许多文章中都讲到这个“玩”字。

马云说，“会玩的孩子、能玩的孩子、想玩的孩子一般都很有出息”。玩，是一种人生的态度，是一种趣味、一种艺术，那就让我们玩得尽心、尽情、尽趣、尽兴，玩得舒心畅快、淋漓尽致，玩他个天翻地覆、玩出精彩、玩出心跳吧！玩出成功，玩出事业，完美一生吧！

千金易得，素友难求

海清有个发小儿叫爱萍，上小学时两人很要好。有一年夏天，他们出去玩，玩得满身大汗，爱萍说："要是这个时候能吃一根冰棒就好了。"可是，爱萍身上没带钱。正好海清有两分钱，就买了一根橘子冰棍。海清先给爱萍吃，爱萍说："还是你吃。"这样推来推去，海清先吃了一口，真是爽。然后递给爱萍，她也吃了一口，那凉到心里的爽快，让她记住了海清的友情。后来，爱萍为了报答海清，专门请海清吃了一次馄饨。不是买的，而是她自己做的，而且那时没有煤气，是烧柴火，那个"三伏天"烧火做馄饨，弄得爱萍满身大汗。此后，她们很多年没有联系了，再后来海清出名了，再后来爱萍下岗了，自己开了一家服装店，可是遇到了困难，眼看要倒闭，海清知道后，为爱萍的服装店做代言，不要爱萍一分钱。她风趣地说："不过要一根橘子冰棒。"

海清说："交友有很多交，利交、言交，而我理想中的好朋友是素交。"就是相互尊重和体贴的淡然相处。素交就是友谊一直都在，而你从未缺席，只要需要，呼之即来。素交不一定要黏得很，也不一定要逢年过节都打电话并且送上礼品。是雪中送炭，而不是锦上添花。只要心想着、思念着就行。而当朋友真的需要你时，义无反顾，全力以赴，不讲得失，不计报酬。

相声演员马三立有很多徒弟，也有很多喜欢他的相声迷，于是很多人向他请教，带个伴手礼，可是马三立却给大家立了规矩："不许带礼物。"就是他过生日，过年过节，也是如此。开始有人觉得这样是不是就会低看人一等呢？不会，所有人来，马三立都很客气地接待。后来，由于马三立名气大了，到社会底层去采访的机会少了，而来的人又太多了，于是他给来人提了一个要求："来人必'送礼'。"可是，他的礼不是物质的，而是"必须讲一个跟老百姓现实生活有关的小笑话"。有一年春节，徒弟常宝华空手而来，一进门，马三立就说："徒弟，给我带什么'礼物'啊？"常宝华便讲了一个江湖骗子，在马路上卖偏方，说这个偏方能治痒痒，结果买回家，打开一看，是一个痒痒挠的故事，马三立听后非常高兴，说："好礼！"这个故事后来被马三立改编成了相声《挠挠》。

素交就是君子之交淡如水。可是，传统告诉我们，去拜访别人一定要带礼物。其实，素交在心，心意到了就行。素交讲的是情，追求的是义，而不是利。马三立开始"不收礼"，后来"收礼"，不过他要的礼也很"素"。平时多些素交，人与人之间的关系会更加纯洁。

闻一多在清华大学当系主任时，得到了校长梅贻琦的关照，他一直想感谢。梅校长知道闻一多章刻得好，平时也喜欢摆弄这个，于是说："要不你方便的时候就给我刻一枚闲章吧。"闻一多笑着说："好嘞！"此后虽然闻一多一些言论比较激进，蒋介石几次想"炒"了闻一多，梅贻琦都为闻一多说好话，他说："闻一多在学术上颇有成绩，最近之举动当系一时之冲动，再加上家属众多或时有病人，生活非常困难，于是愁闷积于胸中，一旦发泄，火气更大。"后来，闻一多还是被逼得以"向学生散布民主自由思想"的罪名开除。由于闻一多妻子多病，家里孩子多，生活难以维持。他只好上街去刻印章，生意冷清。梅贻琦急在心里，便联络朱自清、沈从文等11名教授，联名在报纸上为闻一多刊登刻印广告，让他在家里"设点"代人刻印。这样生意便源源而来，解了闻一多的燃眉之急！

钱钟书先生说："素交更能体现出友谊的骨髓。真正的交情，看来像素淡，自有超越死生的厚谊。”君子之交素来是淡如水。有恩、有情也并不一定要送很贵重的礼物，但是一旦真的遇到困难，需要帮助时，便会二话不说，“两肋插刀”、全力相助。

千金易得，素友难求。素友不在多，在于精，在于浓，在于情。不为功利而来，不为目的而来，只为懂得而来，只为那份相惜而来。多交些素友，轻松自在没负担，又肝胆相照，荣辱与共。

什么时候不能用脚

人有手有脚,我们常常是手脚并用,哪个用得方便就用哪个。可是你可能不知道,有时手脚是不能并用的,不能用脚代替了手,因为这关系到尊重,关系到别人的尊严。

那一年,冯骥才一行人到法国参观访问,他们要到一位乡间朋友的别墅去,他们开车到乡下时,走了很久,突然遇到一个岔路口,上面没有路标,于是他们不知道是向左还是向右,便决定问路人。等了一会儿,来了一位妇女。他们下车便说出自己要去的地方,可是那位妇女没有听明白,然后他们就用手比画了一下,又拿出一个写有地址的信封,那位妇女看完才明白过来。但是那位妇女头顶着一个大东西,双手都始终扶着,于是她把头顶上的东西放了下来,用手指着右边的路,大家赶忙说"谢谢"。冯骥才上车后,不解地问:"她怎么要把东西放下来呢?她用脚一指我们就知道了啊?"另外一个人也说:"我也以为她会那样做。"可司机却说:"用手指与用脚指可大不一样,这就是教养。"

用手指路还是用脚指路,本来别人能告诉你就已经很不错了,尤其是别人的手还扶着东西,你也不会在乎别人的这个细节。可是,用手是客气、文明、礼貌的指引,可脚在下面,脚是脏的、臭的,同时用脚是"踢开",让别人滚远点的意思,一般不欢迎就敷衍地用脚指,两者有着天壤之别。

汪涵早年中专毕业后好不容易到了电视台，他干的是打杂的活儿，搬椅子是他最常做的事，有时会场上几百个椅子就他们两个人搬，要求要快。可是那个转播大厅的大门是自动门，就是关上后会自动关闭，而且那门挺大、挺厚、挺重。本来他们从一楼把椅子搬上六楼就累得气喘吁吁，偏偏这门还给他们"添堵"，另外一位同事为了求快，一脚就把门给踩开了，这样声音响，而且经常会在门的下方留下脚印。汪涵却并不这样做，他每次到了这里，会把手中的椅子放下来，然后用手推开门，再端椅子进去，这样增加了他很多工作量，他被同事说成"多此一举"。可汪涵不嫌麻烦，偏偏他的这个小动作被台长看到了，记住了这个小个子的汪涵，后来便点名让他主持节目，才有了现在的汪涵。

我们很多人敲门，都习惯性地用脚踢，那就更别说手里拿着东西，或者是冬天手放在口袋里时，更是这样。殊不知，一个敲门、一个踢门，给人的感觉就是一个讲文明，一个没教养；一个有礼貌，一个很粗俗。敲门的受欢迎，踢门的遭人嫌，可千万别嫌麻烦。

郎平一次正在组织大家训练，突然一个球向她滚来，就快到她脚下了，本来她只要一挥脚，就能踢回来。可是，她却弯下腰去捡，而她偏偏腰不好，正要弯腰时觉得腰痛，她立马就跪了下去，同时她一只手扶腰，一只手拦住了球。这让队员朱婷非常心痛地说："郎指导，你腰不好，用脚不就不要弯腰了吗？"郎平笑了笑说："那可不行，袁指导开始带我们时，就从来不用脚踢排球。""还有这回事啊？""因为脚不好把握方向，如果踢偏了，要花更长的时间去捡球。另外，脚的力量比手大，而且不知轻重，万一脚把球踢到人脸上、眼上可就麻烦了。用手捡球，这是对球的尊重，也是对球员的尊重。"就这样，后来中国女排队员，不管是在训练，还是在比赛，不管是在国内，还是在国外，都不用脚踢球，而是要弯下腰来捡球。

用脚踢球既方便又快捷，用手捡球既麻烦又烦琐，可是却反映一个人对他人的态度与作风。当我们用手捡起别人打过来的球时，这是友善；别人觉得受到了尊重。当我们用脚踢回别人打过来的球时，这是抗议，别人会觉得受到了侮辱，从而影响球队团结，影响队员友爱。

该用手的地方，不能用脚来代替；可以用脚的时候，我们用手更显友爱。手脚使用往往就是一瞬间的事，但不可颠倒，举手之劳，却更显尊重、友爱、文明与教养，“差之毫厘，谬之千里”，不可不慎。

学会独处

一位叫勿忘的读大二的朋友说:“上大学刚开始,我说我不追剧,不看小说,不玩游戏,同学们都露出惊异的目光,仿佛我是个怪物。没办法我只好开始想办法融入同学们中,回寝室跟室友一起追剧,一起刷微博,一起吃饭,一起……可是我渐渐地发现自己变得更颓废、堕落,夜深人静时,就会睡不着,常常想不清这样生活的意义。两年后,我发现自己在虚度光阴。后来,我看到一篇《不要让朋友牵绊了脚步》的文章,发现讲得很好。只有懦弱的人才离不开群居的生活,生活在这种环境中,迟早会被同化,斗志迟早会磨灭,梦想也越来越虚幻。真正的朋友不需要每日的酒肉陪伴,不需要那么多的问候和寒暄。成长之路注定是孤独的,变强的路上注定是沉默的。想要追寻自己的梦,就必须学会独处。”

我最喜欢的一句歌词是:“成长需要独处,虽然有点孤独。告诉自己,往前方的路再走一步,就会幸福。”意大利传奇导演费里尼说:“独处是种特别的能力,有这种能力的人并不多见。”一个孩子将来能不能成才,就看他能不能独处得好。一个人可以丢失一切,却不能找不到自己,心灵有家,生命才有路,当你学会独处的时候,才是真正长大的时候。一个人内心强大的重要标志就是懂得如何独处。

现在中国留学生普遍的最大弱点是,不但社交能力差,独处能力更差。每年有大量托福和GRE高分甚至满分的中国留学生到美国留学。

但是，一到海外寂寞就像虫子在啃咬他们的神经，要靠打电话聊天、看电视、吃东西等逃避独处，而且即使如此也无法排除郁闷的心情。留学生赵磊这样描述自己："我没事干时，就是上网或借 DVD 看电影。整整两年，我几乎都是这样度过的。有时，我恨不得立刻买机票飞回国去，太寂寞了！"像赵磊这样的留学生还有很多。

人没有良好的独处能力很容易导致心理疾病。学者周国平说："人们往往把交往看作一种能力，却忽略了独处也是一种能力，并且在一定意义上是比交往更为重要的一种能力。反过来说，不擅交际固然是一种遗憾，不耐孤独也未尝不是一种很严重的缺陷。缺乏独处的生活则简直是一种灾难了。"如果一个人从小有很好的独处能力，他会很自信，他会知道如何安排自己的时间，会明白独处和社交一样很宝贵。

学会独处，言不苟合，行不苟容，不被周边的人和事所干扰，才能避免人云亦云。学会独处，不等于长期与社会断绝一切联系，不等于养成孤僻内向的性格，不等于自我封闭；而是偶尔或短期地站在旁人的角度来看自己，时不时发现这世界的新变化和差异。独处不是回避同学和老师，而是更好地融入社会。生活中我们常常发现，那些有卓越领导才干的人往往是很会领导自己的人，即有出色的独处能力。克林顿说过："我从不在乎独处，相反我能独处的时间太少了。"学会独处的人，心智才能够成熟，心胸才能够豁达，即在处理人际关系时游刃有余，挥洒自如，就更容易走向成功！

与比自己强的人同行

一次爬山比赛,马化腾在这个体育项目里是弱项,马化腾便对全班进行了摸底,他看上了身材魁梧的山东大汉李黎,于是向他取经。李黎说先别急着跑第一,要保持匀速,保持体力。第二天,同学们来到梧桐山下,随着一声令下,大家开跑了,马化腾跟在李黎后面,渐渐地有女同学不行了,到了半山腰的时候,很多男同学步子越来越沉、慢了下来。随着坡越来越陡,这时李黎超了过去,马化腾看着李黎迈步、摆手,自己也学着咬着牙跟着。前方出现了一个陡峭的山坡,大部分同学不想再走了,开始有跑步的同学瘫倒在地上,李黎一马当先,最终,全班只有5人登上了山顶,李黎获得第一名,马化腾获得了第二名,这让同学大为惊讶。

你想成为谁,就和谁在一起,一个人要想进步快,最好的办法就是向比自己强的人学习,学人之长,补己之短。和强者在一起就会受其影响,提升自己,不要忽视你身边的强者,他们是最好的良师益友。见贤思齐就要谦逊,不自负。自负的人就像墙上的芦苇,头重脚轻根底浅,觉得自己了不起,就是不肯向人家学习,最后受损失的肯定是自己。

俞敏洪家在边远、闭塞的农村,他好不容易考进了北大,可他一开口说话,那浓重乡间口音和小农意识的主张,就使他被称为“乡巴佬”。他当时心里暗想:“我今后一定要比你们更有出息。”于是,他决定先“偷师”,在听同学、朋友聊天的时候,他会提着热水瓶来,给大家洗杯子,然后用自己的茶叶给大家泡上，大家有茶喝聊得更来劲了。有时，他还会买点花生、瓜子给大家吃，甚至把橘子剥好送到大家的手上。但他只聆听，从不插话，当大家谈完，他又来收拾“战场”，这样大家每次要聊天时都会叫上他，就这样他与徐小平、王强、包凡一这帮大学里最优秀的老师同学成了好朋友。

每个时期俞敏洪都和最优秀的人做朋友，因此也从他们身上学到很多好东西。不要怕起点低、基础差、没背景，俗话说：“将相本无种”，关键是后天如何努力。路子不对事倍功半，甚至适得其反，与老鼠交朋友，学会的是打洞，而与强者同行，接受别人先进的思想，获取成功的经验，他们的经验教训都会转化为你的本领。与强者同行，要对优秀人的言和行都保持敏感，去学德向善。榜样如灯，“十步之内，必有芳草，十室之邑，必有忠信”。

比尔·盖茨早年玩游戏很牛，这让大他两届的保罗·艾伦很是羡慕，艾伦很想成为盖茨的朋友，他发现盖茨喜欢编程，爱看电脑方面的书，而自己的父亲是图书管理员，于是艾伦便带盖茨去找自己的父亲，借到了很多内部最新书籍，就这样盖茨与艾伦成了好朋友。盖茨有些什么经验和想法，对艾伦毫无保留地谈，艾伦常常听得脑洞大开。盖茨经常抱怨说计算机太笨重，要是小到家里能放下就好了。艾伦后来在《流行电子》杂志上看到一篇介绍世界第一台微型机的文章，马上拿着那本杂志去找盖茨。盖茨看后决定生产计算机，就这样，艾伦也退学，与盖茨一起干。再后来，艾伦名列《福布斯》富豪榜第五位。

俗话说：“龙眼识珠，凤眼识宝”，多与一流的人同行，你的眼光、格局、胸怀、气质都将会不一样，成功有其内在必然规律。强者会用他的言行感染你、影响你。与强者同行，你就有机会成为强者，就像和一个弱于你的人下棋，你天天赢又有什么意义，只有和高手对垒，你的水平才能提高。

见贤思齐，与强者同行，敏于学习，提升自己，你也会成为强者。

想得开,处处是春天!

有智者告诫:“想不开是苦,想得开是福。”“想不开是地狱,想得开是天堂。”

生活中大大小小的矛盾、冲突、挫折接踵而至,人际失和、感情破裂、家庭冲突、事业受挫……很多人、很多事“一想就生气”,常常看到某个艺人想不开抑郁了,某个明星想不开跳楼自杀。为什么有些人就是想不开呢?因为他们消极悲观,思维偏执,喜欢认死理,钻牛角尖,世间最苦的事就是想不开。

老百姓劝人常说一句话:“要想得开。”季羡林活了98岁,他说:“要想长寿,就要内心和谐,就要想得开。”周有光100多岁时说自己:“什么都想得开。”在想开的时候,心灵之门是敞开的,生命处于一种开放状态。怎样才能想得开呢?

必须拥有一颗想得开的心。世间不如意事十之八九,想得开的人常想一二,不思八九。“人不怕走在黑暗里,就怕心里没有了阳光。”遇事多往“积极方面”想,就能树立信心。小说家达克顿60多岁双目失明后,却说:“原来失明也可以忍受。人能忍受一切不幸,即使所有感官都丧失知觉,我也能在心灵中继续活着。”最担心害怕的事都能承受,还有什么想不开的呢?

要想得开,就要辩证地看问题。事物总有正反两方面,既有坏必有好，就如“塞翁失马，焉知非福”；当坏的方面没法解决，不如朝好的方面去想。对于失恋，有的人认为“和自己深爱的人分手”，而有的人则理解成“和不爱自己的人分手”，结果却会有两种态度。有个女士是这样看待丈夫：“如果他长得难看，他就不那么容易有第三者；如果他没钱，他就会少些出轨的可能；如果他没有上进心，他也许会把全部精力集中在你身上。”因为想得开，坏事或许会变为好事，悲怆或许会化作喜悦，失败或许会转为成功。

要想得开，就要换位思考。当你遇到困难与挫折甚至严重打击的时候，不要钻牛角尖，不妨换个角度思考。所以，爱迪生当年发明白炽灯时，灯丝的材料实验了数千种材质都不理想。对于每一次的失败，想不开，就会很受打击，从而沮丧泄气，可他却想得很开：“我又发现了一种不适合做灯丝的材料了！”多一次失败，就知道什么不行；多一次失败，却是更靠近成功一次。换一个角度思考问题，完全是两种心境，两种结局。遇不顺心事时，多进行换位思考，你就会豁然开朗了！

要想得开，要站得高、看得远。一次下雨天乘飞机，机场还是乌云密布，大雨磅礴，而当飞机上升到一定高度后，俯望是一片铅灰的云层，在乌云的上面是一片阳光普照，是一个充满生机的世界。我顿悟天空阴霾的时候，原来是没有飞到乌云的上面。人生很多当时觉得很难的事，回过头来看，就不是啥大事。

想得开，是一种胸怀。凡事不过分执着，不过分强求，对自己不自恋，对友谊不苛求，对家庭不迷恋，对金钱不企图，对成就不奢望，对于不好的事不去斤斤计较、耿耿于怀，学会宽容和善待自己，对他人不要过于精明，要多理解。想不开的事天天有，受到冷落、嘲讽时要想得开，受了委屈、不平时要想得开，身患疾病、丢了钱财时要想得开，遇到灾祸、碰到挫折时也要想得开。正如唐诗“春风大度能容物，秋水文章不染尘”，退一步海阔天空。

想得开，是一门学问。其实，最复杂的问题往往要把它最简单化，人生就短短数十载，何苦为难自己、为难别人？不要陷入精神痛苦之中不能自拔，遇事不要固于自恃，行于孤陋，习于抬杠，过于偏激，死于陈谬。想得开，并非工作玩世不恭、马马虎虎，并非为人狡猾欺诈、敷衍塞责。道家的精神趣旨是“想得开”。想得开，是一粒解烦丹、一道欢喜禅，是一种心灵的智慧，是一种人生高度的觉悟。

想得开，是一种风采，一种振作，一种超脱和成熟，是一种气派、修养和达观！“想得开的人，处处是春天。”

下雨天，你愿意把伞借给别人吗

一个商人在生意中栽了跟头，急需一大笔资金来周转，他找到胡雪岩，想以非常低的价格把自己全部的产业转让给胡雪岩。而不巧的是，这时候胡雪岩的钱庄也因为其他项目导致资金链短缺。但最后，胡雪岩还是先暂停了几个项目，急调了大量现银，按远远高于对方转让价格的市场价来购买对方的产业。那人惊愕不已，感激胡雪岩到手的便宜都不占，含泪离开了胡家。有人不解，胡雪岩说："这不是单纯的投资，而是救了一家人，既交了朋友，又对得起良心。现在生意都不好做，谁都有雨天没伞的时候，能帮人遮点雨就遮点吧。"从那之后，越来越多的人知道了胡雪岩的义举，不管胡雪岩做啥都有人来帮助他，此后胡雪岩的生意也好得出奇。

肯为别人打伞，别人也肯为你打伞。下雨天，自己身处不利，但仍能心系别人，不趁雨打劫，那么你也不用怕自己遇到"雨天"。不在别人困难时，自己袖手旁观，无动于衷，别人也不会在你落难时隔岸观火，落井下石。人生在世，经常会遇到雨、雪、霜、雹，为此最好的预防，就是你得有"雨中情"，就不怕任何挫折与打击。

农民工组合"旭日阳刚"因一首《春天里》让二人成了明星。在演出中，他们是一对音乐组合，其实在生活中，他们更是一对患难组合。

2005年的一天，两位在公主坟附近卖唱的流浪歌手相识，相识半个多月，两人合作的事情还没谈拢，刘刚的吉他却被城管给“没收”了。那可是赖以谋生的饭碗，刘刚那阵子着急上火。无奈之下，刘刚找到了王旭，想向他借钱买把吉他继续卖唱，而此时的王旭，所工作的工厂倒闭了，自己烧锅炉的工作也宣告结束，已经断了所有的经济来源。但王旭还是将自己准备寄回家买玉米种的钱借给了刘刚。刘刚感动地说：“王大哥，种子的钱我不能要。”而王旭却硬把钱塞给了他：“现在离买种子还有一个月，我可以多找几份杂工，你每天都要靠吉他卖唱赚钱吃饭，这才是最应该解决的问题。”正是他们患难见真情，才有了后来的“旭日阳刚”组合。

所谓，岁寒知松柏，患难见真情。路遥知马力，日久见人心。王旭此时的生活状态，几乎都揭不开锅了，但当他知道刘刚赖以生存的吉他没了之后，毅然将买种粮的钱借给他。有句话叫“救急不救穷”。王旭自己宁愿受苦受累也要解决刘刚燃眉之急，让人感动。正是王旭的真诚与帮助，加固了“旭日阳刚”组合的决心，也成就了两人的友谊。

澳门第三、四任行政长官崔世安，早年在美国留学，家里给他的钱并不多，他便打了三份工。他为人乐善好施，乐于助人。一年春节前，一个福建籍外校学生因父亲重病，急需回家，但却愁于拿不出差旅费。崔世安这时将自己手头上仅有的三百美元伙食费全给了那同学。可回一趟万里迢迢的家，同学还是差一大截，于是崔世安便破例向哥哥借钱，可是父亲说过：“让他多受点苦，就当是锻炼。”哥哥也不好破规矩。崔世安只好又想其他办法为同学筹钱，帮了那位同学救急。1993年，崔世安家族一度陷入资金短缺的险境中，他打电话向朋友们求助。当天晚上，他的账户里就有了一亿两千万元的汇款。其中，那位受过他帮助的福建籍同学，一下子就拿出了七千万元，从而帮助崔世安家族渡过了难关。

这年头，很多人把钱看得最紧，都以为自己是“万事不求人”，于是每当别人有困难，急需钱的时候，就找种种理由拒绝。为此，人们都觉得，如今是借钱比登天还难。所以，我们要反思，正因为我们是“小气鬼”，是“吝啬鬼”，才没有朋友，才那么得不到别人的帮助。如果你曾是别人的“雪中碳”，届时，别人也许就会成为你的“雨中伞”。崔世安自己留学时并不富有，但当他得知同学父母生病需要回家探亲时，想方设法为同学提供帮助，正是他的及时雨换来了日后同学的倾力相助。

虽然我们都知道帮助别人就是帮助自己，可是有很多人没有这个雅量，没有这个气度，更没有这个习惯，总是喜欢看别人的笑话，看别人的失败，好像少一个竞争对手，自己就多一些成功的把握和机会。也正因此，我们很多人路越走越窄，“贵人”越来越少。同在“下雨”之天，多做别人的“贵人”，把“伞”借给别人，自己才会遇到更多的“贵人”。

没得第一就是不够好

约翰·肯尼迪的父亲从小就培养他们争强好胜，父亲常常念叨：“没得第一就是不够好。”1915年，肯尼迪家族第三代长子小约瑟夫·肯尼迪出生了，外祖父菲茨杰拉德向波士顿居民公布了这个消息：“他一定会成为总统的。”后来，约瑟夫·肯尼迪长得健康、英俊、强壮，是个运动健将，聪明好学，各方面都很出色，而且非常自律，是公认的好学生，14岁便进入精英学校学习。之后，老肯尼迪又生了几个孩子，从小父亲就给他们定位：老大约瑟夫成为美国总统；老二约翰由于体质不佳，将来做出版商或记者，帮助哥哥回击外界对他的攻击；老三罗伯特做律师，担负起捍卫家族利益的重任。

为了塑造孩子们的精英性格，父亲不断灌输“一切为了胜利”的理念，父母对孩子们干涉的目的只有一个，那就是让孩子们不惜任何代价取得每一项竞赛的胜利。只要是谁没得第一，就会被关在厨房单独吃饭。同时，不论已经获得过多少个“第一”，都必须用自己的行动去获得更多的胜利，这样才能持续得到父母的认可。

为了赢得父亲的赏识，约瑟夫、约翰、罗伯特三兄弟间，经常发生激烈争夺。肯尼迪家有两艘快帆船，一家人会定期进行训练或比赛。每次比赛，老肯尼迪都会拿着望远镜在岸边观看。有一次，罗伯特在帆船转弯时不慎落入海中，当时他距海岸还有一段距离。身为大哥的约瑟夫见此情景却没有立刻停下来救援，而是继续扬帆向前，他获得了冠军。在赛后总结时，父亲不但没有批评他，对此还大加赞赏。

约瑟夫是家里的明星，他干什么事情都比其他兄弟干得好。强烈的求胜心引发了孩子们频繁的争吵和斗争，从家里到学校，几乎不间断。父亲也把约瑟夫当成了自己的接班人，对他爱护有加。与哥哥的优秀相比，约翰总是自叹不如，1933 年毕业时约瑟夫获得了“学术与体育并重奖”，而约翰多数时间待在房间里，在父亲眼里，他只是一个整日无所事事、常常进出医院的需要人照顾的小子，一直处在病痛的折磨和“全能”哥哥的阴影中，他决定改变父亲对他的看法。

那时，约翰后背没有任何屈曲和伸展能力，在床上翻身都困难，他的右膝弯曲有问题，左腿只能抬到正常水平 25%的高度，他的脊柱“严重软化”，而且患有关节炎，即便如此，他经常与大两岁的哥哥为争夺兄弟姐妹的领导权而激烈地打架。约瑟夫把弟弟妹妹吓得躲到楼上去，肌肉发达的他狠揍患病的约翰丝毫没有一点手软。而父亲则坚决不准任何人干涉这种有时候相当残酷的战争，他的理由是约翰必须学会自己保护自己。

有一次，兄弟俩人骑自行车相遇，由于路太窄，只能过一辆车。于是约瑟夫喊道：“给我让开！”约翰说：“为何一定要我让？”“难道你要跟我争？”“不行吗？”“就你这身子骨，还想跟我斗。”“我知道我不是你的对手，可是不拼就一点胜利的机会都没有。”就这样，两人互相冲撞，结果约瑟夫未受伤，却把约翰撞倒了，约翰摔在地上头破血流，缝了 28 针。这次尽管约翰输得很惨，可是此后他更敢拼了，他有了更大的信心和勇气。倒是哥哥此后开始对弟弟有些怵了。就这样，在与哥哥的斗争中培养了约翰争强好胜的性格与习惯。

此后，约翰凡事都必须争个高低，非拿第一不可，而且总是信心十足，勇往直前，不达目的决不罢休。后来，他不仅战胜了自己的病痛，还参加了海军……再后来，哥哥在“二战”时牺牲，而约翰 43 岁时却成了美国第35任、也是最年轻的总统。成功或不是能不能,而是要不要。一个人好强的程度往往决定其成就的大小。

“自己的事自己解决！”

俗话说：“在父母面前，孩子永远是孩子。”我们一些同学，在父母面前依赖性很强，这实际上对自己的成长和进步很不利。作家刘墉说：“以前我也对儿子的事安排得面面俱到，但后来我发现这其实养成了他做事不负责任的习惯。”

而在这方面作家刘震云却做得很好，他对女儿从小就没怎么管过，他有自己的精神世界。女儿上小学时一次演出穿了一条新裙子，问刘震云：“好看吗？”没想到，刘震云正在思考问题，便说：“别烦我。自己的事自己做主。”从此以后，女儿遇事都不太问爸爸，渐渐地就养成了独立的个性。

大学要毕业了，刘雨霖准备去美国读研，刘震云发话了：“女孩子家，一个人去不方便。你要学电影，跟你冯小刚叔叔学不就行了吗？”雨霖却说：“我要成为李安那样的大导演。”“好，反正你不听我的，那以后遇到麻烦别找我。”雨霖一撇嘴：“我才不找你呢。”雨霖去找了李安，让他帮助介绍，就这样，雨霖顺利地到了纽约大学艺术学院读研。

让雨霖没有想到的是，美国大学与中国大学根本就不一样。她一去，语言不通，文化不融，尤其是自己对电影根本就没感觉，这样不管她多努力，就是完不成作业。好强的她一下子就要崩溃了。她便给妈妈打电话，可是妈妈在韩国开会，无法跟女儿细聊。于是，雨霖便给父亲打电话，没想到刘震云却说：“我叫你别去美国，你不听，这下好了吧，自己的问题自己解决。”听到这儿，雨霖眼泪刷刷地流了下来，她不是自己解决不了，才向父亲求助吗？父亲还不罢休，又补充道：“不行，就回国。我和你妈不可能去美国陪你哭。”

雨霖最后没办法，干脆休学一年。妈妈知道后，埋怨说：“这么大的事，怎么也不跟我商量一下。”刘震云倒好，说：“别管她，由她去吧。”雨霖回国后，到冯小刚的《一九四二》电影剧组实习，渐渐地找到了对电影的感觉，然后再回纽约继续学习，学业就突飞猛进。2014年，27岁的刘雨霖导演的《门神》，居然夺得了奥斯卡小金人，她成了继李安之后的又获得如此高荣誉的华人导演。记者纷纷来采访刘震云，是怎么培养孩子的，他不好意思地说：“这跟我没什么关系，都是女儿自己闯出来的。”

当年Google的创始人赛吉·布林和拉里·佩奇大获成功时，记者采访他们，问他们的成功应该归功于哪一所学校？他们回答的是“蒙台梭利小学”。因为在那里他们学会了“自己的事，自己负责，自己解决”。原来是小学的积极教育方式赋予了他们积极自主、勇于尝试、自我驱动的习惯，因而带来了他们的成功。

所以，同学们从小就要养成自主的意识、独立的性格、自强的精神、自做的习惯、自受的毅力，这将使我们受益一生。

董卿请动樊锦诗

董卿在做《朗读者》节目时，想请敦煌研究院院长樊锦诗来做节目，可是联系的人说："不可能。"因为此前的2016年4月，网站"数字敦煌"上线，央视一档文化节目就想采访樊锦诗，被她拒绝了。

这让董卿有些不理解："这对她的工作有好处啊。""她这人比较古怪，从不接受采访。""这对宣传敦煌，让更多的人了解敦煌有利，这也是她的工作的一部分。"董卿还是想试一试，就联系了樊院长，果然，她以"没时间"一口回绝了。

樊锦诗毕业于北大，早年就来到敦煌，就留了下来。可以说一辈子就在这个远离都市，远离社会，远离人群的地方，研究莫高窟，研究壁画。她已经不喜欢也不习惯与其他人交往，对于什么荣誉、名声看得很淡。

董卿觉得这人与一般的人不一样，但是在研究攀锦诗时，董卿发现她的丈夫彭金章挺有意思，他是她大学的同学，大学毕业后，他被分到武汉大学，他们就此分居了23年。后来他放弃了自己的事业，来到了敦煌。

董卿似乎觉得还有一线希望，于是联系上了彭金章，那时他的身体不太好。但是一听说是央视的《朗读者》节目组，他就来劲了，虽然他研究考古，可是还有一颗"文艺心"，还比较喜欢看董卿主持的这个节目。

在这两方努力下，2017年6月初，樊锦诗走上了央视的《朗读者》节目，董卿故意卖关子地问："听说很多媒体要请您，都被您拒绝了，因为您太忙。为什么这一次决定上我们的节目？"攀锦诗说："因为我老伴爱看这个节目，他这辈子为我付出得太多了，而我亏欠他太多，他现在剩下的时间可能不多了，我再不还债，就很可能来不急了。我要尽量弥补他。"

"一把钥匙开一把锁"，如果你打不开锁，就要想着换一把钥匙，只有钥匙对了，就没有打不开的锁。

葛剑雄为国学大师摘帽子

复旦大学教授葛剑雄一次向学生们提问:“现在印度归咱们中国了吗?”学生们以为听错了,说:“没有吧!”“哦,那研究印度文化的季羡林怎么被你们称为‘国学大师’呢?”学生们不解了,在学术界、特别是在学生心目中,季先生是无可争议的国学大师。

葛教授便问:“什么是‘国学’,它的基本领域应该是中国传统的学问,并非所有的人文学科都能归入‘国学’”。同学们点点头。葛教授继续说:“季先生留学德国十年,学的是梵文,研究的重点是古代印度,运用的是西方现代研究方法,在北大长期担任东语系主任,教学和研究也都是以梵文、中亚古语文为主,他的主要学术成果是印度古代经典著作的翻译和研究。把季老称为‘国学大师’,这不就等于把一个种瓜大王的名头赠给水稻专家,岂不是驴唇不对马嘴吗?”同学们瞪大了眼睛。

在季羡林先生的晚年,从大众媒体到全社会无不将“国学大师”当成他的代名词,有时连他的“弟子”也被尊为“国学专家”,甚至“大师”。为此葛教授看不下去,在谁都不愿意向公众捅破这一层纸,他质疑季先生“国学大师”身份时,好心的朋友劝他应该给老人留点面子。葛教授说:“大家都明白他的主要学术贡献并不属国学的范畴,而滥用国学实际是贬低了他的学问,正因为我尊敬季老,才要纠正他身不由己的被误导,而不是在他身后批评。另一方面,学者自己也要有清醒的头脑,如果不是另有所图，难道还不知道自己究竟是干什么的吗？当然，如果本人已经丧失了辨别和纠正的能力，只能听凭他人或媒体摆布时，任何高雅圣洁的桂冠都已毫无意义，只能看成为强加的称号了。”

所幸后来季老公开表明了他不是“国学大师”，要求摘掉这顶“帽子”。

第四辑

近朱者赤

不解释、不辩解、不争论、不反击，看起来容易被人误解，被称为胆小怕事，是明哲保身，其实过来人都会发现过去的一些事真的都是小事，不值一提，所以不说是大智慧。当然，对于大是大非，却不能一味地没有脾气，没有观点，没有态度，这就是季羡林，越发让人看到他的涵养与大气，胸襟与气魄，为人与原则。

一生做好一件事

现在职场中人最大的问题是浮躁，有的大学毕业生，工作两年就选择了六份工作，跳了八家单位，其实最要紧的是要让自己心静下来，选择一件自己喜欢干的工作一直干下去。

26年做一碗面

被称为“牛爸爸”的台湾的王聪源，推崇日本的寿司之神小野二郎，之后他决定做牛肉面。首先他不惜一切代价，寻找世界上最好的牛肉。找到后，他又开始研究做出最好吃的牛肉，做出最好吃的牛肉汤，经过十多年的千百次试验，获得成功。对于面条王聪源一点不马虎。他吃遍了中国乃至世界最好吃的面条之后，开发了营养面，制作了菠菜面、胡萝卜面等极具营养价值的面条。他还开发了特色面，即在面里加入荞麦和莜麦，非常有利于控制血糖，很受糖尿病人的欢迎。王聪源为了保证每一碗面都好吃到极致，每碗面都“客制化”，他根据客户不同喜好，为顾客量身定做，以不同比例调配出截然不同的汤头，配出属于顾客自己最喜爱口味的牛肉面。就这样一晃26年过去了，如今他做的牛肉面被称为世界上最好吃的牛肉面，一碗面可以卖到三千块，仍然供不应求，吃他的面还要预订。知名人士都以能吃到他的面条而感到荣幸。

王聪源也曾经做过几个工作，但当他确定做牛肉面后，就决心要做出最好吃的牛肉面，此后他就全身心地投入研究，然后一直就没有离开过这一碗面。职场中人，有一个选择过程，但是一旦将自己的兴趣爱好和市场需要确定好后，就要把它做好。看起来一碗面没多少技术含量，可是要做好，真的需要花上一生的功夫。

一碗米饭 50 年

86 岁的日本老爷子村嶋孟，1930 年出生在物资匮乏的战争年代，当时能吃上一碗白米饭就是一大幸事。他对于米饭有特殊感情，就喜欢上了米饭的烹饪。他每天早上 4 点就起床，自 1963 年开店以来，他就坚持用灶台蒸煮米饭，不用电饭锅。炉火不直接接触饭锅，而是透过红砖，把热度传到饭锅的每个部位。而对于水，他一定要用泉水。煮饭时，他先用微火，看到锅周围冒出白雾之后开始计时。再隔 7 分钟，白色的米饭黏汁就会迫不及待地要溢出来，这时他使用专门设计的双层锅盖。一旦开始煮饭，老爷爷就寸步不离灶台。在煮饭的过程中每隔 30 秒及时转动锅盖和饭锅，这样白色饭汁才不会大面积溢出。老爷子做出的米饭，米粒晶莹剔透、圆胖松软，黏黏的，雪白喷香，吃到嘴里有回甘。他一煮就是 50 多年，他因此被大家称作"煮饭仙人"。

也许有人看到现在有电饭煲，做饭就不需要人工了。或者认为，做饭能做出什么名堂来。可是，当我们在吃饭时，觉得不好吃，或者看到别人做的饭好吃时，我们就应该看到其实这就是商机。只不过我们没有像老爷子这样下笨功夫，做好一碗饭。当我们真正能够做好一件事，也是会有出息的。

清洁工成"国宝"

新津春子高中毕业后四处找工作，找到唯一的工作是在机场当保洁员，为此她特别珍惜。一次上司批评她说："你以为打扫卫生是体力活吗？扫地也是个技术活儿，清扫工也是'职人'。"她不得不转变观念，虚心向上司铃木讨教，先是了解什么地方的污迹主要是什么成分，什么成分的污迹该用什么样的清洁剂，很快对80多种清洁剂的使用方法倒背如流，也能够快速分析污渍产生的原因和组成成分。她学会了自己配比清洁剂，有一次，她看到卫生间地砖勾缝里有一种一直都除不掉的灰色霉迹，她便用水与醋以3∶1的比例调进喷雾瓶喷湿地面，然后铺上纸巾再喷一次，浸泡10分钟后，用硬刷配合市面上贩卖的浴室洗剂刷洗，这样才弄干净。春子把清洁工作当成了一门艺术，不满足于清洁，还提高到除臭、除菌。就这样，工作23多年后，她被评为2016年日本"国宝级匠人"。

春子由于特殊的经历，刚开始找工作遇到了困难，但在她只能找到清洁工的岗位时，她由于安心工作，热爱本职，硬是在大家都看不起，或者认为最没有技术含量、最被人瞧不起的清洁工中干出了名堂。所以这年头什么岗位都能成才，也都能成功，就看你以什么态度，什么状态工作。

整理东西成女王

近藤麻理惠初中三年级时因阅读畅销书《丢弃的艺术》，对整理产生兴趣，开始全心投入收纳整理技巧的研究之中。大二时，近藤连毕业论文的题目都是《从性别角度看扫除/整理》。她提出："整理就是把家中的杂物变成风景，不仅改变生活方式，也能够带来工作和生活上的改变，让人生更美好。让人生光辉闪亮每一天。"然而，她觉得仅仅这些是不够的。她想将自己的"整理理念"传播给更多的人。于是，她把整理的经验、技巧、心得和工作细节记录下来，从2011年开始，每年出一本"整理指南"书。书出版后，先后译成英、法、中、韩等国文字，一时之间，

“整理女王”的“家务技巧”风靡全世界。2014年，她出版的《怦然心动的人生整理法则》一书，销量更是达到惊人的300万册。她被称为影响世界的“家务女王”，2015年4月，美国时代周刊发布“2015年世界最有影响力100人”，近藤麻理惠榜上有名，她上榜的原因是很会整理家务。

近藤初中时说自己的理想是当“家庭主妇”，被同学笑话。后来填表时，写特长，写整理东西，也被认为没出息。可是，她却把这种兴趣爱好发挥到了极致，经过她整理的东西和地方就是面貌一新，她的手也被称为“上帝的手”。所以，任何工作都不卑微，只要你有“匠心”。

有一幅漫画，一个人挖了好多口井，都说没有水，其实就差一点就冒水了。现在我们很多职场中人就是这样，干了很多工作，从事了很多职业，结果三天打鱼，两天晒网，感叹现在工作不好找。我们缺少的是一辈子只做一件事的信念，缺少做“最好吃牛肉面”的追求，缺少整理东西成女王的执着。

有品位的人

谁都知道穿名牌、开豪车能提高身价，让人高看一眼，可是，有的人缺少品位却适得其反，让人觉得是“暴发户”“土鳖”，从而更被瞧不起。品位是一张人际交往的绿色通行证，它引领你呼吸时尚的空气，触摸流行的脉搏，融入上层社交圈。

英国伊丽莎白二世女王的长孙、王位第二顺位继承人威廉王子暨剑桥公爵 2015 年初代表英国政府访问中国，他向习主席当面转交了伊丽莎白二世女王的邀请信。威廉在中国参加了一系列的活动，从电视节目中看到，他会见的一些中国企业家，有的说话时动作太多，一会儿摸一下头发，一会儿又东张西望；有的陪同的领导，两个手老是背在后面。而威廉没有太多的动作，因为皇族成员从小就经受了正规、传统的皇家标准礼仪训练，他的双手永远不会防范地放在腹前，而这个奥妙的动作显得他好有贵族气质和绅士风度，他的每一个举止都流露着自豪、得体和优雅，让他从普通人中脱颖而出。

品位可以把久经风云的大政治家、皇族成员和普通人区分开，把一个自信的人和一个腼腆的人区别开来。

从海外归来的刘平在某银行身居要职，他最大的爱好就是读书、听歌剧和打高尔夫。一次某企业老总想贷款建工业园，于是想与刘平套近乎、拉关系。这位老总最大的爱好就是打麻将、去歌舞厅，有时彻夜泡在KTV包房里。一次他不惜血本请刘平到麻将馆聚会,刘总以不会为借口推辞了。他得知刘平喜欢音乐后,又安排刘总去本市最豪华的歌舞厅,说是还请了小姐,刘平又以头疼为借口婉拒。又一次,老总又请刘平去看歌剧,这次总算把刘平请动了,可是在观看时,中途老板却鼓起掌来,之后又看得打起了瞌睡,就这样,最终贷款的事可想而知,因为刘平觉得把钱贷给这样的老板很危险。

听交响乐还是听流行曲,打高尔夫还是打麻将,都能展示出人的品位。自18世纪以来,到歌剧院听歌剧,一直是西方贵族进行身份展示和社交的重要手段。一个人的品位决定了你是什么样的人,属于什么阶层,决定了你的社会地位和个人形象。

威利·马与他的英国同事尼奥陪同一位到伦敦访问的中国商界名人方总,在伦敦曼特莫尔高尔夫球场打球,三个人正在第一个洞的开球处等待着发球。这时,方总的手机响了起来。电话铃声使得前面一组正在挥杆的人停住了挥杆动作。方总旁若无人地打开了电话,大声地说:"你好,我在伦敦打高尔夫呢!这里好极了……"开球处一位管理人员走过来对威利说:"先生,球场的规矩,你们应该了解吧!"威利尴尬地说:"对不起,我马上请他关机。"方总不高兴地关了手机。每次打完球,方总都会把球杆递给威利,由威利替他放回包中,击球前又向威利发号施令:"三号木杆"或者"七号铁杆"。好一副"贵族"派头。尼奥非常不满地对威利讲:"你应该教会他理解球场上的礼仪。"从此,威利发誓再也不陪同这位方总打球了。

球场上的礼仪和行为是检验一个人的思想、性格、修养、情绪的最好时刻。这时,公司和个人的形象,是通过你对高尔夫礼仪的遵循和球艺来表现的,很多企业家也是通过这样的场合了解对手,决定是否投资与合作。

有品位意味着高雅,有文化、有档次、有修养。保罗·福塞尔在《格调》中写道:"有钱并不一定使你的社会地位提高,因为这世界上总是有人不在乎你的钱财，但有生活格调和品位却必然会受到别人的尊重和欣赏，因为提高了你的社会等级。”有品位的人，犹如一杯飘着怡人香味的茶，令人感觉是如此的惬意和舒畅。有品位的人才更让人尊敬爱慕景仰。

一个人的电梯

田中能被日本东京大学录取是令他最欣慰的事,当初他觉得这个一流的大学,各国政要经常来访,招收的学生一定要注意形象,自己只能乘轮椅真是有损大学形象了。所以他想,只要能录取,他决不会向学校提出其他任何要求和困难。可是刚开学,由于大家都要到八号馆,即教学、科研大楼上课,他请家人背他上去,可是上课后,家人只好在外面等。这被校长看到了,问明了情况后,觉得这样太耽误了,于是在开校务会时,让大家讨论一下,看如何解决田中的上课问题。辅导员说:“还是我们开展同学间的互助活动,大家轮流背他。”“但这样毕竟会出现漏洞,或者说会影响到其他同学,不是长久和根本之计。”系主任说。有人突然说:“要不,就建一座电梯。”可是,后勤部的人马上说:“不行,这是四层楼,东京都规定五层楼才能建电梯,报上去不会批的。”讨论来讨论去,最后校长说:“看来只有建电梯才是最好的办法,后勤部先去争取一下。”

散会后,后勤部长有些牢骚,但校长说了,也只好安排营房课去落实。课长马上说:“都是外行,报上去是会被批评的。”“我开会时说了,可是……”果然课长报上去后,住建厅没有批。“再报。”教务长对此结果不满意。“报多少次都没用。因为东京没有一座四层楼可以建电梯的,这是刚性的规定。”“你要说明理由,说不是为了我们搬器材,只是为了方便一名残障学生上课。”“可如果雇佣一名工作人员背,成本不是可以大大节省吗？”工作人员强调说。“那性质不一样，这会让这名学生觉得特殊照顾，同时也觉得不被尊重。”

营房课只好再报，仍然没有批。田中知道后，赶紧来找校长，说：“校长，真的不要为我的事再忙了，我已经很知足了，我就是天天爬着去上课，也没有任何怨言。”校长用手抚着田中说：“谢谢你能理解我们学校的难处。”就这样，田中回去了，他已经很感激学校和校长想到了他。校长让教务长亲自去找一下住建厅，教务长去找了厅长，陈述了理由，还真的就破例了，不过说：“那经费要你们学校自己出。”教务长很为难，可是又觉得毕竟有进步。回到学校后，校长很高兴，可是要建一座电梯，要近百万日元，学校没有这项开支啊。也就是说这还等于是一纸空文。教务长说：“我们已经尽力了。”校长略有所思，说：“我带你去教委。”“能管用吗？这个部委是清水衙门。”教务长不解。但还是跟着校长去了，校长见了部长后，说：“我们这位同学，是在抢险救灾中受伤的，是对国家有贡献的人。”“可是我们没有钱啊！”“我们制定的爱国主义教育，最突出的是‘祖国不会忘记你’，对于这样有功于国家和社会的学生，我们建一座电梯就是对他和其他学生最好的教育。”部长想了想，确实，当初确实准备奖励这名学生 20 万日元，可是他没有要，用这 100 万日元为他建一座电梯确实也不为过啊。于是说：“好，我们与相关部门再协商一下。”可是，环保厅、住建厅等部门还是坚决反对，这事越闹越大，田中实在看不下去了，觉得都是自己的事让大家为他操心，很是过意不去，觉得自己应该退学来平息纷争。

后来，经过媒体报道和广泛讨论，最终还是批下来了。就这样，东京大学的 8 号馆建起了一座电梯，这是东京都唯一的一座四层建筑有电梯的。此后，除了田中使用外，其他同学都很自觉，没有一个人乘这个电梯。但同时他们都深深地体会到：“对于为国家做出贡献的人，国家和社会不会忘记他们。”这个电梯承载的不仅是一个人，还是一种理念，是一种思想、一种关怀、一种温暖。

“关你什么事？”

高春娜是一名湖南大学大三的女生，长得瘦小，那天下午她在西宁火车站准备乘火车返回学校。她口袋里的那几百元钱是假期打工赚的血汗钱，她看了又看，摸了又摸，生怕被人偷了。可正是由于她太紧张，结果被小偷盯上了。

一个中学生模样的孩子从春娜身边过了一下，钱包就到手了。当发现春娜身上还有手机，他还想偷，于是就跟着春娜。春娜准备去买点水果在路上吃，就在她准备掏钱包时，听到一名妇女喊“抓小偷！”春娜转头看去，见一名妇女在追一个高大男子。“有人抢钱包。”春娜家在农村，家里几亩薄田赚不了几个钱，她上大学就发誓不要家里一分钱，她知道每分钱的分量，所以她最恨那些有手有脚，却要靠偷窃为生的人。转眼工夫那男子已经从春娜身边窜了过去，于是春娜意识到那男子正是小偷，于是迈开步子去追赶。那小偷一看春娜，一个弱不禁风的小女生，于是瞪了她一眼，又挥了一下拳头，他以为这样就可以吓住春娜。哪知春娜“一根筋”，没有停止追击的脚步，转眼间就跑到了小偷面前。这可把小偷搞恼了，于是挥起一脚就踢中了春娜的肚子。春娜被踢得顿时蹲了下来，摸着肚子，小偷又跑开了，可她看到妇女已经落远了，于是摸着肚子继续追。小偷接着又给了春娜一拳，击中了春娜的鼻子，打得她两眼冒金花，鼻子流血了。这下激怒了春娜，她冲上去紧紧地抓住被抢的包,小偷甩了几下,春娜就是不放手。

还想偷春娜手机的另外一名小偷, 跟着看到了这精彩的一幕。他没有想到这位小姐姐为了一个包这么拼命, 他想到自己刚才偷了她的钱包,心里有些不是滋味。

男子穷凶极恶地说:“关你什么事?”“就关我的事!”“放手!”“不放。”小偷眼珠都绿了,他从来就没有遇到这么为了钱不要命的人。又叫道:“放不放?”“就是不放。”小偷掏着刀子,这并没有吓住春娜,还是没有松开抓住包的手。小偷便在春娜胳膊上狠狠地扎了一刀,“哎哟!”血流了出来。春娜痛得眼泪出来了,眼睛红了,但还是没松开抓包的手。小偷又用刀在春娜的手臂上扎了两刀……春娜还是不松手,她是准备豁出去了。小偷没辙了,见后面又来了几个追来的行人,小偷便扔下包跑了。

当妇女赶来后,都不知怎么感谢春娜,可春娜却只是淡淡地说:“没事!”妇女走了,这会儿春娜才觉得伤口那个痛啊。后来她觉得还是要去医院包扎一下,可是一掏钱包,没了。她一下子就晕了,那个心痛啊,比扎在手臂上的刀伤更痛。

这一切,都被另外那个年轻小偷看在眼里,其实他是一名初三学生,学习成绩不好, 便辍学走上了专职偷窃的道路。他看到春娜姐姐刚才的一系列举动,他没有想到春娜这么勇敢,同时看到春娜发现钱包被偷后的那个痛苦表情,就好像他的心被刀扎了,他当即给了自己两个嘴巴子,骂自己“不是人”。

后来,春娜只好向同学借了钱医治伤口。她的同学都埋怨她:“你这是何苦呢,吃力不讨好,专做赔本的买卖。”后来,她手还没好,就开始利用周末打工赚钱。一天,她失去的钱包“从天而降”,原来小偷从春娜的钱包里看到一张借书证,知道她叫高春娜,是大学生,于是把包寄给了校长。春娜笑了,说:“还真是老天有眼啊!”小偷还写了一封信,说,“我长这么大,春娜姐是我最崇拜的人!我决定回家上学,再也不偷东西了。要做一个好人”。

对于这件事，高春娜曾经有过矛盾与纠结，有过伤心与痛苦，但最后她说：“小偷对我说‘没你什么事’，可我就觉得关我的事。如果我‘事不关己’，我的钱包可能也就没了。很感谢这位小弟弟，他也证明我是对的。再遇到这样的事，我还会挺身而出的。”

季羡林处事“不”字诀

季羡林一生低调，有人说他胆子小，也有人说他怕惹事，他总是喜欢大事化小，小事化了，为此他学会了说“不”。

一次季羡林和臧克家去一个小饭馆吃饭，他们邻桌是一对母子，吃着吃着，邻桌的妇女起身上卫生间，母亲一走，孩子就大胆起来，站在凳子上伸手去抓桌上的花生米，脚下一滑，从凳子上摔下来，顿时“哇哇”大哭。季羡林连忙上去把孩子抱起来，并用手安抚孩子不要哭。可是，由于摔得太痛，孩子哭声更大了。这时，孩子妈妈从卫生间出来，以为是季羡林弄哭了孩子，很不客气地骂道：“你一个大人干吗欺负小孩？”季羡林没有还嘴，转身就回到原位。女人见季羡林不吭声，更加来劲：“要是我儿子受伤了，我跟你没完。”说完，就检查起孩子的伤情来。这时，周围的顾客指责女人的蛮不讲理：“是你的孩子自己摔倒了，这位先生好心帮你扶起他，你不问青红皂白就骂人！”女人一问孩子怎么回事，方知事情真相，有些不好意思了。

臧克家问季羡林：“你明明被人误解了，她骂你，你为何不还嘴？”季羡林说：“大家都看着呢，我何须解释。”季羡林真是大智慧，真是好脾气。很多时候，老天在看，无须去解释，清者自清，这是智慧，也是涵养。

季羡林因为一贯不好出风头，被称为“好好先生”。当“文革”到来时，他成了造反派拉拢的对象。当时他并不是最有名的教授，像他这样的一些教授会很主动、很积极,检举揭发那些名教授。可是他却依然“事不关己”,可是随着“文革”的风起云涌,必须人人表态,人人过关,要么被打倒,要么就打倒别人。于是,他的学生让他对胡适、俞平伯、陈寅恪等人展开批判,让他写揭发文章。他却还不知趣地说胡适是一个好人。学生们反复做他的工作,说:“你不说他们的不是,他们也保不住。”“可是颠倒黑白的话我说不出。”“那你就说些他们客观存在的缺点和错误。比如,陈寅格在抗日战争时就说过中国打不过日本之类的话。”“可是评价一个人要全面、客观,不能以偏概全。”就这样,他硬是在那颠倒黑白、人人自保的年代,没有胡说八道,保持了难得的沉默。

在那样人人自危,选择站队、表态、立功的年代,很多人都向自己的领导、老师开火,出了名、过了关,可季羡林却始终坚守着“要说真话,不讲假话。假话全不讲,真话不全讲”。事后他回顾自己的“运动史”,他给自己一个“大节不亏”的判语,真是难能可贵。

季羡林专心学术,在学术上有很高的造诣,他对21世纪世界文化发展趋势,做出两点预测:“21世纪东方文化将再领风骚。”他说:“东西方文化的根本差别在于思维方式不同,东方文化的特点是综合,西方文化的特点是分析。目前流行全世界的西方文化并非历来如此,也绝不可能永远如此,以‘天人合一’为特点的东方文化才能拯救人类。21世纪,将是东方文化的世纪,这是不以人的主观愿望为转移的客观规律。”此话一出舆论大哗。有支持者,但批评者也态度鲜明,视之为文化民族主义,认为“河东河西”的预测根本不值一驳,和算命先生的卦辞差不多(徐友渔)。更有激烈者,直斥“季羡林老糊涂了”。于是,大伙儿就等着看论战。谁知老先生一不商榷,二不反驳,而是高挂免战牌,上书三个大字“不争论”。

为什么呢?季羡林认为,这不是一个理论问题,而是一个将由历史发展来证明的事实,没有争论的必要。再加上季羡林从多年的经验教训中悟得:“如果……打笔墨官司,则对方也必起而应战。最初,双方或者还能克制自己，说话讲礼貌，有分寸。但是笔战越久，理性越少，最后甚至互相谩骂，人身攻击。到了这个地步，谁还能不强词夺理，歪曲事实呢？这样就离开真理越来越远了。”所以他就像邓小平说的，“让事实说话”。

在“文革”最甚时，不少教授受不了污辱，自杀的不少。“文革”中，在北大“造反派”最猖狂的时候，在那样“黑云压城”的年代，哪有道理可讲，哪还有真理可辩，可季羡林却敢于主持正义，主动“跳出来”，公开反对那位北大“老佛爷”——聂元梓。那次，北大的两大派在大饭厅中举行公开辩论。季羡林经过长期观察、思考，他反对造反派的思想观点与做法，在会上，季羡林上了“牛劲”，他抱着粉身碎骨在所不辞的决心，“跳了出来”，反对“老佛爷”。要知道那时，聂元梓正如日中天，季某竟敢在太岁头上动土，这是公然与“文化大革命”唱反调，可想而知，他没有当场被乱拳打死就算幸运了。之后他的处境越来越危险，成了女头领的眼中钉、肉中刺，不仅多次被批斗，而且受到了各种各样的人身攻击，每每召开批斗大会，都要把他捎带上臭批一顿。而且对他也实施了抄家行动，之后被打入牛棚，挂牌游街，甚至被毒打至血肉模糊。

季羡林是个老学究，对自己认识的事喜欢认死理，而认为不对的事，你天王老子说的他也不买账。可是，现实往往会指鹿为马，他却偏信历史是由人民和时间写的，敢于坚持真理。他的低调、不说是相对的，在需要明辨是非、大家都不敢说时，他却要主持正义。在季羡林的回忆中，这是他所做的“最满意的一件事”。

不解释、不辩解、不争论、不反击，看起来容易被人误解，被称为胆小怕事，是明哲保身，其实过来人都会发现过去的一些事真的都是小事，不值一提，所以不说是大智慧。当然，对于大是大非，却不能一味地没有脾气，没有观点，没有态度，这就是季羡林，越发让人看到他的涵养与大气，胸襟与气魄，为人与原则。

王卫：最低调的人干成了最大的事业

2017年2月24日，顺丰控股借壳上市，46岁的王卫敲钟时穿着他一贯穿的工作服，由于他的财富一跃名列中华区第三，很多记者要采访他，都被他婉拒，他被称为“中国最神秘的富豪”。王卫在一次内部会上说：“现在公司上市了，今后我说话会更少，大家都要保持低调。”

一次采访

王卫创业18年从未接受任何媒体的采访。《时代周报》知名记者早年想采访王卫，拨打顺丰客服电话提出采访要求，顺丰方面委婉地拒绝了。记者就想不通了，说：“又不收版面费，免费为你们做宣传都不干，没有哪家企业是这样的。”于是，请一位快递行业资深人士帮忙牵线，那人说：“你算了吧，想采访王卫，门儿都没有。”周报记者没辙了，只好在采访了数十位业内人士后，从只言片语中渐渐勾勒出王卫的人生轨迹和言谈举止。后来，又有资深媒体记者找到国家邮政部门领导递话，王卫还是委婉拒绝。另外一位行业报主编多年来一直邀请王卫“来坐坐，喝喝茶，不是采访，是内部交流”，王卫答应了，就是从来没有出现过。只是在2011年，中国最具权威的媒体《人民日报》要采访他时，他破了一次例，但他也避谈个人，避谈成绩，只讲公司的问题。

《孙子兵法》上说："善守者，藏于九地之下。"低调代表成熟和理性，王卫明白接受过多的媒体吹捧，反而会令其滋生浮躁、盲目自大，弄得自己分不清几斤几两，结果不能理性地思维和正确地决策，最终会被捧杀。有实力的企业家知道靠实力说话，不事张扬、低调谦虚、埋头苦干，正如古语云："地低成海，人低成王。"

一张照片

采访不到王卫本人，拍几张照片总可以吧，可是媒体记者仍然没拍到，只好请企业内刊编辑帮忙。内刊编辑接受任务后，开始寻找机会，说是给王卫拍一张光辉形象照，即让他坐在老板椅后面看文件、批项目，王卫摆摆手说："你们的镜头要多对准一线员工，再说我的光辉形象是干出来的。"最终编辑只照到王卫的侧面和背影。香港有记者也在捕捉王卫的身影，一次《壹周刊》的记者为了拍到王卫，在顺丰深圳总部的写字楼前守候，可是数日毫无所获，后来听说王卫最常去的是一线收件点，于是他就混进顺丰香港的收件部，做了一整天的快递员，收派了300多个包裹，最终等来了王卫，拍到了王卫的照片，于是写了文章配上照片刊登在报上。王卫看后让相关人员联系报社，把照片要了回来。

在这个物质喧嚣的年代，唯有低调的人才能坚持淡定从容的志趣，以平和乐观的心态来面对风云莫测的人生。低调做人是一种姿态，也是一种品格、一种修养，更是一种境界。"木秀于林，风必摧之""人浮于众，众必毁之"。不少企业家恪守"不曝光、不上镜、不见报"等原则。低调的人，往往是人群中的不凡之人，也将会是最后的胜利者。

一次会见

顺丰早年也是举步维艰，王卫几次资金链断裂，他不求人，而是将自己的房产拿去抵押。2004年FedEx策划进入中国市场，预见到顺丰前景远大，想收购，当时王卫很缺钱，于是与他们见了一面，可是当对方开出的价码是50亿元时，王卫觉得顺丰被低估了，于是拒绝。此后，王卫只有一个信念，就是“自力更生”，后来他的生意越做越大，越做越好，试图投资顺丰的PE和VC越来越多，有VC想给王卫融资，但王卫始终不肯出来见面，他们想只要见上一面，一定能说服王卫，于是对外开出50万元中介费价码，却始终没有如愿。一位给顺丰做过咨询的公司董事长说：“包括花旗银行在内的很多美国投资商曾经找到我，希望我能够牵线，一旦成交，将付给他1000万美元的佣金，可是王卫没有给我这个机会。”马云两次到香港约见王卫，王卫避而不见。马化腾在深圳约见王卫，也未能如愿。

企业长足的发展最终还是靠企业家自身的素质和经营管理的能力，靠财务报表成绩单来说话的。古今中外很多有成就的人都是低调做人的典范。美的集团董事长何享健信奉“少说、多做、悄悄干”原则。王卫的低调不仅是一种习惯，更是一种谋略和智慧。可是，也有不少成功者在无休止的张扬和卖弄中不知收敛，终因树大招风而招致诋毁和劫难而前功尽弃。

一次露脸

一次，市政府请王卫参加一个企业家座谈会，王卫接到通知后说：“让办公室主任去。”市委秘书长知道后，很不高兴，直接给王卫打电话，批评说：“请你来是看得起你，你可以与市长、市委书记对话，很多企业请客送礼想来，都没批准。”最后，王卫还是派副手出席。又一次，顺丰被行业评为第一名，邮政部请王卫去领奖，王卫很高兴，但又说：“让公关部派人去。”组委会知道后，又兴师问罪：“部长说了，会上要请你介绍经验，多好的露脸机会。”但王卫仍然没去。可是在“非典”、汶川“5·

12”大地震等灾害面前，王卫却站出来主动承担社会责任，王卫自掏腰包捐了一大笔钱，却是以企业名义捐的，当主办方想请他现场举牌，然后再现场采访他，他笑着说：“怪不好意思的，你们放心，我承诺的钱一个子儿都不会少。”有人说他傻，因为很多企业捐款都是有条件的，比如要宣传，还要有一定的曝光度，他却啥也不要。就连王卫入选“2012年中国经济年度人物”，领奖实在是没办法推脱，他以不接受采访，不讲话为条件出席了。

在这个“眼球经济”时代，越来越多的人加入到“作秀狂欢”中，但王卫知道一时“炒作”的知名度虽然为企业的发展带来立竿见影的效果，但企业家毕竟不是演员，市场业绩与利润才是真正的生命线。只有懂得低调做人，才能够在社会这个纷繁的大舞台上扮演好自己的角色，王卫刻意地保持低调，不在露脸、作秀、表演上浪费时间和精力，结果一鸣惊人。

顺丰王卫始终保持着当年的低调，不做广告，不攀权富，不写书，不演讲……与此同时，王卫被称为“最有钱的工作狂”，还定期到一线收发快递。低调是为人处世的黄金法则，懂得低调、养成低调的人，最能得到人们的尊重，也更有机会成就一番事业。

萧军：文人中的侠士，侠士中的文人

作家苗培升说："在中国的作家中，我最敬佩萧军的骨气和为人。他的骨头最硬，有骨气，是条汉子。"萧军纵然前路山高沟深，纵然前面刀丛枪林，他不彷徨、不后悔，把永不妥协和勇往直前作为自己当仁不让的抉择。

为救萧红，挺身而出

早年萧红患病住旅馆，欠了600多元钱，差一点被卖到妓院，于是向报社求助。报社派萧军去了解情况，萧军见了萧红后，决定要不惜一切代价拯救这个有才华的弱女子，临走时，留下了口袋里仅有的5角钱，自己步行了约十里路的归程。之后，哈尔滨下了27天的大雨，萧红住的旅馆被水淹没，萧军凫水去救，把萧红安全救出。由于萧红患病，萧军便把她送到医院。医生一诊断，发现病太重，便要求先交钱，那是一大笔钱，萧军便求医生："先救人，钱我去想办法。"可医生说："不行。"萧军说："我是报社的人，不会赖账的。"可是，医生还是怕他们溜走，坚决不治。萧军急了，抓住医生，厉声吼道："如果今天她死了，我会杀了你！"这一怒斥，那医生不敢怠慢，赶快给萧红治疗，病好后，也成就了他们的爱情。

侠是一种精神，就是行侠仗义、顶天立地、正义凛然、刚肠疾恶。萧军秉承“仁义做人，侠义做事”的原则，他性格耿直，因此遭人诟病，有朋友劝他改。萧军曾问鲁迅：“我这野脾气要不要改？”鲁迅很干脆地回答：“不用改！”从此萧军更加坚定了无所畏惧的信念，仗义伴随了他的一生。

素昧平生，仗义执言

萧军后来到了延安，1942年6月4日，延安开展了整风运动，他被组织安排参加旁听中央研究院批斗王实味斗争会。批斗会上，王实味的发言不断被批斗者们打断，不让他说明、解释，主持会议者对此听之任之，一个女声竟然嚷着叫王实味去自杀。凭着一种常识，萧军觉得那种群情激奋的斗争方式，对于王实味是不公正、不公平的。萧军在日记中写道：“他们从思想、政治、组织上断定他是‘托派’思想，肯定他是托派。用各种证据想证明他是有计划、有阴谋来进行破坏党、侮辱党的托派流浪分子……”萧军非常反感这种不经过独立思考就人云亦云的随大溜的做法与作风，尤其是作为作家和学者们如此行为，更是不该。一次萧军实在看不下去，便站出来说：“应该让他发言，把话说完、说全了，大家再反驳他……”却招致与会者疯狂的围攻。散会路上，萧军再发牢骚，说这是“倒屎盆”，被同行的陈学昭告发，结果萧军被定性为“同情王实味”“同情托派分子”，遭到批判。

《荀子·荣辱》上说：“义之所在，不倾于权，不顾其利。”萧军与王实味素昧平生，没有什么交情，也没有什么好感，他只是就事论事，仗义执言，此后“同情托派王实味”的帽子萧军戴了整整40年，他也因此吃尽了苦头。但他却从来没有后悔过，他对那些明哲保身，昧良心做事，多一事不如少一事的人最看不起。

“擦地哥”缘何能成为“明星”

近日,深圳马可波罗男篮主场的“擦地哥”孟飞火爆网络,他没有上场打球却比参加比赛的球员还要火！他熟练麻利的擦地动作，以及擦地前后奔跑如飞的身影,成了赛场上一道特殊的风景线。

动如脱兔

2012年,孟飞从部队退伍来到深圳务工。2013年,四国男篮邀请赛时他首次当义工从事擦地工作。他上场去擦地,如果起步慢了,找汗水地点慢了,这样还没擦完,就会被裁判赶下场。他发现篮球擦地工最要紧的是要“快”,前后不能超过六秒。为了加快速度,他开始练习跑步。他先练短炮,为了练爆发力,他举杠铃、绑沙袋,效果比较明显,他百米达到了11秒5。这样在球场上一有任务,就以百米冲刺的速度冲去,擦完后又百米冲刺返回,不会耽误事了。但是,由于一场比赛要跑十几二十个来回,他又发现,没有耐力也不行,于是他又开始练长跑,在沙滩上跑,参加马拉松,每周两次,一年训练全程马拉松就达到了3小时46分的好成绩。这样他一场擦下来，始终没有明显减速。可是由于擦地需要跪地、弯腰,刚开始一场球下来,累得腰酸背痛,他就每天做100个仰卧起坐,练单双杠,腰有了韧劲,这样每每比赛时,他冲刺像博尔特,记者、啦啦队连连夸赞“好快啊”，最得意的一次仅用了四秒。擦地动作像上了发条的闹钟，成为一道景观。

做得最好，需要由业余走向专业，全身心投入。任何一件事情，要做就尽力把它做到最好，养成这样的一种习惯，能够让你保持良好的工作状态，也能让你在每一次的工作中精益求精、一丝不苟、尽善尽美，就能脱颖而出，吸引眼球，引人注目。

珠联璧合

但是，“快”仅是一个方面，“出击时机”也很重要。第一次擦地时，他完全是蒙的，要在什么时间上去，完全没有头绪。刚开始时，他常常时机掌握不好，没擦完比赛就要开始了，老是影响比赛。于是，比赛结束后，他就和现场主持人还有裁判交流，学到一些经验。回家后他又查国内外很多关于球场清洁的视频和资料，翻看那些球童在赛场上的表现，观摩学习。甚至还深入了解运动员的个性特点，谁比较容易出汗，哪名运动员喜欢用手甩汗。每次大赛前，他还要系统地观看赛事的视频，从NBA看到CBA，从排球联赛到各大网球公开赛，做到心中有数。比赛时，别人看比赛入迷，而他专门盯着汗水走，换人、战停，他总能第一时间以迅雷不及掩耳之势，双腿跪地，毛巾在他手中飞舞，整个动作一气呵成，一点不拖泥带水，将地板上的汗水擦拭干净。只要他在现场，保准没有运动员因为汗水滑倒。

即便简单，也要做到极致，这就是职场中最令人忽视的要领。iPhone成功了，是因为它把通信工具做到了极致；QQ成功了，是因为它把即时通信做到了极致。要想成就一番事业，必须从简单的事情做起，从细微处入手，把每个细节都做到位，才能产生质的飞跃。

非你莫属

孟飞为了把擦地工专业化，他辞了工作，全身心投入，凭借着最专业的擦地动作收到了当时还在东莞的深圳男篮邀请，成了“专职”擦地员。但是，历来篮球比赛擦地都是业余的志愿者干的，要到外地比赛他就没有“资格”随队，他就去不了。一次在外地比赛他缺席了，深圳赛场清洁不给力，球员亲自动手。还有一次在青岛比赛，一名外籍球员就滑倒闪了腰。马上要在北京举行CBA比赛了，怎么办？他便给中国篮协写自荐信，讲到一场高水平的比赛，需要一流的擦地工，自己为了擦地，辞了工，由于没工资，家里人说他“脑子进水”，三年来擦毛了几百条毛巾，他请求让他自费去CBA全明星赛当义工。开始有人说：“主力队员的爱人想弄一个名额去都没弄到，你还想去，你就做梦吧。”可没想到篮协同意了。很多企业和个人都想为他提供经费，被他谢绝了，最后深圳俱乐部提供全部费用。赛场上他一夜成名。

做得最好，需要大赛的锻炼与展示。在职场中，大家的起点本来是一样的，为什么一两年后大家便会出现很明显的差距，这就是因为工作的品质出现了差别。有人始终是业余水平，可有可无；只要你成为最有用，最不可或缺的人，成功就是一种必然了。

进军美国

自从孟飞被称为CBA“擦地哥”后，23岁的他一个月内连续登上两个国内最高舞台，他没有沾沾自喜，就此满足，而萌生了一个更大的念头：在国内赛场“擦”出一片天地后，下一个目标要“擦出国门，去NBA或者奥运会”。为了更具实力，他开始进修体育专业知识，他在深大等一些体育院校进修体育专业，做一个全面、系统、综合的提升。与此同时，他开始为这个工作统一出一个标准。于是，他学习借鉴网球、排球、高尔夫球等赛事球童的优点，制定出了一套成体系的球童服务标准，并申请了专利。一个人的力量是有限的，高质量的比赛需要一流的服务，于是他还着手培养出更多优秀的擦地工，把中国球场擦地规范化、标准化。

把别人敷衍的事做到最好，把别人业余做的事专业化地去做，把别人只会实践的理论化，把零碎的系统化，并且形成一套理论，为行业发展贡献一己之力，让更多人因自己的劳动成果而受益，那才更绝。

盖茨说："工作本身没有贵贱之分，对待工作的态度却有高低之别。"平凡的是工作岗位，不平庸的是工作态度。无论你从事的工作多么琐碎，都不要看不起它，关键在于你如何看待自己的工作。在浮躁日益取代了扎实的时代，孟飞的"擦地精神"是这时代稀缺的精神能量。无论是简单事、平凡事，只有认真做、做好它，跪着擦地也能成为"明星"。

做好了，就有机会

初入职场的人最爱抱怨不被重视，没有把自己放到重要的岗位，交给重要的工作。这是自己的偏见和误解，其实每项工作都是“考试”，每天的工作都是“重要”的工作，只不过被你当成了小事而“错过”了。

放暑假时，一位武汉大三的学生到罗振宇的逻辑思维实习，被安排到了客服岗位，工作内容就是每天接听电话。他没嫌大材小用、觉得委屈。每天来电咨询的人以用户为主，多半是追问“我买的书为什么还没送到？”心情焦急，语气生硬，态度蛮横，他却压住火气耐心解答，还会把一些电话记录下来，有老员工看了说：“吃饱了撑的。”他们的日记大都是“同上”，可这位同学，却写得很认真、详细、完整。两个月实习期一眨眼就过去，要回校了，其他同学跑得比兔子还快，可这位老兄在临走那天，上交了一份报告，这是他这期间整理出了公司客服在接电话时可能遇到的所有客服问题，他进行了梳理、分类以及解答，这些问题该怎么回答更规范、更有效、更准确。罗振宇看到这份有30页厚的报告傻了，说实在的，他刚开始是有点打发这些实习生，没想到这人没有“被淹没”。罗振宇马上意识到这是个人才，于是说：“毕业后到这里来吧。”

《今日美国》总编辑艾伦说：“手头的工作无论多么平凡，只要做好了，就有机会。”很多人坐失良机，是内心充斥了浮躁、自以为是、猜疑臆断等，而任由光临身边的机会白白溜走。机会可以说一直都在，关键就看你有没有把它当回事，充满热情地做好。

一天晚上10点，一位西点军校长官把一块手绢交给一位学员去洗，说："明天早上要用。"大兵接了下来。他先用洗衣粉泡上，10分钟后，他搓了几下，用清水清了几遍，发现手绢还打滑，说明这手绢上有油。他赶紧又打肥皂不停地搓，他洗干净后，还发现手绢上还有几点像油漆一样的污点，他有些困了，可还是到仓库里找"香蕉水"来洗，一直忙到12点总算忙完了。他把手绢晾到衣架上，倒头便睡。可是，刚躺下几分钟，忽然担心早晨干不了，于是又把晾手绢的衣架拿到外面去晾。过了一小时，他又起来看，发现那天没有风，天气又很阴，他想这样早晨很可能干不了，是碰运气，还是……他还是到仓库找吹风机，半小时后，总算把手绢吹干了。他总算可以安心睡了。可是没睡半小时，他又起来把手绢叠好，放在枕头底下，这样会比较平整。当起床号吹响时，他马上去上交，顺便又在手绢上喷了一点香水。上司拿着手绢交给了将军。将军一看、一闻，笑了，问："谁干的？""巴顿。"后来，将军把最新式的坦克交给了巴顿去训练。

成功学奠基人奥里森·马登说："有些人看不到机会就在身边或脚下，人生的要务不是展望远处有什么美景，而是踏实地做好手头的工作。"张瑞敏也说："把每一件简单的工作做好，就是不简单。"要让机会垂青你，你首先要善待装成困难、麻烦的机会。

刘同刚到光线传媒时是个打酱油的，一天他接到老板的电话："你知不知道《浮沉》这本书？"刘同说："知道一点。有什么事吗？""没什么，就是问一问。"老板挂了电话。刘同继续忙自己的工作，突然他觉得自己就这么随便地把老板"打发"了？刘同越发觉得老板问这个问题，显然不仅是对这本书关注，老板应该想知道得更多。当时《杜拉拉升职记》正火爆，而《浮沉》相当于它的升级版。刘同马上放下手头的工作，找来《浮沉》阅读，他觉得这本书如果拍成电视剧一定会火。然后，他又马上咨询了出版界的几个朋友，向他们了解拍电视剧的相关问题，之后又马上向出版社要到了该书作者的联系方式，又联系到了小说的作者……刘同接着起草了一份报告发给老板，老板回复：“很好！”不久刘同获得了提升，出任制片人。

马云说：“相信机遇就在你身边，怕就怕我们做那种不知不觉者，在已经有人指引的情况下，还执迷不悟，错失机会。”老板的一个电话给刘同带来了好运，可是却被很多人马马虎虎、多一事不如少一事的态度给“漏”掉了。

美国作家华莱士·沃特尔斯说：“即使对于最细微的事情，你都永远无法预见其全部后果。你忽略了或者没能去做某些小事，让你失去了伟大的机遇。”机会对大家都是一样公平的，而且只要你相信机会处处有，不论眼前的工作多么普通、平凡、细小，做好了，也能成为我们晋升的阶梯。机会只会向“抓住了”“做好了”的人招手。

·吴士宏:从初中生到“打工女皇”

吴士宏的人生充满了蜕变,从初中生到护士,从外服生到IBM勤杂工,从助理工程师到营销员,从“南天王”到“打工女皇”,一步步从社会的边缘迈向主流。

从初中生到大学生

1975年,吴士宏在北京市宣武区椿树医院当护士,她看到护士奔到头就是护士长,那可是要奋斗几十年,她想改变,她发现要换工作哪儿都开始要“大专以上文凭”!便决定第一步先拿到大学文凭。她通过综合考虑选择了最快最省钱的方法,参加高等教育自学考试。她买了书,开始复习。关键是时间不够用,每天上班路上就要2小时,于是她压缩睡觉时间,吃饭五分钟解决,去厕所时也看书,睡觉不超过4小时,化妆就省了。她还学会了“偷”时间,比如尽可能多地换成病房值夜班,夜班相对事情会少些,病人睡觉了,只要定期去查看就行,她就从凌晨1点左右到5点能偷出来4个小时学习!她的身体奇迹般地经受住了疲劳极限试验。在学习过程中,学英语比较难,由于没钱,请不起教师辅导,她就买了台收音机,花了一年半时间跟着学完了许国璋英语三年的课程。自学考试一年考两次,她就这样一门一门地啃,几门几门地考,竟然全部按计划通过。

也许你就是一个初中生，就是一个农村来的打工妹，起点低，如果你只是抱怨命运的不公，或者认命，那么一辈子就只能在最低层，被边缘化，一辈子赚着辛苦的血汗钱。吴士宏却不怨天不怨地，以实际行动来改变，只要迈开了第一步，成功就将不断向你招手。

从外服生到IBM清洁工

有了大学文凭后，吴士宏开始寻找机会。1985年3月底的一天，她看到《北京日报》上刊登了一则北京外国企业服务总公司招聘广告，她觉得机会来了，便报了名，面试像一面筛子，两轮的笔试和一次口试她都顺利地滤过了严密的网眼。最后主考官问："会不会打字？"她看到旁边并没有打字机，便机灵地说："会！""你一分钟能打多少字？""您的要求是多少？"考官说了一个标准，她说："可以。"实际上她从未摸过打字机。面试结束后她料到下次肯定会测试打字，于是不敢马虎，她看了一下各种打字培训班，要一个月，于是她索性决定自学，她便向亲友借了170元买了一台打字机，没日没夜地学习打字，刚开始进步很快，可是练了两天后，双手就连吃饭都拿不住筷子了，就这样没命地练了一周，再面试时她从容地轻松地过了关，就这样她进入了服务公司。当IBM公司需要招人时，她揣着自考文凭就去了，本来需要本科、硕士、博士学位，面试官看了她的简历，觉得不符合条件。于是问道："你符合条件吗？"吴士宏反问："你不试怎么知道？"没想到她居然被录用了，不过岗位是勤杂工。

"狭路相逢勇者胜。"面对需要会打字，一个"会"字让吴士宏闯了过去，但这也把自己逼到了悬崖边，但她硬是不惜借钱买打字机，一周就拿下别人要三个月拿下的打字关，成功地拿到了"绿卡"。又拿着自考文凭，凭着独有的自信闯进了IBM，实现了她的华丽转身。

从勤杂工到助理工程师

进入 IBM 后，吴士宏勤奋工作，受到公司上下的一致好评。一年后，她得知公司需要招助理工程师，她虽然没有专业知识但还是敲开了培训经理苏珊·凯文的门，她请求道："请给我一次机会吧，考不上我不后悔；要是能考上，我不会让 IBM 后悔！"苏珊被她的真诚与上进打动了，便答应了。IBM 的专业人员应聘考试是全世界统一标准试题，吴士宏凭着天赋和冷静居然考过了。不过，由于她不是专业出身，还得加考一门 RPG 计算机语言。苏珊给了她两周时间。对于没有学过高等数学，没有上过正规大学的人来说，这就像天书！可是机会就在眼前，她豁了出去，她挑灯夜战，第一个星期过完她才刚刚念完第一本计算机基础知识，还根本没碰着 RPG 呢，她几乎要绝望了。但她并没有失望与放弃，而是向行家请教，她突然就觉得脑洞大开，结果她考了 89 分，就这样她于 1986 年 7 月 1 日正式转为专业学员。

能进入IBM就够让人骄傲与自豪的，可吴士宏却没有心满意足，停滞不前，相反不断地向高处攀登，这样机会就偏爱她。当然，机会也是优待有准备、有实力的人，吴士宏总是不给自己留退路，但又总能绝处逢生，从而一次次地华丽转身。

从工程师到销售员

1986 年 10 月，由苏珊建议公司同意，要在学员里"实验"培养四名做销售员，吴士宏听到风声第一个跑去报名，她对苏珊实话实说："理工科和计算机专业背景我都没有，做工程师太吃力了，再努力也很难做到最好；学做销售我更喜欢，可以做得更好，您可以再看看我培训时的模拟销售成绩……"就这样，她从"助理工程师"转成了"助理市场代表"，可是刚开始她被客户指着鼻子骂哭过，到1992年她已经成为经理却遇到严峻的挑战，公司从欧美趸来IBM二手机销往中国，吴士宏觉得这样他们的销售就没法做了，她决定不能让二手机得逞，她首先要通过IBM的内部论战，她疯狂且执着的坚持己见，过了内部关。但第二还要服务客户，此时广州远洋的示范作用就尤为关键。她拉着经理、工程师们全体到达广州，几轮艰苦谈判后对方终于答应签字。晚宴过后已是晚上9点，她知道过夜一定生出噩梦，她坚称合同文本已经就绪，便把客户们拉回酒店。她让经理们陪着客户聊天，她冲回房间准备合同，幸好她预先租了一架打字机，幸好她打字娴熟，等到她把合同打好时，天色也变白，她叫醒经理和客户们，在凌晨3点签订了合同。她也因此被称为"熬夜不眨眼的工作狂人"。

对于一般的人来说，实现了三级跳，应该知足了，可吴士宏偏偏"贪得无厌"，好了还想更好，这样最终找到了最能发挥自己优势与长处的营销工作，为她从"走"到"跑"再到"飞"奠定了关键性的基础。所谓的"运气好"都不是偶然的、天上掉下来的，都是想出来、拼出来的。

吴士宏之后营销干得风生水起，做了总经理、中国区渠道总经理，1998年2月离开IBM出任微软（中国）公司的总经理，成了打工"女皇"。别指望社会是公平的，命运是公平的，我们要做的是不抱怨，不满足，不停步，一直向前，一直向上攀登，那么就没有哪个门会把你挡在"门外"。

艾森豪威尔:平步青云的奥秘在哪里?

"二战"爆发后,为何美国马歇尔、罗斯福启用一个参谋出身,资历浅、毫无实战经验的艾森豪威尔任盟军欧洲战区的总司令,让他一下子超过了美国366位高级军官,最终成为美国总统呢?因为他最善于抓住机遇。

一次拉练

在一次冬季拉练中,由于长途奔袭,大家实在走不动了,团长来到队伍中间与战士们一起行军,经过了几个小时急行军,团长内衣全湿了,他对警卫员叫了声:"水。"可是,他的警卫员却没有跟上。一名战士马上拿起自己的水壶,可是团长打开一喝,由于当时是零下20多度,水都结冻了。另外一名上士,也拿出自己的水壶,依然结冻了。团长笑了笑,摇摇头,看来不得不让大家休息,要烧火取水了。一位新排长走上前来,递给团长水壶,团长刚想取笑他,可是一摇,有响声,马上打开,"咕咚、咕咚"地喝了几大口,团长很奇怪地看了看新排长,意思是你怎么有水。排长指指他的棉衣,原来他是个有心人,早想到了喝水问题,把水壶放进了棉衣里取暖。团长马上在全团推广了排长的做法。拉练回来后,团长对这名排长记忆犹新,这位新排长即艾森豪威尔,被调入司令部当参谋。

机遇是成功的关键。诸葛亮可以出人头地，除了他本身的才华外，更重要的是因为他抓住了刘备“三顾茅庐”给他提供的机会。同样是一壶水，警卫员、士兵和班长就错过了。而被有心的艾森豪威尔抓住了。我们绝大部分人不是抱怨老天不公平，就是感叹自己生不逢时，实际上是你“没水”。

一场演习

1941年夏天，艾森豪威尔担任第3集团军参谋长，一次要举行一次大规模的演习，军队最高指挥官马歇尔要来观摩，全军上下非常重视，由于一般演习主要看的是进攻、一线突击、实弹射击，为此司令员亲自在前沿指挥，而让参谋长艾森豪威尔去负责一般没有人看的后勤。参谋长早就认识到机械化部队打的就是后勤，如果后勤保障跟不上，那些坦克就是一堆废铜烂铁。于是，他周密计划，训练协同，演练到位。演习开始后，原定三天占领预定进攻阵地，他指挥部队一天就神不知鬼不觉地完成占领，而且步兵团没一辆车掉队，坦克分队没有一个中队因为争抢道路而“打架”，没想到马歇尔这次来重点就是看后勤保障，而这个问题是其他部队的一个大难题。当看到参谋长指挥的上万辆车居然像在沙盘上一样行动自如，赞叹：“这次演习最突出的特点是后勤协调得好，保障及时有力。”马歇尔说：“这个人才我要了。”

周瑜曾感叹：“万事俱备，只欠东风。”机会永远都是给那些有智慧、有勇气、有准备的成功者准备的，平时被人忽视和看不起的后勤工作，在艾森豪威尔看来却是机遇，他做好了，做得有成绩，却成了机会。所以，抓住机会靠独特的眼光和踏实的工作。

一个方案

1941年12月10日，艾森豪威尔被调到陆军部作战计划处，马歇尔问他:“下一步的行动方针应该是什么?”刚报到的艾森豪威尔回答:“将军,让我考虑一下,好吗?”由于艾森豪威尔在菲律宾服役6年,对日军深怀仇恨,况且日军对美国的威胁是直接的,对日作战也更容易取得胜利,他因此最主张“先亚后欧”,但他没有马上说出来。马歇尔说:“好!”马歇尔比较讨厌对重大问题脱口而出的不慎重行为。之后,艾森豪威尔开始研究新的情况,听取各方面汇报,了解总统的战略意图,觉得应该“先欧后亚”,于是据此制定出一份非常好的关于美军赴欧作战统一指挥问题的报告。马歇尔看后,认为艾森豪威尔是一个卓越的统帅,马上打报告向罗斯福推荐由他任盟军总司令。立马就有人反对,说他没带过兵、没打过仗、资历又浅。可马歇尔却说:“只有他能够听取各方意见,我相信他有办法协调好。”就这样,艾森豪威尔于1942年6月24日任盟军总司令。

有时一次机遇,就可以改变一个人的人生轨迹。如何才能准确地抓住机遇呢?机遇不喜欢懒汉,也不欣赏投机者,不一定是“先到为君”“近水楼台先得月”。机遇总伴随着审时度势、嗅觉灵敏、兼听则明、善于取长补短、做正确的事的人。

一道命令

1944年,盟军准备实施“霸王计划”,就是美英盟军从法国诺曼底沿海登陆,直捣法西斯德国的心脏。进攻前夕的6月4日,一位美联社电报打字员不慎泄密,把进攻消息透露出去了,按惯例进攻必须取消。可是盟军已经集中了多达288万人、近9000艘舰船和1.37万架飞机,艾森豪威尔从德军调动中觉得没有异常,说:“计划照旧。”果然德军收到了这条消息,但没有引起重视。与此同时6月份英吉利海峡进入了暴雨季节,暴雨铺天盖地,大风让飞机无法起飞,大浪让军舰难以起航。盟军将帅们都焦急不安地埋怨:“老天不开恩啊!”这样的天气久拖就可能使行动夭折。6月5日，艾森豪威尔彻夜思考着，凌晨4点气象官报告，会出现24小时的好天气。他沉默了5分钟，果断地说："上帝只给我们24小时，我们就抓住它，行动吧！"一场最大规模两栖登陆的立体战争的命令就这样下达了。盟军最终在德军毫无准备之下突袭，获得了胜利。

诺曼底登陆成就了盟军，也成就了艾森豪威尔。机遇稍纵即逝，成功经不起等待，时机一逝，不可复得。成功的人都具有冒险精神，但是冒险必须与准确的判断相配合，当时机来临时，必须当机立断，不可犹豫不决，大胆、果决地做出选择和决定，从而一锤定音。

哲学家冯友兰说："人生成功过程需要具备天才、努力和命。"军事专家卢勇认为命就是一种历史机遇，"历史性机遇可以造就一个人的时代高度"。机遇对于当今资源如此苛刻的职场是十分稀缺的，艾森豪威尔正是抓住了几次关键性的机遇，从而实现了他人生的三级跳。

南怀瑾：父亲留给我的最大礼物

南怀瑾儿子南一鹏说父亲留给自己最大的礼物是“天下人”，南怀瑾常常把“我与天下人同亲”挂在嘴边，他视天下人如子女，视子女如天下人。南一鹏说：“在我年幼的时候，我的父亲亲自参与了我的成长，这是我这一生若有所知的最大的助缘。”

热情迎接客人

由于南怀瑾朋友很多，为此来他家的客人也比较多。早先孩子们把接待来找爸爸的客人的工作都当成爸爸、妈妈的事，自己要么跑出去与小朋友玩儿，要么就躲在里屋自个玩儿。但是，后来父亲规定孩子们要把父母的客人当成自己的客人一样热情、主动地迎接。小学时期，每当夏日炎炎的夜晚，父亲的许多老友会来家里摆龙门阵，南怀瑾总是叫孩子去端桌子、搬椅子，把院子里的东西设置好。客人来时，还要求孩子主动与长辈打招呼、请安。客人入座后，还要端茶给长辈们，整个接待过程都参与其中。有一次，小儿子南一鹏向爸爸要报酬，父亲说：“你可以拿张小板凳坐在他们旁边，听大人们谈天说地，这不是很有趣吗。”后来，南一鹏在这个过程中认识了很多父亲的朋友，学到了很多知识，为他开创事业打下了基础。

贤文里有“在家不会迎宾客，出门方知少主人”的句子，就是告诉我们，如果自己在家里没有接待应对别人的能力，到社会上也不会得到别人的关注，如此一来，成就自然有限了。南怀瑾深知此理，所以让孩子从小参与到家庭迎来送往的事情中，在这耳濡目染中学会交际，学会与人相处。

干净整洁示人

20世纪50年代，有一个大学生张尚德上门向南怀瑾求学，南怀瑾看他一副邋遢相，满身汗臭，便让他收拾干净再来。可是，他一脸委屈地说：“没钱。”尽管那时南怀瑾经济也很紧张，可是他当即拿出20元钱给张尚德。张尚德说：“给我这么多钱干什么？你自己都这么穷。”南怀瑾说：“这是第一课，你先去理个发、洗个澡，干净整洁再来报到。”张尚德说：“五块钱就够了。”南怀瑾说：“你都拿去，看还有没有其他需要添置的。”南怀瑾对个人形象一向看得很重，无论多热的天气，他上课都是西装革履，头发梳得也是一丝不乱。就是身穿百衲衣，都要随时注意外表的威仪，这是他基本的戒律。他经常对孩子们说：“穿破衣服可以，但一定要洗干净。再潦倒也要注意形象，尤其是当一个人在不如意的时候，更要着装整洁，精神振奋。这是对自己的尊重，也是对别人的尊敬。”

我们一般认为穿漂亮衣服去见客人，这是最起码的礼仪，可是南怀瑾却看得更深，他认为：“从一个人的生活习惯，是不是干净整洁，就可以判断这个人是不是对他的承诺有责任感，决定这个人说的话可不可以信赖。”尤其是他认为越是不如意时，越要注意形象，这是决定一个人在最困难的时候是否能得到别人的帮助，是否能够重新站起来的关键，很是深刻。

严律己宽待人

南怀瑾对待家人非常严格，而对待门人学生友朋辈，却是能帮则帮，有求必应。那年，南怀瑾家中晚辈一个少年，请求南大师写一封信，推介他入某大学的某科系。本来凭借南大师的影响力和朋友无处不在，这是举手之劳。可南大师不但没有答应，还告诉这个曾孙子要顺应自然，不可强求，还要求孩子要高标准严要求。可是，就在同时，一位女士，同样的情况，请南大师写信推介她的儿子入学，南大师立刻答应，马上写信，她的儿子也如愿入学了。为此，有人为南家这个少年抱屈！同时南大师的孩子也说："你不是我的太爷爷吗？为什么连这一点点的小事都不肯帮我啊？"南大师说："正因为你是我的家人，我才不能这么做，你更要自重、自尊、自爱。"

看着同样的情况，对内、对外却两种标准，确实有些让人觉得不公正、不公平，可是越是这样，严于律己，宽以待人，才能服众。"视天下人如子女，视子女如天下人"不是说说而已，而是要付之于行动，也是要付出代价的。这样看家人亏了，可反过来看，天下好了，家人也能"水涨船高"，从而得到世人的尊敬与尊重。

送客己走前面

南怀瑾早年只要有客人来，都要亲自送客。后来，因为自己年事已高，有时候腿脚不方便亲自送朋友，那时候正好孩子又不在身边，于是他就请一个学生古国治代送客人到楼下。并吩咐带上钱，替客人叫出租车并付车费。古国治开始送客人时，先用手示意："请！"然后让客人先走，他就跟在后面。他以为让客人先走，这是礼貌，这是他从电影、电视中学到的。南怀瑾知道后没有批评他，而是微笑着纠正道："那是古代，人们大多是住平房，而现在住高楼，客人出去常常要下楼。下楼和平时走路不一样，走楼梯的时候容易摔倒，所以我们一定要自己走在前面，而且要半侧着身子，手搀扶着客人，一步一步下楼，这样即使客人踏空了、滑倒了，也可以在下面挡住。"

南怀瑾之所以讲的很多道理很受欢迎，很关键是他把这些理论贯彻到了自己做人的细节中，包括送客人先走，护着客人，并且为客人打车，替他们付钱……如果说的一套，做的是另一套；说的大道理，而实际上却做不到，那么等于没说，甚至说得越好，效果越差。与人相处不仅是说，更重要的是做；不仅在心里关心，更要在细节上做得完美。

南一鹏受到父亲的教诲，待人接物非常有涵养，无论是演讲还是访谈，总是微笑，双目弯如月牙。南一鹏说，父亲认为真正的学问就是做人做事，很注意生活的细节，他总说学佛要在这些地方用力，慈悲不是挂在口头上的。所以，我们与人交往，要从小学起，养成良好的习惯，将终身受益，做到了上面这些，就会是一个让人尊重、让人喜欢的人。

马云最“恨”的一位老师

马云最怕数学，他曾数学考过1分。后来，他终于找到了自己的最爱——英语，所以他考上杭州师范大学的英语专业。

在大学里，他一听那些农村来的学生，就嘲笑道：“你这也算是说英语？”因为他的口语可是跟外国人学的，都已经学了七八年了，连外国人都夸他的英语说得“正宗”。于是他说：“大学四年，我英语不上课都能过关。”于是，上英语课他开始经常跳科，还经常给其他同学当“老师”。老师提醒他：“你是比其他同学都好，可也要注意影响啊，至少还得上课吧！”可是马云觉得那是浪费时间，依然我行我素。

第一学期期末考试了，马云根本就没有去复习，他知道他稳过。可是令他没有想到的是，语音课老师只给他打了“59分”，而且班上一般同学都及格，平均分数都是八十多分，而他是全班倒数第二。一看到这个成绩，马云就气炸了，觉得这老师是在报复。

马云也不是吃素的，他立马就去找那位英文老师，然后大声责问道：“我的英文发音很准，你为什么只给我59分？这不公平。”老师便说：“你念一段给我听听。”马云就念了一段。念完后，马云非常得意。老师也说：“真的不错。”马云心里觉得平衡了点儿，心想只要老师给自己改过来，自己就不追究了。可是，没想到老师又说：“还是59分，明年补考。”马云跳了起来，叫嚣道：“你等着瞧！”

马云马上又去找系主任。马云一边走，一边想，自己英文发音甚至比很多老师都好，这老师气量太小，根本就不配当老师。自己最得意的一门课，都不及格，这脸往哪儿搁，自己今后还怎么混啊。

马云找到了系主任，气鼓鼓地讲了事情的经过，然后责问道："我都不及格，那么大家都应该不及格。"系主任便安慰道："好，你念念，我听听看。"于是马云张口就来，系主任听后说："不错！"马云笑了，说："我是跟老外学的，怎么会不及格。""会不会是搞错了，我去找找你们老师。"马云觉得有戏了，于是耐心等待主任主持公道。

系主任也觉得这里面有问题，于是去找那个老师，那老师说："马云不知道自己是谁，太狂妄，我得让他长长记性。""哦，是这样。"最后由于那老师坚持，系主任也没辙了，只好回来安慰马云："既然你成绩这么好，补考就补考，一定能过。"马云满怀期望又一次降到了冰点，他的泪水不争气地在眼睛里打转。"不是！"马云说不下去，只好赶紧走开，不然他要在系主任面前哭出来了。

从此，马云对这个英语老师特别怨恨，他觉得这老师根本就是个小人。同时，面对这个老师又要假装"老实"，不敢说大话，也不敢无故旷课。第二年，马云英语补考，勉强过了60分。但马云依然觉得这是自己的耻辱。以后几年他一直对这位老师耿耿于怀，总想要找一个机会以牙还牙，因为这个59分是他大学四年唯一的一次不及格。

这事搁在马云心里五六年。后来，那位老师跟马云说，"给你打的不是分，打的是你的狂傲。别人可能不给你讲，但作为老师应该指出你的问题，而且有时做人的道理比分数更重要。"目空一切的马云突然领悟到了做人的道理。

后来，马云创业，他会回忆过去，渐渐地明白了老师的用心，"那个时候我太自傲，以为自己很了不起。如果老师当时没有点醒我，我以后还是会这样狂傲，他教我什么事情必须遏止住。"十年以后，马云对这个老师由恨变成了感激。

“那个不及格让我终身受益！”很多时候伤疤比奖牌更为珍贵，如今马云最感谢的是这个大学四年中唯一的一次不及格。现在，他在处理阿里的事情时，还会以此为戒。

内心的骄傲

中央电视台曾给李嘉诚做了一档节目。李嘉诚在接受采访时说了这么一段话:“从小到大,其实我的内心一直都是很骄傲的!”这段话给我带来了很大的触动:骄傲并非坏事,它是一条让人成就事业的信念和基础!如果内心畏缩,如何成就伟大人生?

在2008年北京奥运会体操女子团体决赛开赛后,最后比赛在人员上有一些变动,邓琳琳取代江钰源,被安排在第三个出场,她整套动作完成得无懈可击。接着,在最容易出现失误的平衡木项目中,第一个出场的程菲不慎从平衡木上掉下。接下来的自由操项目非常关键,这决定着中国女队能否夺取冠军。选谁上呢?选谁第一上呢?此时教练也犯难了。最后教练便让队员自己投票。邓琳琳在投票时,投了自己一票,最后邓琳琳以最高票,为中国队打头阵。邓琳琳以一套漂亮的自由体操“零失误”的稳健发挥超过了美国队自由体操世界冠军约翰逊的得分。最后中国女子体操队最终以总分188.900名列第一,夺取女子体操团体金牌,实现历史性突破。邓琳琳说:“我投自己一票的时候,内心是骄傲的。因为我有自信,在需要站出来的时候就要果断地站出来。”

一个在关键时刻敢于站出来承担责任的人内心是骄傲的,这样的骄傲是自信。记得刘晓庆曾经骄傲地说:“我是中国最好的女演员。”这让崇尚中庸和低调的国人瞠目。与刘晓庆同龄的乔布斯也是个典型的内心骄傲的人，命运几起几落，而他始终初衷不改，“活着就是为了改变世界”，他内心强大得成了一个传奇。这样的人都是内心骄傲的人。也正是有了这样的骄傲，他们才有了自己的人生辉煌。

曾经看过一个短文：一个曾经生活无忧的女人，在面临生活的落差时，不堪忍受，可临睡觉前，仍然要用装满热水的大茶缸熨第二天要穿的衣服。而且她固执地认为人必须每天吃水果，没钱买就用刚从泥里拔出来的藕洗净当水果。而且要求上高中的儿子杰克在活动后送女同学回家，说再穷困男人也应该是绅士。岁月没有毁灭她追求完美的心情。在她的影响下，尽管生活艰难，儿子杰克依然积极乐观，对未来充满信心，对世界充满友爱，以全美最优异的成绩考上了哈佛大学。更令人赞叹的是，高中三年，他用于志愿者活动的时间比学习的时间还长。在毕业晚会上，一所福利院的老人们几乎全来为他祝福。杰克说：“感谢我的妈妈，她一直教我做个内心骄傲的人，穷困不失志向和对生活的热爱，在低处也尽力去爱他人和这个世界。”

君子之骄，骄傲的是他内心的风骨。内心骄傲的人不论身处什么样的环境，都不会失去对未来的信心和对生活的热爱，不论多么困顿，依然心中有爱，施爱于人。这样的人定能罔挫折而秉持坚守；遇得意不懈怠而能自戒警醒。这样的人遇困者能伸出援手；遇弱者能施以关爱。

陈凯歌说：“我内心骄傲，但不狂妄。”内心骄傲，不知天高地厚，没有能力和修养的人，愚人也。我们不能因为内心骄傲而变得骄横跋扈，更不能变得目中无人。内心骄傲与“恃才傲物、盛气凌人、扬扬自得”无关。它是自信、是担当，更是一种对自己和他人的爱。

7岁童，面对母亲停止呼吸

今年七岁的小雷，是杭州一年级的学生，他们是三口之家，爸爸到西安出差了，只有妈妈和他在家。小雷母亲原来是一名教师，可是由于生病，后来在家休养。

每天早晨7点小雷都要叫母亲起床。“妈妈怎么没应声呢？”小雷一看闹钟，都七点了，上学要迟倒了，他不敢再贪睡，一转身就爬了起来。他先到妈妈的卧室，妈妈不在。客厅也没人影。“妈妈去哪儿了？”当他跑到卫生间时，他吓了一跳。妈妈倒在了地上。

小雷大叫道：“妈妈——”可是妈妈没应。小雷又低下身子，摇了摇妈妈，妈妈仍然没有反应。小雷从来没有遇到这样的情况。“妈妈不会死了吧！”小雷便摸了一下妈妈的脸，很冰，再摸一下妈妈的鼻子，没有气。“啊！”小雷的手不禁像触电一样，缩了回来。

小雷霍地站起来，撒腿向客厅跑，并大叫道：“爸爸——”可是叫完他才意识到，爸爸不在家。怎么办？客厅茶几上放着一本学校发的《安全手册》，小雷突然想到老师在开学时就进行了安全教育，老师说：“120能救命。”小雷马上拿起电话，拨“120”时手有点发抖，第一次没拨成，他又拨了一次，“喂，是120吗？”接线员一听是个孩子，时间又这么早，以为是个恶作剧，便有些生气地问：“很好玩吗？”“我妈妈病了。”“真的吗？”“真的，我妈妈晕倒在卫生间了。”“好，那你家住哪里？”小雷便将自己家的地址告诉了接线员。“好,那你在家里等着啊!”

小雷打完电话,觉得妈妈有救了,又赶紧跑到卫生间去摇妈妈,可是妈妈依然一动不动。小雷想到妈妈平时对自己的一些教育,便对妈妈说:“妈妈,你要挺住啊,医生马上就来了。”突然,他又想到爸爸临走时交代的话。然后,马上又站起来,拿起电话,给爸爸打电话。“孩子,怎么这么早打电话啊?”“妈妈倒在了卫生间,我打了120。”“好,你做得很好,记住,你现在是‘男子汉’,我马上赶回来。”

刚开始小雷怕妈妈“死了”,有些害怕。但此刻,他又不怕了,又到卫生间,看到地上有点湿,于是他跪在地上,把妈妈的头抱起来。

过了一会儿,救护车和医生来了。“晕倒的时间可能有点长,没有了心跳、呼吸,快抢救!”医生护士很快展开工作,当恢复心跳后,医生说:“送医院进一步抢救。”“医生,要把妈妈的钱包带上吗?”“你爸爸不在家吗?”“他出门了,我给他打了电话,一会儿就会回来。”“你妈有医保吗?”“有。”“那带上医保卡就行。”“好!”小雷从箱子里找到妈妈的医保卡,关上卫生间和客厅的灯,背上书包,把门关好后,跟着上了救护车。

当医生从急救室出来,“我妈妈没事吧?”小雷问。“幸好你及时拨打急救电话,给抢救争取了时间。你妈妈脱离危险了。”医生夸奖道。

妈妈在ICU病房,小雷只能在外面走廊的椅子上,他一边焦急地等,一边又拿出书本,按当天上课内容自己看书,做作业。此时小雷的父亲也赶到了。

当小雷回去上课时,班主任对同学们说:“我们开学时模拟了突发意外怎么办的场景,小雷记得很牢,发挥得很好,他的表现可以打100分。”就这样,小雷成了同学们心中的“英雄”!

“他一定会成为将军！”

星期天，一群小男孩在公园里玩战争游戏，他被安排负责站岗。大男孩扮演司令，对小男孩说：“现在我命令你，只有接到我的命令，才能离开，你能做到吗？”

“长官，我一定完成任务。”小男孩坚决地答道。

接着，大男孩带着其他人开始玩抓特务和挖地雷等游戏，其他人员都去了，只留下小男孩站在门口。小男孩想到从电影里看到的哨兵形象，把衣服扎在里面，还找了一根棍子，当成长枪，然后挺胸抬头，两眼注视前方，站得笔挺的。

半小时过去了，他感觉到手酸、腿疼，也站累了，可是他在没有一个人过来检查的情况下，没有偷一点儿懒，没有偷偷地坐一会儿。一小时过去了，他没有发现一个敌人，也没有战友来替换他。不知不觉公园出来的人多了，而几乎没有进去的人了。两个小时过去了，三个小时过去了，小男孩的双手开始无力，很显然已经非常疲惫了。更要命的是，他仍然没有接到解除任务的命令。

就在他左思右想之际，只见一位“连长”来了，连长想通过，他让“连长”拿路条。“连长”傻了，说：“什么路条？”小男孩说：“司令有命令，没有他的命令谁也不能通过。”“连长”笑了起来，说：“你傻啊，游戏都已经结束了，现在大家都已经回家了，他们从后门走了，我从这边走。”

可男孩就是不放行。“连长”有些急了,说:“我是你的好朋友,我本来也要和他们一起走的,我知道你是一根筋,所以我是专门来告诉你回家的。”可是,小男孩依然不相信地说:“不行,你骗我,在战争中,经常为了通过哨卡,会想出各种办法来。我决不上当受骗。没有命令,我就是不让你通过。”

这就让“连长”火了,说:“真是服了你,好好,你去等司令的‘命令’吧。这边不让走,我从后门走,你继续站吧。”说着,扭身就走了。

小男孩非常高兴,感觉到自己今天终于履行了自己的职责,终于没有“白”站岗。

可是,公园里的人员越来越少,晚上到点了,公园就要关门了,小男孩觉得在没有人接岗的情况下,不能擅自离开岗位。本来他早就想去小便一下,再去喝口水,可是他都没有去。

司令去了哪里?自己的部队又在哪里呢?他也不知道,一个路人经过,看到站岗的小男孩,惊奇地问道:“你一直站在这里做什么呢?你已经在这里站了四个多小时了。”

“我在站岗,没有司令官的命令,我不能离开。”小男孩答道。

“可是我在里面已经没有看到人了。”路人笑了起来。

“不,我是一名哨兵,要遵守长官的命令。”小男孩答道。

“这只是游戏而已,你何必当真呢?”路人真为孩子担心。

“马上就要关门了,他们肯定把你忘记了,不会有人来下命令了,你还是回家吧。”路人劝道。

“不行。”小男孩坚定地回答。

路人摇了摇头,离开了。没走多远,那人看到一位真正的军官,便向他“汇报”了那个孩子的情况,看来只有军官出面才能解决问题了。

只见那位军官向小男孩走了过来,脱去身上的大衣,亮出自己的军装和军衔。然后表扬道:“你的任务完成得很好,我是奉司令员的命令下达撤退命令的。”

小男孩很正规地给军官敬了一个礼，然后离开了自己的岗位，撤退回了家。

那位军官当时预言："这个忠于职守的孩子长大以后一定能够成为一名出色的军人。"

军官的话一点儿也没错，这个小男孩叫布莱德雷，1948年2月7日他正式宣誓就任美国陆军参谋长。

他们都在机场读书

我到泰国旅游，返回时在泰国清迈机场候机室候机。我看着手机，突然来了一群人，是一群学生，有五六十人，我心想：“完了！”因为在国内我见识过孩子们的吵闹。

我仔细一看，这些不是中国孩子，是日本的学生，像小学五六年级的。我听不懂日语，只听见一位女老师说了几句话，然后同学们就找到墙边席地而坐，只有几位同学坐在位置上。

我有些奇怪，那边不是有座位吗？学生们排排坐好，留开了中间的过道。坐下后，同学们没有嬉笑打闹，也没有你推我抢，没有躺倒而睡，而是一个挨着一个坐好。我顿时对他们有了好感。

接着，同学们并不是拿出零食来吃，也不是掏出手机来玩，也不是好奇地东张西望，而是不约而同地从包里取出书来。“哇噻”大家的动作怎么这么统一，既没有老师要求，也没有组织者强调，看来他们对于这次旅行早就做好准备，或者说他们养成了带书出游的习惯。

不过还是有一个人没有书，他便向邻座借书。邻座指指那人的手机，好像是说：“你可以玩手机。”那人摇摇头，还是向邻座借书。邻座便从包里掏出四本书由他选，那人便选了一本。

我的视线从孩子们移开，我看到其他候机的人大多是在玩手机，要不就是吃东西，还有一些人有说有笑，谈旅游见闻。

刚才还嘈杂的候机厅渐渐地安静了下来。因为这边一片都是拿着书的学生,走进候机厅的旅客有的以为走错地方了。一班旅客进来,其中有几个拖着箱子很响,踩着高跟鞋也很响,前面的人看到读书的孩子,突然就用手指竖了起来,做了一个"嘘"的动作,意思让后面的那位姐妹儿慢点、轻点。

我再把视线移回到孩子们中间,这些人居然看得很专注,有的人拿着笔在画着,有的人在记着,还有的人会侧过头来问个问题,但是都很小声。看到这儿,一下子我就明白了,他们读书不是做样子的,而是养成了随时随地抓紧点滴时间学习的习惯。

这期间,既没有老师出来提要求,也没有"班干部"出来维持秩序。同学们看什么书这么有趣,我有意在上厕所时翻看了一位同学的书,不是那种漫画书。我抱着试试看的心理,问道:"出来时,是老师要求带书的吗?"那学生有些不解,疑惑了一下,旁边一位懂中文的小女生笑了,说:"不是啦!我们早已经养成了习惯。我们平时等公交、乘地铁,有时间都会看书。"我又问:"你一般多久读一本书?"她说:"不一定,不过平均一周吧。"我又问:"为何不玩手机呢?""玩手机越玩越无聊,读书既让心平静下来,又能学到知识,充实心灵,多好啊!"

突然门口进来了几个大块头的欧洲人,她们觉得这里与常见的乱哄哄的候机大厅区别非常鲜明,看到孩子们在看书,其中一个妇人说:"中国人?"另一个笑着竖起了大拇指。听到这儿,看到这儿,我脸有些红了。

突然,我看到一位泰国妇女拿着手机在拍学生们读书的画面,我不解地问:"你是记者?"她说:"不是,我只是觉得这些孩子太可爱了,他们太值得我们的孩子学习了,这个场面实在是难得,我要给我们的孩子看一看。"

我在这里等机一个多小时,看到这些孩子们,没有玩手机,没有吵闹,没有追追打打,没有勾肩搭背,没有谈情说爱,没有指手画脚东张西望，而是安静地席地而坐，而是每人一本书在阅读。

我突然觉得这些孩子很可爱，他们很令人敬佩，这个手不释卷的习惯非常好。这次旅游，很多地方给我留下了美好的印象，不过最深刻的还是离开泰国时日本学生读书的这个画面。

唐家三少的“首富”是这样写出来的

2012年11月,唐家三少问鼎第七届中国网络作家富豪榜榜首。有人非常羡慕地说:“写作还能这么赚钱,真是爽死了!”可一位知情人说:“你知道人家有多勤奋、刻苦吗?”

天天写

唐家三少是一年三百六十五天,周日、除夕、春节网上更新小说一天不断。出道十多年,他是十年如一日,坚持每日在网上更新七八千字。记得那年春节回老家,父母本想儿子回来该好好放松一下,于是父亲让儿子去走访亲朋好友,哪知回来几天,三少仍然一天没停,为此母亲不高兴了,说:“这大过年的,有谁还会上网?”可是三少却说:“哪怕有一人上网,我也不能让他失望。”“这几天全国人民都放假了。”“可是我也不能失信于人。”话说到这个份儿上,父母只好随了他。哪怕是三少外出旅行或办事,都不会停止每天更新与网上读者“天天见”。刚开始“一个人吃饱全家不饿”还好说,后来有了妻子、家庭,柴米油盐酱醋茶,有家务了,总要有所耽误了吧,可他与妻子“约法三章”,“写作时间雷打不动”。他啥事都依了老婆,可是到了该写作时,“天塌下来也得写,啥事都得让路”。就这样,有一年他敲坏了5个键盘,至今已经出版了100多本书，已经申请吉尼斯世界纪录了。

有激情很可贵，要把这种激情坚持年复一年，就能取得水滴石穿的效果，很多人认为这是毅力，不完全是，更重要的是热爱，没有这份热爱，再怎么逼迫，再怎么头悬梁也是不能长久的。所以，职场需要刻苦、努力、勤奋，更需要热爱，爱自己的工作是最大的动力。

新婚时写

唐家三少的老婆非常善良、贤惠，是他写了一百多封情书，好不容易追到手的。可是，在谈恋爱最紧张、最激烈的时候，他依然没有因为写情书而使网络小说“开天窗”。要结婚了，他答应了妻子，一定要办得隆重热烈，可是大婚的日子，他也没有筹办婚礼放读者的“鸽子”。父亲当时说：“结婚是人生中最重要的事，可不能马虎啊。”当时事情太多，要他做主的事太多，可是他却有一个原则：“当天的写作任务必须完成。”结婚那天，眼看忙了一天，要入洞房了，可是他却让妻子等一等，妻子有些不解，他来不及解释，赶紧更新《生肖守护神》。

这看似也太过了吧，不过这也正说明爱写作已经深入三少的骨子里了，他写作的快乐就如谈恋爱一样，只有把我们的工作变成我们的最爱时，才会不知疲倦，“夏练三伏，冬练三九”，同时又把别人看着很吃苦的自己看得很平常，并成为习惯。所以说，职场就要与自己的工作谈恋爱。

生病时写

一年365天，十年3650天，总有生病的一天。由于长期伏案工作，有一次三少握着鼠标的右手有些不听使唤了，他便用左手操作鼠标。肩周炎又犯了，手臂都抬不起来，没办法敲键盘，他便改为手写软件。又一次，他的腰直不起来，他就把自己绑在椅子上，可还是坚持不了。去医院一拍片,医生说:“从来没看到一个人脊柱弯曲,骨质疏松,又长骨刺,椎尖盘又突出……你是坐得太久了,不能再坐了,不然可能瘫痪。”医生让他理疗,天天来打针,停止写作,可他只是领了膏药回去贴,不能坐,他就躺在床上写。一次他高烧40度,妻子劝他别写了,给他服了感冒药。很快,他昏昏沉沉地睡了,妻子笑了,说:“这下这老家伙可以安静地休息一下了。”可是没过多久,他做起了梦,觉得想象力奇好,又爬了起来,妻子说:“哪儿不舒服?”他说:“我发现今天产生了幻觉,想象力特好,我要写下来。”

本来生病了,人更需要休息一下,可是对于热爱工作的人来说,生病时也放不下,而且越是生病越是要“工作”,那是战胜病痛的“良药”,因为工作产生的最大的快乐才是最好的止痛药。如果我们遇到一点困难就当甩手掌柜,那么是成不了事的,只有视死如归,才能满载而归。

不停地写

没有想到,在他事业上顺风顺水的时候,妻子却生病了,他陪着妻子去检查,结果是患恶性乳腺癌,那一刻,他觉得工作、生活真没意思。妻子要做手术切除,他很为妻子担心,妻子也觉得剩下的日子不多了,开始安排后事,他说:“如果妻子有个三长两短,我也不活了。”他有时想,自己愿意替妻子去死。但是,知夫莫如妻,妻子在最需要丈夫陪伴时,仍然要求丈夫不要放下手中的“笔”。结果当三少坐到电脑前开始写作的时候,心突然就静了下来,痛苦、无助、失望的感觉随之消失。他发现写作真是神奇,已经成为他生命中不可分割的一部分,只要不死,就要写。只有写,才能愉快,才有战胜困难的动力和勇气。就这样,他在继续写作中,陪着妻子一起战胜病痛。妻子看到丈夫没有倒下,也勇敢地与病魔做斗争。

真的热爱是停不了、放不下的,如果能够让自己能够放弃,那都不叫热爱，或者不叫真爱。如果我们对待我们的工作和我们的事业到了这个痴迷的程度，那么就没有任何艰难困苦能够压垮你，连上帝都会帮助你。职场中太多人半途而废，功亏一篑，行百里半九十，那都是源于爱得还不够深。

2016年3月，唐家三少四度蝉联中国网络作家富豪榜冠军，记者采访他："不管是在业界，还是读者群，提到你，最被公认的首先是你的勤奋。"他了笑，说："勤奋和坚持只是表面现象，实质还是因为我真心喜欢写作，只有真的热爱，才会勤奋、才能坚持。"所以，职场上要找到自己的真爱、最爱，那么就没有不成功的。

吴晓波:好人生是规划出来的

吴晓波是现今中国知名度最高的财经作家,他有“中国第一财经作家”的美誉。吴晓波的人生,堪称成功规划的典范。在大学时,吴晓波读了《李普曼传》,于是决心要成为李普曼这样的作家,他便做了一个规划:第一步,做记者,跑条线;第二步,写专栏;第三步,写书。

吴晓波还在复旦大学读大三时,就想圆自己的记者梦,他想去看看改革中的南中国,于是组成了一支“上海大学生南疆考察队”。他们拿着复旦大学的介绍信,骑着自行车到处筹资,却只筹得一台照相机、几件衣服和几百元钱。经费还差一大截!他便找到报社求助,后来湖南娄底一位企业家给他们寄去7000元钱,老板只提出了一个要求,看到考察报告,就这样他们见证历史的理想远征就此开启。吴晓波大学毕业后来到新华社浙江分社工业组,他成了财经记者。他玩命地干,基本上都没有周末和节假日,他几乎把中国大江南北都跑遍了,做了很多调查研究,也见识了各色人物,并且与柳传志、王石等企业家成了朋友。他看着那时还很小的企业,慢慢发展,他成了见证人。他不仅满足于写报道,还为日后积累全面的素材,为他日后写作积累了丰富的资料。

在一般人看来,人生是不可预测的,自然是不可规划的。可是,吴晓波认为天赋并不可靠。“可靠的是方向、战略以及精确、彻底的执行。”他把未来十年该干什么,不该干什么,统统规划出来。

随着采访本的堆积如山,对经济的了然于心,到了1994年,吴晓波感觉那些素材已经在胸口隐隐发酵了,他觉得“一泻千里”的时候到了,他自然而然地迈出了第二步。于是,他在《杭州日报》写专栏。当记者靠跑,靠腿勤,靠知其然,是有年龄和体力限制的;而写专栏靠思,靠智慧,靠知其所以然。写专栏是一名财经作者走向大众市场的关键流程,这种看似随意的体例,可以训练出强大的读者思维。吴晓波说:“写专栏,你不但要专业,还要生动!这是一种产品能力,你需要付出足够耐心进行自我训练。”就这样,他渐渐地转型,从采访记者变成了专栏作者,接着他又陆续给《南风窗》《南方周末》等市场化意识比较强的报刊撰写专栏。吴晓波一直坚持每周写作6000字以上,当他一篇又一篇有见地的专栏刊出后,有人惊奇地问:“你咋有那么多东西写啊!”渐渐地当年和他一起出道的同学,都觉得“江郎才尽”,后来都基本不再写作,他却仍然笔耕不辍,甚至越写越刹不住车。

随着中国经济的迅猛发展,成为世界经济的火车头时,也迎来了财经作家的“春天”。写了四年专栏之后,吴晓波这才觉得自己当初的布局真是好极了,他虽然是学新闻的,但他感谢自己当初选择了做财经记者。于是他接着实施自己的第三步战略:写书。有了前两步的铺垫,写书也就水到渠成了。他于1997年出版了第一本书《都市背影》,并计划从此一年出版一本新书。从专栏到写书,是一个质的飞跃。他无论多忙,都会看书收集资料做调研。就这样,他1998年出版了《农民创世纪》,1999年写完了《大智大愚吴先生》。直到2001年他出版了《大败局》,彻底把中国财经阅读市场煮沸了。当初那些大学的同学,有的人去经商赚钱了,有的人还在当记者跑新闻,此刻的吴晓波才发觉,自己的“规划”是多么富有“后劲”。接着,他创作的《大败局》《激荡》《历代》等三个系列都成了畅销书。其中《大败局》被评为“影响中国商业界的二十本书”之一,《激荡三十年》被评为2007年度“中国最佳商业图书”。他越干越有劲,他最多的一年有五本书同时热销,他也以750万元的年度版税收入登上2009年作家富豪榜第5位。

取得成功到底什么是最重要的呢？就是人生的规划做得早、做得好。规划初看起来没有什么“功效”，可是坚持多年后，才发现威力无比。吴晓波说：“十几年打下来，你会发现当年跟你一起跑的人十个人里面已经六个不见了，再打十年，可能就剩一个到两个人了。别人都不在，你就是赢家了。”职业生涯规划就像航标一样指引我们不断前进，为我们的行动提供一幅路线图或行动图，从而减少不确定性和模糊性，并对有限资源进行合理分配，从而取得事半功倍的效果。

现在的吴晓波，他不相信天上会掉馅饼，他相信纪律，觉得不管做什么，万变不离其宗：就是规划人生。现在，他所有的事仍然继续做规划，但他不会把行程表具体到某年某月某日的几点几分几秒，而只是规划大块时间，都是按年计划的。有什么样的规划才有什么样的人生，好人生就是这样规划出来的。

丁俊晖战胜了“丁俊晖”

2016年斯诺克世锦赛决赛，丁俊晖不敌塞尔比屈居亚军，但他成了第一个登上斯诺克世界第一宝座的亚洲人。我们一般认为职场、赛场最主要是战胜对手，其实是战胜自我。

战胜心态

丁俊晖打球很有天赋，他在15岁时就夺取了第一个亚洲锦标赛冠军，2005年他一手书写了“一步登顶”的神话，可是就在他信心满满地奔向个人第四冠时，却被奥沙利文打哭了，之后他的状态以及成绩是直线下降，3年内冠军颗粒无收，就连国内冠军都没保住。有球迷骂他是“蠢材”！舆论压得他抬不起头，他失去了自信，变得不会打球了。2009年8月6日，他去见启蒙教练伍文忠，伍教练知道小丁的心出了毛病。从新星到巨星，心态是必须要过的一关，便对俊晖说：“功利心和胜负感不能太强了！别把输赢放在心上。”丁俊晖反复感悟，此后打球他不想输赢，果然轻松了，他便能够把精力集中到找感觉，找手感上，渐渐地他把自己娴熟、细腻的特色打出来，重新找回了自信。2009年12月14日，丁俊晖结束了1211天漫长的“冠军荒”。

比赛是为拿冠军、得奖金，有时很有动力，可有时又容易患得患失，背上沉重的包袱。真正要走得远,是不能太功利。所以,摆正心态是职场、赛场的"定海神针",即淡化输赢,明白自己的梦想,自己的优势,自己的不足,从而专注工作,扬长补短,追求忘我的境界。

战胜性格

丁俊晖曾一度被诟病"神经脆弱"。那一年年仅20岁并以外卡身份只身参赛挺进正赛,他首次打进大师赛决赛,直逼如日中天的奥沙利文。开局阶段小丁一度2:0领先,不过在3:3平后,一个球迷频频给丁俊晖喝倒彩,还出言不逊地辱骂丁俊晖。丁俊晖在大比分落后时更加无法静心投入比赛,甚至一度想退场。最终,丁俊晖掩面哭泣,连丢7局,最终3:10告负。休息时奥沙利文安慰丁俊晖:"我过去也遇到过这样的事,但我们别太在意别人的看法与态度,我们改变不了别人,但可以改变自己的态度。"俊晖事后反思自己的过去,突然发觉自己过去就是一个"橱窗人",太在乎别人的眼光和看法,应该把快乐的钥匙掌握在自己的手中,此后比赛不管别人怎样误解、嘲笑、羞辱,他都能排除干扰,眼里只有"球",专心打球。

人是社会的一分子,自然很容易受别人的影响,别人赞扬,就来劲;别人批评,就泄气;别人开骂,就生气。可外界包罗万象,没有人能被所有人喜欢。活给别人看,实际上就是在糟蹋自己。所以,打击对手,不如修炼自我,完善性格,成为"刀枪不入",方能稳坐钓鱼船。

战胜脾气

丁俊晖时不时会露出喜欢抱怨的"孩子气"。在温布利大师赛安排春节期间比赛,他输球后率先炮轰赛程:"他们从没有考虑过中国球手,台联为什么不在圣诞节安排比赛。"丁俊晖因为涉嫌消极比赛被罚款,他再次发起牢骚:"输了,还被罚钱了,太坑爹了。"一次输球后,他又抱怨比赛时间："不喜欢在晚上比赛，平时晚上也不练球，打到后来越来越困，没意思透了。"英锦赛首轮输球后，丁俊晖情绪失控地说："我认为球桌不对，球迷也不对，一切都很垃圾。"但是，这些抱怨不仅没有解决问题，相反使得丁俊晖遭遇"诟病"，老将亨得利很理解地说："你承担的压力太多，要放得下。"丁俊晖也渐渐地明白，是因为自己太想赢球，所以把输球怪罪于各种客观原因，此后他开始试着享受每一场比赛，即使遇到困难，受到阻碍，遭遇挫折，他都试着去接受、拥抱，并且战胜。没有了"脾气"，怨言少了，笑脸多了，打球也越来越顺心、顺气、顺手。

在职场和比赛中，我们常常顺利时趾高气扬；不顺的时候怨天尤人。人人都图顺、求顺、盼顺，但顺不在天，而在于我们自己。要想理顺事，必先理顺人；而理顺人，必须做到顺其心。凡事先心顺，然后意顺，事业顺，前程顺，一顺百顺。

战胜心魔

丁俊晖的技术日臻完善，可是2015年参加的正赛比赛中他一场未胜，威尔士赛首轮爆冷输给世界排名第121位的沃克尔，创职业生涯最差，他也因此被人称为"丁一轮"。他并不是输在技战术，而是包括心理在内的更深层次的东西。丁俊晖决定邀请格里菲斯担任自己的教练，教练总结丁俊晖最致命的软肋是缺少坚强的内心，便告诫小丁："你经常在压力下屈服，为此，落后的时候要永远不放弃，直到比赛结束都不能松懈。"这次比赛，丁俊晖遇到了前所未有的困难，即需要比排名前十六的选手多进行7天的赛程，他认为这是磨炼心性的最佳时机，他专注地打好每一场，咬紧牙关慢慢熬，他凭借强劲的火力，在紧张的23天赛程中过五关斩六将。胜了，他继续保持平稳心态；遇到强劲对手，在压力下他始终不屈服；直到比赛结束前都毫不松懈，保持长久的专注度，在气势上压住对手，越打越有霸气，他凤凰涅槃般闯进了决赛，最终获得了亚军。

拥有一颗强大的心脏，是将来走向成功的必备条件，莫斯科不相信眼泪，工作也不相信眼泪。一个人要走向巅峰，需要做最好的自己，需要将技术、品格、毅力发挥到极致。也就是说，当丁俊晖战胜了自己，就将战胜一切对手，将无敌于天下。

不管是在职场、还是在赛场，我们不仅要瞄准对手，战胜对手，更要学会“内观”，即战胜自我，完善自我，按照自己的天赋和天性去拓展自己，成为最好的自己，使自己的优势和长处发挥到极致，才会有最好的发挥，展现最好的水平，取得最好的成绩。

"海鸥 5 号"——景海鹏

在一次接受采访时，航天员刘伯明说："景海鹏是我们航天队篮球打得最好的。"

景海鹏小学 5 年级时，就喜欢上了打篮球。家里买不起运动服，父亲就给他买了件背心，正面画上海鸥和大海，后背写上大大的"5"号；母亲用自家织染的蓝布，为他裁剪了一条短裤。

可是，由于景海鹏个子不高，总是上不了场，只能坐冷板凳，给正式队员拿衣服、毛巾，拎包。那时候，他心里委屈极了，回到家就蒙在床单里哭，他做梦都想成为学校篮球队的正式队员。爸爸说："哭有什么用？不服输就练！"

那时家里穷，买不起篮球，于是他从邻居家借来一个脱了皮、瘪了气的篮球，在自家土墙上用粉笔画了一个篮筐，然后每天放学就对着那个"篮筐"投球。再后来用一个铁丝圈代替了，当他投篮练得百发百中时，他又觉得自己矮，还得练弹跳，自己哪儿不足就练哪儿，就这样，水平提高后，他有了上场的机会，成了篮球伙伴中的一员。

可是，上中学后，同学们的个子突然就窜上去了，他营养不良，个子不高就更成了劣势，在最初学校成立篮球队时，他又一次落选了。但这一次，他没有落泪，而是更加刻苦地训练。之后，他带球速度非常快，别人就是空手都跟不上；他身体特别灵活，就像泥鳅一样，善于左挪右闪，游刃有余；而且他的弹跳力也很好，跳起来手都能够上篮板，投球命中率又高。平时课外时间海鹏有机会就展现自己的篮球特长，后来同学觉得他太厉害了，都来为他说情，就这样他终于成了队员，但只是替补。1984 年运城地区举办高中篮球联赛，在一次关键比赛中的最后时刻，队里主力受伤下场，景海鹏替补上场。他一上场就给人们带来了惊喜，表现出色，迅速扭转落后 7 分的局势，决赛最后时刻景海鹏以一个“压哨三分”帮助自己学校夺冠。这之后，他就成为篮球场上永远的主力。

此后，景海鹏渐渐地打篮球出名了，还参加了公社的篮球比赛，为此成了“明星”。一天，他到供销社打酱油，供销社有个阿姨边打酱油边打量他：“你不是那个‘海鸥 5 号’吗？”原来前几天公社组织的一场球赛，那天他也参加了，他穿着自己的招牌“5 号”。一开始上场没人注意他一个小个子，但接连几个漂亮的投球一下子把大伙的目光都吸引过来了……没想到这个阿姨记住了他这个“海鸥 5 号”。打满酱油他掏钱的时候，阿姨连忙说：“球打得好，不要钱了！”这是他人生得到的第一次奖励。那一刻让他认识到，为了梦想所有的努力和付出都是值得的。

梦想成真的感觉真好！从那以后，景海鹏打篮球的热情一发不可收拾。崇尚体育，喜欢锻炼，成为景海鹏生活中重要的内容。正因为这样，才磨炼了他的意志，铸就了一个好身体。1985 年 3 月，18 岁的景海鹏考上了保定航校，1 米 72 个头的景海鹏本来并没有优势，可是训练时他连续投进 74 个球，创造了同学们中的最高纪录，他进了球队。他在前锋的位置表现得很出色，被誉为“钢铁前锋”，很快成为篮球队队长。在第一学期全校比赛中，景海鹏带领的篮球队连大队都没出线。可是，景海鹏对队员们说：“没事，咱们再练，一定要拿第一。”经过苦练，这支篮球队在第二个学期大队出线，毕业时拿到了全校的篮球冠军。

后来，景海鹏到哪个队，哪个队就是冠军，他靠的是“不服输的脾气”。景海鹏通过打篮球，他明白了一个道理：“只要努力，谁也不比谁差。”最后他不仅成了航天大队篮球打得最好的，而且保持了航天员训练成绩12年最好，从而创造了中国航天史上“三上太空”的新纪录。

感恩的话最动人

2016年10月17日，航天员景海鹏又将上太空，他这已是第三次上太空了，在他最得意、最辉煌的时候，他会说些啥呢？他的话语朴素中带着升华，说得最多的是感恩的话。

感激说团队

在接受记者独家专访时，景海鹏说：“每一次飞天有太多人在托举着我们，我们的背后是祖国、是家人、是战友、是各级组织、是无数航天人、是所有中国人。这两天，你可能采访了航天员科研训练中心的很多专家，以他们为代表的所有专家、所有科学家、所有科研人员，我感觉他们是无名英雄，因为成功以后，鲜花、赞誉都捧在我们手上，他们有时候就累倒在训练现场，家里面老人生病、孩子小没人照顾……应该把英雄的军功章给他们！我和搭档陈冬相约：等回来身体康复以后，我们第一时间到每个研究室走一圈，用这种方式感谢大家，向所有航天人致敬。他们是给我们增添钢铁翅膀的人，他们就是我们的翅膀！”

在这样的时刻，本来大家最想听他说自己，可是他却清醒地认识到不能飘飘然，不能忘乎所以，所以他更多的是说大家，说他们成功背后不被人们所知默默奉献的人们，虽然这让人们的窥视欲没有得到满足，可是却一下子就让人觉得景海鹏很有“教养”，是个情商很高的人。

感恩说前辈

景海鹏幸运地三上太空，他说：“我的战友杨利伟虽然只飞了21个小时，从时间上没有我们后面多，但是全球华人会永远记住他，他是NO.1，他开创了历史，实现了中华民族几千年的飞天梦想。这是一场接力，随后费俊龙、聂海胜从杨利伟手中接过了这个接力棒，这3位开拓者、先行者毫无保留地把经验传授给我们，给我们飞天的勇气和力量。我和我的战友们只有干好了这一件事，才不辜负传到我们手中的接力棒。我愿用一辈子去完成哪怕是不起眼儿的一小步。不管飞得再高再远，感恩的心永远不变，初心永远不变。今年我国首个航天日，我们所有飞过天的战友在杨利伟的带领下，面对鲜艳的五星红旗，再次重温我们18年前加入航天员大队时候的誓言。”

人们觉得景海鹏现在成了“第一人”，可是他却夸起了真正的航天第一人；夸起了太空行走第一人，而自己只是接力赛中的一棒，自己之所以有一点点成绩，那是前辈将自己的经验毫无保留地传授给自己的结果。他是多么谦虚的一个人，而正是这种谦虚，才使他进步得更快。

感谢说战友

过去别人被选上了，他没上，他会失落吗？景海鹏说：“前两天，有记者问我：2003年杨利伟飞天，你没有上去，你有什么想法？我说我为他感到骄傲。我没失落，真为他骄傲。为什么，他代表着我们，他上天，就相当于我们都上天一样。我们这个团队的确存在竞争，而且我们都主张竞争，因为一个事业如果没有竞争，出不了战斗力。但我们的竞争是‘竞而不争’。之前一块儿准备、训练，都非常刻苦，一旦进入选拔环节，结果出来了，无论是谁，我们都给他鼓掌加油，24小时在下面为他值班。就在今天晚饭前，杨利伟副主任、费俊龙副主任、聂海胜大队长和大队的所有战友都赶来为我们送行，因为我们马上就要任务隔离了。利伟副主任举起满满一杯西瓜汁说：让咱们举起杯，以饮料代酒，祝福‘神十一’乘组圆满完成这次飞行任务。大伙一饮而尽。”

这本来是一个比较难回答的问题，可是经过他这么一说，却让我感觉到这么美好，有竞争，可是良性的，是最有利于各自进步的。让人感觉到他的心态真好，他的本质真好，他做人真好。

感动说同伴

这次景海鹏的搭档可是小字辈，当记者问：“如何评价陈冬这个和您相差12岁的年轻搭档？”景海鹏说：“我对这个搭档相当满意。作为第二批航天员，他有着他们那一批身上共同的特点：一是富有朝气、富有活力、富有生机，对载人航天事业充满热爱。陈冬凡事心里有数，平时都是看得多、听得到、干得多、说得少。二是心细。以前执行两次任务，战友们说，以前听说你细，没想到你这么细。但跟陈冬在一起，我发现某些地方他比我还细。三是一个问题不解决，誓不罢休。四是都有追求完美的‘毛病’。一次考试，一共两个空，他全填上了还不算，又在后面添了一个括弧，把其他要点全写上了。此外，这位小兄弟对我特别尊重，训练一年多从来没有在我之前提前上车，每次电梯打开以后，他都会目送我上电梯，让我特别感动。”

本来陈冬可以说是“小弟弟”，可是景海鹏却给予了搭档如此高的评价，他一说起同伴来却满眼是优点、是长处、是喜悦、是满意。可以想象与他搭档是一件非常愉快的事，也难怪他们合作时成绩最好，配合最默契。

感怀说自己

景海鹏现在成了最大的主角，可是他说起自己时却说：“如果说航天员大队是大海，我永远是里面的一滴水，哪怕飞10次也是大海里的一滴水，说不定比这一滴水还要小。这是我一直想表达的心声：我非常幸运能够生活在这么好的一个团队中。”记者问：“人们好奇的是，你已经两度飞天，算是功成名就了，荣誉、待遇，啥都有了，为什么还要选择继续飞行？”景海鹏说：“因为我的职业是航天员，航天员的使命是时刻准备执行飞天任务，并不是完成一次壮举就可以了。国家花了那么高的代价培养我们，花费了大量人力物力，只有时刻准备祖国挑选，时刻准备去飞，才是对国家最好的回报。这份职业值得我们用生命去置换。”

现在全国人民都在聚焦航天飞机升天，而记者采访景海鹏也成了最大的新闻焦点，可是他却没有夸夸其谈，而是非常谦虚地说自己像滴水，而他这种谦虚一点不虚伪。在回答他为何一而再、再而三地执行任务时，说得很朴实，可是却凸显了他的壮志凌云。

没有打杂的事，只有打杂的人

王小丫当年从四川大学经济系毕业后，被分配到一家经济类报社工作，令她这个高才生没想到的是，领导竟然安排她到通联部，工作就是将读者来信和来稿取出来分类摆好，分给各版面编辑。她非常不愿意，这个工作就是小学生也能做啊，她开始翘着嘴巴一封一封地分，一位老编辑来拿稿件，看到她这样干活儿，生气地说："两个小时，你就分了这二十几封啊？"她更生气了，还想辩解，老编辑又说："你看，你拆的信封，弄得满桌子都是，信封口还像狗啃的一样。"她气得差一点甩手就不干了。但是不服输的她，决定即使要走，也不能让人看不起，于是她开始认真地做，她拆信封的速度越来越快，信封口剪得整整齐齐，稿件分配得准确到位，领导看到她把工作做得又快又好，便让她开始编辑读者园地版面，她做编辑后果然厉害，后来各版面她都负责过，都做得很好。

王小丫刚就业也遇到了打杂，也曾经很迷茫，但是她就是不服那口气，把打杂做得漂亮，才有了她的今天。很多大学生经常抱怨，自己进公司后，尽让干些端茶送水接电话等打杂的活儿，觉得这也太屈才了。其实不管干什么工作，先要赢得别人的信任。即使是打杂，也要干出名堂来，也要做一个一流的打杂，让人看得起后，才会给你更重要的工作，你才会有机会。如果打杂的活儿都不愿干、干不好，就只能一辈子打杂了。

韩国金圣姬30多岁到一家企业当秘书，第一天的第一件事，老板让她做的不是她理想中的起草文件之类的工作，而是让她去煮咖啡与洗杯子。她心中的失落感化成了一股怨气：为什么我要干佣人干的事？但后来她想通了，觉得应该干好手头的工作，便到咖啡店偷艺，并且达到了痴迷的地步，她几乎去过100家咖啡店，看他们怎么泡，泡出来的味道怎么好，然后自己学着泡。学会一些技术后，她还不断地创新。此后，她学会了20多种咖啡煮、泡的方法。针对不同年龄、地位、国家、习惯、爱好的人，不同地方的人，不同层次的人，泡不同的咖啡，采用不同的方法制作。她总是把到公司来的客人当作来她自己家的客人一般热情接待、关怀备至。对此，不少客人惊叹不已。一位老总喝过她泡的咖啡后说："她是我见过最会泡咖啡的秘书。"就这样，并不漂亮也不年轻的金圣姬，却在韩国超一流的企业——大成株式会社当了30多年秘书，成了韩国职场的传奇。

一位大学生到一家企业，培训时总经理不客气地说："大学生要从倒水、泡茶开始学起，这里面大有学问。"金圣姬刚开始也想不通，回到家里也向丈夫吐苦水，丈夫却说："事实上世界上并没有所谓低贱的事情，只有卑微的思想和观念。你就要从泡好一杯咖啡做起，做得与众不同。"所以，职场没有什么打杂的工作，只有打杂的思想、态度和人。

吴士宏当初只是名护士，她好不容易进入IBM后，也就是名杂工，做的是沏茶倒水，打扫卫生的工作。她心气很高，开始暗地里较劲，刻苦地学习。为了达到专业的打字水平，她没日没夜地苦练，很长一段时间手指拿不了筷子；为了通过计算机语言考试，她用两个星期的全部啃完半尺厚的教材；为了锻炼口才以适应推销业务，她把自己关在家里对着墙壁反复练习绕口令，快读专业术语，导致咽喉充血不能吞咽食物。当领导每交给她一个任务做时，她都是有备而来，而且比专业人才做得更认真，做得更好，这让领导刮目相看，就这样领导不断地让她做更多、更难、更专业的工作。最终她在公司工作了12年，从一名勤杂人员成长为一名高层管理人员。

打杂是一个潜伏的过程，是一笔财富。新人想要承担起重要的工作任务，首先就要寻找机会让领导觉得你有这个能力。这就需要你珍惜这个岗位，积累经验，修炼好内功，把每一件小事都当成大事来做。否则，只是抱怨，那么永远是只配打杂的料。

将军都是从士兵干起的，很多事都是要经历荆棘与困难才能成功，正如墨菲定律说的："任何一件事都没有表面看上去那么简单！"打杂无小事，所以不要放弃任何一个锻炼自己的机会，要在打杂时修好你飞机"跑道"，做好每一件琐碎的事情，修炼好"内功"才能厚积薄发，一鸣惊人，一飞冲天。

骑着自行车上大学

那年，我考取了外省的一所大学，临走之前，父母都要送我，因为这是我第一次出远门，还是外省，可是我却说我单独去，父母很是担心，我好说歹说，父母终于拗不过我，总算同意了。

就要去买火车票时，我却临时产生了要骑自行车去大学报到的念头，当我一说出来，父母吓了一跳，都说我疯了。母亲说："你以为骑车那么好玩啊，有600多公里呢。"我说："那我早一点出发。""你以前最远才骑过30公里，你哪能吃得消。""我早一点出发。""你想得太简单了，要是路上车胎爆了怎么办？前不着村，后不着店的。""我自己准备好各种工具，自己补胎。""如果你大学录取通知书半路丢了怎么办？"……妈妈有一百个理由反对。

父亲也不同意，他说："骑车去的费用，比乘火车、乘汽车的费用高多了。""这不是钱的问题。""我年轻的时候也骑过车去玩儿，一天下来，裆部生痛。""我初中、高中都骑车上学，不碍事。""要是路上东西被抢了怎么办？""不会的。""路上手机没电，又出了事怎么办？""我有办法。""路上摔伤，或者发生车祸了，怎么办？""不会的。""总之，你要锻炼我不反对，你明年回来时骑自行车回来，别在这时发神经！"爸爸也不同意。

我不管，接下来我就开始准备东西，因为学校统一买棉被，这样我带的东西就精减到最低限度。另外，我在网上联系了一位正好也想骑自行车去读研究生的学生，这样我就有伴了。我把各种情况都考虑到了，在报到的前十二天出发了。父母含着泪送我出门，好像这一别，就再也见不到面似的。

第一天，太阳挺大的，我特别兴奋，所以骑得比较快，再加上现在公路都修得特别好，走起来很顺利。晚上顺利到达了预定地点，我及时给父母打了电话报平安。第二天，也很顺利。但速度降下来了，手和脚都有些发紧，由于自己还处在兴奋状态，所以困难也被克服了。

第三天，困难开始一个接着一个。一来是到了山区，荒无人烟，心里不免有些害怕；二来有些地方上坡，有的地方是悬崖，骑着放不开速度。偏偏在这样的情况下，胎又爆了。我拿出事先准备的钳子、胶水和补胎皮。弄出内胎还顺利，可是刚补好，要放进去时，外胎却怎么也安不上，当时太阳又热，自己又很累，而且心里又很急。我在修理自行车的店里看师傅补胎，很简单的，不过我少了师傅的特殊工具。最后，那位研究生说他来，他左瞧右看，最后不知怎么就弄进去了。有了这次成功，很是增长了我们的信心。一路上我们都分别爆了两次胎，都是自己修好的。

第四天，突然下起了大雨，没办法，我们只好停了下来。研究生说："正好，老天爷让我们休息一下。"那时，我的手和脚都有些肿了。一路上，父母其实很为我担心，我一走，他们就后悔了，真想开着车跟在我的后面，但又觉得我就是想独立，于是母亲说："要是一路上有视频就好了。"总之，那几天每时每刻他们都在为我担心。

我们休息半天后，继续前进，一路上不仅看到了美丽的风景，还战胜了各种困难，我觉得这一次旅行，真是比考大学还来得有意思。当我骑了 8 天，顺利到达大学时，同学们都惊呆了，因为有很多同学都是父母开车送来的。那一刻，我非常自豪，因为我觉得我那一刻真正独立了。

校长得知有一位骑自行车来报到的学生时，专门接见了我，他说："你真了不起，我为你感到骄傲！"

·“钢铁战士”——惠若琪

2016年8月21日中午时分，随着惠若琪在网前高高跃起，排球重重地砸在塞尔维亚女排的半场，举国沸腾……只是，大家可曾知晓，这名时年仅25岁的女排队长，曾经经历过何种炼狱和磨难，她是用生命在打球，惠若琪曾说：“即使倒，也要倒在球场上。”

2007年年仅16岁的惠若琪被陈忠和招进女排国家队，成为了中国女排历史上最年轻的国手。

2010年世界女排大奖赛在澳门举行，8月13日中国女排与荷兰队比赛，第二局战至后半段，双方比分咬在19比17，因为不想放弃任何一个球的坚定信念，在球飞驰而来即将落地的那一刻，惠若琪果断地从离球很远的位置跃身而出将球救起，结果自己却失去重心狠狠地摔在地上，好一会儿才艰难地爬起来，她左肩脱臼了。第三局惠若琪继续首发上场，她准备起跳扣球没有发上力，可是就是这一摆臂引发了她的肩膀再次脱臼，疼得她全身发抖，脸、嘴苍白得难看，疼痛让她已无法再坚持，王宝泉用陈丽怡换下了惠若琪。经医生诊断，惠若琪左肩关节脱臼，并且左肩关节盂唇大面积撕裂，必须立即停止训练和比赛，进行手术治疗。

然而术后的日子并没有她想象的那么简单，整个肩膀打了七根钢钉，术后六周惠若琪拆下了绑在身上的“枷锁”，进行康复训练，长时间的固定带来了肩关节周围软组织的粘连，为了能撕开粘连，让肩关节撕裂的盂唇长好，每天康复医生都要给惠若琪进行牵拉活动，江苏队特意安排两位男教练来陪同惠若琪康复，关节粘连了，又要拉开，每次拉开都剧烈的疼痛，康复完了，两个教练会躲到别的房间擦眼泪。

身体的恢复相对容易，但是心理的障碍却极难消除，最大的难关在于心理关，但是惠若琪豁得出去，一上场基本把什么都忘了，照样大力度地摔动臂膀扣球，完全克服了心理障碍。虽然曾经经历过那么多的困难和痛苦，但是“放弃”二字从未在惠若琪的字典里出现过。

郎平2013年开始担任中国女排主教练，委任彼时22岁的惠若琪做队长。在宁波北仑封闭集训期间，惠若琪心脏的老毛病又犯了，她将自己的情况告诉了郎导，郎平很重视，让惠若琪赶紧回京找心脏专家进行进一步检查，专家检查后说：“这是‘特发性’室心动过速心脏病，对普通人来说不会有危险，可对于从事激烈运动的运动员来说却会危及生命。”医生建议惠若琪放弃排球运动，2015年她因心脏病缺席世界杯，所有人都以为她的运动生涯即将终结。但是为了参加奥运会，惠若琪选择手术治疗。医生告诉她说手术中有一定的风险，有可能因为电流能量过大造成心脏穿孔。为了她心爱的排球，惠若琪决定搏一把。

手术是从大腿根开一个小洞让管子插进来，然后一点点延伸到心脏。而让惠若琪觉得最为恐怖的便是她全程清醒，可以感受到身体任何一点的变化。当肾上腺素让心跳达到每分钟250时，惠若琪一度觉得自己快要爆炸了。身体和心理的巨大冲击甚至让她在手术中晕了过去，这让她在鬼门关徘徊，通过电击把她救了回来。

令人感到沮丧的是，在第一次手术康复过程中，心脏问题又出现反复，惠若琪也曾感叹自己这么不幸，偏偏自己成了那5%不幸的人。里约奥运会只剩下6个月了，她怕失去这可能是最后一届奥运会，于是决定进行第二次手术。

郎平经过医生的允许，顶着外界压力带着惠若琪去了里约奥运会，在与塞尔维亚的决赛上惠若琪发挥了关键作用。里约奥运打到最后杀红眼时，惠若琪说，死也要死到赛场上。在第四局的赛点，惠若琪用凌厉的发球，一举拿下最后得分。凤凰涅槃后，惠若琪和女排姑娘们顽强不息最后让中国女排再次问鼎了世界冠军的宝座。惠若琪哭了，她说："太吓人了，太吓人了，终于打完了！"

"排球虐我千百遍，我待排球如初恋，"为所热爱的事业冒着健康受损的风险，惠若琪说，"我从不后悔。"

《舌尖上的中国》任长箴对陈晓卿说“不”

随着“舌尖”系列推出第三季，片子风评遭遇断崖式下跌，大众开始集体怀念“舌尖1”的总导演任长箴，她为何能拍出好片子，因为她有自己的主见，敢于抗争，决不妥协。

2011年，当任长箴接到陈晓卿邀请拍“舌尖”后，她一看到文案是按柴米油盐酱醋茶划分七集，从周口店猿人遗址说起，其中还设置了一些小桥段……她就摇头说：“这个主题没意思。”有一次，陈晓卿召开研讨会说了个想法，就是用名人来串场，第一集用小沈阳，第二集用张朝阳……话还没说完，任长箴就打断了，说：“要这么拍，我绝不做！”陈晓卿有些生气地说：“名人加美食才有收视率啊！”任长箴回道：“用名人来扩大本片的知名度太肤浅，也是不自信的表现。如果小沈阳，作为一个东北人的儿子，出现在我的片子里没有问题，但他如果作为红人出现在我的片子里，我觉得太邪恶了！”没想到，事后陈晓卿提议任长箴为执行总导演，全权负责。任长箴便启用了全新的团队，重新调整了节目主题、内容。

职场上就是两件事，一是做人，二是做事。现在大部分人认为做人比做事更重要。其实做事比做人更重要，要做正确的事，还要把事做好，做出成效来，因为首先要有效益，能够赚钱，这才是根本。任长箴坚决否定陈晓卿的决定，我们看到她坚持正确观点的态度。

任长箴在之后的拍摄过程中，一门心思想拍出最好的片子，她注意到SONY新品F3即将面世，她知道相对于常用的大型摄影机HDW-750P，F3小得多，便于携带，更重要的是可以换单反照相机的镜头，这意味着一次外景拍摄，可以带多个镜头，拍出不同感觉的东西。她马上向陈晓卿提出购买的想法。陈晓卿回绝了她："只能用台里提供的设备，购买设备是设备部门的事。"但任长箴不认这个理，于是她便借来F3拍了一段10分钟的样片，交给陈晓卿。陈晓卿马上看出F3拍摄影像品质就是好，有些动摇，任长箴说："我们又不是想占有设备，用完还给央视。"在任长箴争取下，台里最终批准了他们购买三台。这是F3第一次在国内的纪录片中使用。后来，很多先进的拍摄方法都被任长箴采用了，为此拍摄效果超好。

有时领导考虑到各种关系，会要求下级忍让、忍耐，可是作为下级把着眼点放在工作上，放在把工作干得更好上，就要积极争取。因为做一个听话的人，往往就要降低工作标准，而工作质量打了折扣最终会害了自己，也将害了领导，所以我们要有任长箴这种执着的精神。

在第一集《自然的馈赠》最初的版本中，里面本来有一句词，说"厨师喜欢竹笋是因为竹笋和其他食材比较容易搭配"，领导看后觉得太实，说要升华一点，提议修改为"文人爱竹笋是因为笋的风骨和傲骨，僧人爱竹笋是因为笋的节制。"但是任长箴不同意这样改。还有一个八渡笋的故事："广西因为大面积干旱，潮湿炎热的环境消失，八渡笋歉收，罗文才经营了10年八渡笋合作社没收到订单。"在看样片时，几位导演觉得特别好。但陈晓卿建议把八渡笋的故事剪掉，说："领导不喜欢灾难。"任长箴认为这故事对于整体结构至关重要，坚决不改，她强调说："这个不算灾难，它就是一场干旱而已。"陈晓卿无奈，便说："如果不改，第一集只能挪到系列片的后面。"任长箴态度强硬地说："爱放哪集放哪集！"

领导要把工作做好，往往需要成为"偏执狂"。同样下级要把工作做好，也要有原则与底线，不能认为领导让怎么做就怎么做，只要对领导负责就行，还要对高标准的工作负责，为了做出一流的产品得罪了领导，最终还是会被领导接受，甚至喜爱。

对领导说“不”，在一般人看来是职场大忌。但真正的大忌是降低工作标准，没有追求完美的信念和意志，那样的话，关系搞得再好，也往往等于零，打不出品牌，自然会被市场无情地淘汰。

·王传福:力排众议,成则为王

当众人都在高呼,制造业已经无利可图,以中国制造为概念的王传福却荣登首富宝座,从 1995 年初创业,到成为新能源汽车的领头羊,比亚迪总裁王传福只用了 13 年。

1995 年,王传福决定辞职下海,很多人说可惜,因为他是全国最年轻的处长。可他认定手机充电电池大有市场,就这样在深圳创建了比亚迪。招兵买马后,要上生产线时方知一条镍镉电池生产线就需要数千万元的投入,建自动化锂工厂要几十亿元,而他才借来区区 250 万元。于是有专家建议放弃这个项目从小本买卖做起,但王传福决定走下去,他大胆地设想,不买那么昂贵的生产设备,独创了一种主要依靠人力的生产方式,先是自己研究制造了一些生产所需的关键设备,然后再把生产线分解成一道道可以由人工完成的工序。结果王传福只花了 100 多万元人民币,就建成了一条日产 4000 个镍镉电池的生产线,这样生产出来的电池比日本竞争对手低了近 40%,这引起了台湾最大无绳电话制造商的兴趣,将给三洋的订单转给了王传福。之后飞利浦、松下、索尼甚至通用也先后向比亚迪发出了大额采购订单。王传福只用了 3 年时间,就成为镍镉电池当之无愧的老大。

电池行业的发展空间毕竟有限,雄心万丈的王传福想找个大行业做。做什么呢?他想来想去,决定做汽车。2003 年初王传福在决定介入汽车产业前,征求20多个股东的意见,大家都反对,公司总经理夏治冰更是坚决反对,他说:“风险太大了,进入汽车这样一个全新的行业,前面又有欧美日韩那么多优秀的对手,我们没有任何优势。”为此夏治冰一直劝王传福放弃。除了内部的反对,外部的压力更大。听说比亚迪要造汽车,许多投资者感到莫名的恐惧和愤怒,纷纷给王传福打电话质问。一家美国基金公司给王传福打来电话,表示如果王传福坚持造汽车,他们将大量抛售比亚迪的股票。王传福不为所动,1月23日,王传福收购了西安秦川汽车有限责任公司77%的股份,正式入主汽车业。结果比亚迪的股价掉了一半。但是王传福并没有被吓倒,坚持下来了,并最终成功了。

2010年,王传福开始聚焦新能源汽车。这次又有人反对,但王传福坚定地认为,新能源电动车是汽车行业的未来。可是反对的人也阵阵有词:“由于存在技术不过关、成本太高、设施难配套等问题,这使得很多企业放弃了新能源汽车的探索,就连美国通用也黯然退出投入巨大的电动汽车研究项目。”王传福毫不让步,他说:“电动汽车的关键是电池技术,而我们的优势就在于电池技术先进。”王传福知道这种技术上的颠覆性对整个中国汽车产业都是一个机会。可是转型做新能源汽车意味着巨额投入,而彼时的比亚迪,公司整体业绩大幅下挫,2012年利润同比下降94.12%。面对市场质疑和业绩下滑,王传福志在必得,继续加大投入。而且亲自挂帅生产电动汽车。随着收入减少,投入增大,企业随时可能面临倒闭,可是熬到2013年,王传福最初制定的几个核心大方向逐步落到实处,2014年蝉联全球新能源汽车销量冠军,公司电动汽车战略方向才被大家接受。

正当电动汽车开始赚钱时,王传福又在谋划未来,他看到城市交通已到一个临界点,于是他又想开发“云轨”。他一提出马上就有人说王总太贪心,因为今后五年十年都有得赚。有人说:“城市交通是政府的事,我们是企业。”可是王传福却说:“企业做大后要有产业报国之心。”

马上又有专家提出："除非得到政府资助。"可王传福说："政府能补助自然好，可是在中国，人口一百万到三百万的地级市有273个，市场空间就有10万亿。"在争议中，王传福马上成立了一个1000多人的研发团队，进行"地下活动"。为深入了解云轨市场，王传福曾带队到美国、东京、中国汕头等地实地调研。通过5年投入50亿元的攻关，成功打造出了中国首家云轨。在2016年10月，比亚迪正式推出云轨计划，这昭示着比亚迪的大转身。很快就获得了一些城市的订单，王传福提出："云轨在未来5年再造一个比亚迪。"

王传福的创业之路充满传奇色彩，他不按常理出牌，善于逆向思维，敢于进行颠覆性的变革与实践，几次力排众议的决策，让企业"三级跳"。决策是企业家最费神、同时也是最具风险性的核心。是死是活，是跃上新台阶，还是错失良机，就在此一举，需要有胆有识、智勇双全，更需要力排众议和一锤定音。

有一种品德叫“弱德之美”

叶嘉莹一次接受采访时，说当今社会以强者为德，提倡成为强者，提倡要争取、夺取，要通过打倒别人、不择手段地去争取一切。她说她从小受到的教育提倡“弱”才是品德，她说：“其实我这一生并不顺利，我提倡‘弱德之美’，但我并不是弱者。我不想从别人那里去争什么，只是把自己持守住了，在任何艰难困苦中都尽到自己的责任。”

叶嘉莹从词之美感特质中，提出了“弱德之美”这个新颖独到的理论。概括起来讲“弱德之美”大致包含三个层面的意思：一是指面临强大的压力；二是采取收敛约束的姿态，以委婉曲折的方式表现；三则是虽然表达得幽隐深微，但却是有所持守、有所完成的。

叶嘉莹儿时接触到的中国古典文化让她的一生都坚持遵循弱德之美。她说“弱德之美”的“弱”并不代表软弱，而是一种在逆境中的坚持。她从四岁起开始背诵《论语》等古代经典作品，其中就有“躬自厚而薄责于人”，这是厚责和薄责，厚责自己，薄责别人，她一生都受这句话的影响。她说所谓“弱德”，“是贤人君子处在强大压力下仍然能有所持守、有所完成的一种品德……‘行有不得者皆反求诸己’，这是中国儒家的传统。”这，既是词的美感特征，也是她立身处世的准绳。“弱德”不只是一种自我约束和收敛以委曲求全的品质，而且是在约束和收敛中，始终坚持和捍卫自我人格操守。她说：“我的一生不是很顺利，有很多坎坷，我有弱德之美,但我不是一个弱者。”

叶先生九十多年的人生历程,履践了生命中的“弱德之美”。叶先生经历了太多的苦难,虽然身世飘蓬,但是不论飘到哪里,她仍不忘初心,坚守自我,总能够以自己的办法成长,用叶嘉莹的话说就是“要完成自己”。她有诗:“剩将书卷解沉哀,弱德持身往不回。”她提倡“弱德之美”,就是说自己要谦虚,“行有不得反求诸己”,你做的事情别人不能接受,你要反身来要求你自己,看是不是我自己做得不好,所以要“吾日三省吾身:为人谋而不忠乎?与朋友交而不信乎?传不习乎?”就是要求自己要严格,能够在窘境中越发刚强。“弱德”不是无为,而是内向修身有所为,外向克己有所不为。中国在“极左”路线长期占支配地位的非常岁月,很多知识分子正是凭着“弱德之美”,像水一样流入“大海”。

叶嘉莹说“弱德”是一种夸姣的质量,这种美感兼具教化的作用,是美与善的一致。“弱德”,它是有一种持守。她说:“现在很多人都以强者为德,夫妻、朋友吵架,你凶,我比你还要凶恶,都以为自己要做一个强者才是好的,我小时候学习的不是如此。”“弱德”之“弱”,并不代表软弱无力、怯懦怕事,而是一种逆境中的坚守、热烈中的清醒、躁动中的自持。表面上他们虽无意激烈抗争,更不主动出击,但其沉默或不屑,在逆境中的坚持,就已经表明了鲜明立场和坚决态度。她一贯铭记取教师顾羡季先生的那句话:“一个人要以无生之觉悟为有生之作业;以绝望之心态过达观之日子。”她秉持“弱德之美”的人,承认自己无力掌控世事,但绝不怨天尤人,更不自暴自弃。将自己受到的愁闷、悲苦,在自己这里化解或了结,不再传递或扩散出去。无论在多么艰难困苦的时候,她都守住了自己,在任何艰难困苦中都尽到自己的责任,不以暴还暴,但不需要在更弱的人身上替自己讨还公道,始终坚持自己的修养。

颠沛流离一生的叶嘉莹崇尚“弱德之美”,不主张与命运搏斗,不讲进攻、侵犯和征服,而重在珍惜和持守。在艰难境遇中顽强生存,并在内心维护人格尊严。在捍卫起诗词尊严时，却比谁都倔强，她这样给自己下定义：“我是一个穿裙子的士，不是一个总找人家怜爱的女子。”鲁迅说的中国精神和民族脊梁也正是这样的坚持与韧性，这样的内心，其实很强大。

樊登：书中自有黄金屋

樊登把读书会做成了一门一本万利的生意，“一年讲 50 本书，年收入过亿”。记者问他：“做生意很难吧，你遇到过哪些困难，其中最大的挑战是什么？”樊登说：“挺简单的，整个过程挺顺利，我从一开始就赚钱。”“不会吧，哪有这么简单的事？”记者惊讶，樊登说：“因为我喜欢看书，书中自有黄金屋。”

原来樊登不会无缘无故做一件事，他在做每个决策时都会有理论依据，这样遇到的挑战和挫折相对就会少一些。樊登毕业于西安交通大学材料系，在校期间获得过中国最高水平辩论赛“国际大专辩论赛”的冠军，25 岁加入央视，主持《实话实说》等节目，31 岁任职于北京交通大学语言与传播学院，担任应用传播学研究中心主任。

樊登读了本马化腾作序名叫《认知盈余》的书，讲到每个人每天看电视的时间叠加起来非常庞大，他想如果能把其中的一小部分利用起来做更有意义的事情，将对社会产生很大的影响。而现在绝大多数人需要学习、需要读书，但是没有时间读，没有能力读出精髓读出味道，他由此切入个人的认知盈余空间，他想到了“我来替他们读书”。

樊登在做“樊登读书会”之初，很多很好的有成功创业经验的朋友劝他，“别干这事，因为互联网所有的成功企业，没有一个是靠贩卖高尚成功的，都是贩卖低俗成功的。做一个低俗的节目很容易把大家吸引过来，所以，互联网过去成功的企业，要么是卖游戏赚钱，要么就是卖八卦赚钱，你让人读书，这不是开玩笑吗？书店都做不到的事情，你能做到吗？”这让樊登也有过迷茫，但他后来读了《精益创业》一书，从书中他得到一个启发就是“试一试”。任何一个企业的创业之初，首先要解决的是价值假设，就是敢于去试。于是他于2013年成立了“樊登读书会”，决定试一试。

公司怎么做？樊登阅读了《指数型组织》这本书后，明白了什么叫指数型组织，那么怎么才能够打造一个指数型组织？排第一位的，就是你要有一个叫做MTP的东西：就是一个宏大的变革的目标。如果没有宏大变革的目标根本没法号召大家跟你一起做一件事。如果没有宏大的目标号召大家一起做事就无法获得杠杆资产。像小米、滴滴、Airbnb、Uber一类的指数型组织，都有一个共同点，就是有一个崇高而热切的目标，比如TED的目标是“值得传播的思想”，奇点大学的理想是“为10亿人带来积极的影响”，彼得蒂尔在做PayPal的时候他的目标是要拯救第三世界国家的人民，谷歌在做他们的公司的时候是要管理全世界的信息。他把“樊登读书会”的目标确定为：“改变3亿人的阅读习惯。”

樊登一个人在北京工作，他的团队全部在上海，怎么管理呢？他读了一本叫《从0到1》的书，对他的管理起了很大的作用。airbnb就是一千多人在硅谷待着，管着全球那么多家客房。于是樊登就充分发挥50个铁杆粉丝的作用，然后从几千人、几万人发展到现在一百多万的会员。他每次去上海就问一件事，最近有没有10倍增长的可能性？只有要求10倍的增长，才可能有一个完全不同的工作方法。如果你不要求往10倍的方向想，永远都是老方法。他就看结果，他从来不会要求他的员工加班、努力、热爱岗位，但他的员工都有很强的自觉性和主动性。

樊登在实体书店一个个倒闭的情况下决定开实体书店，很多人不理解，甚至说“死定了！”可是樊登看了《反脆弱》一书，说“等着瞧。”因为他从书中学会了达尔文的思路而不是牛顿的思路，他觉得互联网购物发展了这么多年，到目前为止依然只占15%的市场，85%的交易在线下产生。电商过去每年几倍的增速，最近几年增速都只有15%到20%。以牛顿式的方法开书店，办法是打造第一家旗舰店，再打造第二家店。达尔文的思想是自下而上。他号召代理商，愿意开书店，都可以开，如果不赚钱，樊登补贴，他说："我们是要把读书会打造成中国人触手可及的知识超市，让中国的街坊邻居们散步遛弯的时候能买点知识回家，而不是只买些油盐酱醋。"靠着虚拟产品支撑着，他开一家活一家，去年一年开了270多家书店，并且每家店都活下来。

"樊登读书会"现在在全世界十多个国家有800多个分会，240万的会员，"每年一起读50本书"的口号变成了许多人的座右铭。有人问他，樊老师，你们在创业的过程中有没有艰难的时候？有没有难过、谷底的时候？他说："没有，我们挺好的，一直都在赚钱，一呼百应，员工也不走。"就是因为他做的每一个决定，说的每一句话，都能够准确告诉你这是来自哪一本书，哪一个段落。所以他有发言权，他很少犯错，而且每条路都是捷径。

樊登对于书的作用十分推崇，他说："创业要读三本书，分别是《精益创业》《让大象飞》和《指数型组织》。不读这些书去创业，风险很大。中国创业失败率号称是90%。原因就是他们不读书，你稍微增长一点知识，再去创业就会好很多。"当然樊登也不是死读书，他会活学活用。混沌研究社的李善友教授曾经与樊登交流，问道："为什么混沌研究社的师资很强大，云集了国内外很多商业大咖和专家，收费也很低，每年仅600元，但是销售还不如你的读书会？"樊登回答道："因为你们面对的是创业者市场，这个市场本身就不大。建议可以提高价格，从每年仅600元提到每年10000元，重点打造高端商学院。"让李善友如获珍宝。

樊登说千言万语汇成一句话："读书能改变命运，能十倍百倍成长。"

著名投资人软银赛富羊东成为读书会会员后，收获很大，于是就要求所有参与投资的公司团队成为会员，一起读书学习。最后樊登还强调："实践才能出真知，一定要学以致用，活学活用。"